AF368239

LILY PADIOLEAU

POWERS

TOME 1 ACCEPTATION

Édité par : Lily Padioleau
ISBN : 978-2-492237-23-2
Dépôt légal 2022
Imprimé à la demande par Amazon.

AMADOR

PROLOGUE

J'ai de l'or au bout des doigts. Réellement, des volutes dorées s'échappent de mes mains et font s'envoler les livres disposés devant moi. D'une simple pensée, les ouvrages s'élèvent et prennent la direction que je leur désigne. C'est magique !

Le salon n'est pas si grand et je pourrai aisément me lever pour ranger les livres de ma mère et ma sœur, mais après tout, pourquoi pas m'entraîner de cette manière ? J'effectue les corvées qu'on m'a laissées et j'affûte ma précision et ma force télékinésique. C'est tout bénef' !

Le sourire aux lèvres, je place tous les ouvrages dans la bibliothèque en bois vernis, sans me lever du canapé. Ce pouvoir va me rendre feignant, mais peu importe, c'est beaucoup trop cool ! En un rien de temps, toute la maison est parfaitement rangée et je suis tranquille pour le reste de l'après-midi.

Ça va me permettre d'aller faire un tour dans le quartier, voir mes potes.

Je me lève du canapé et rejoins la salle de bain en

traînant des pieds. Il faut bien que je me lave à un moment ou à un autre, ça ne va pas se faire tout seul contrairement au reste. Ouais, je crois que maîtriser ce putain de pouvoir va faire de moi un feignant.

Devant l'immense miroir qui prend une bonne partie du mur, je m'observe et rabats ma mèche de cheveux sur le dessus de mon crâne, il serait temps pour une petite coupe, non ? Je tire dessus pour les positionner à la verticale. Effectivement, ils commencent à être longs et les côtés ne sont plus aussi bien rasés, je prendrai rendez-vous chez Linda en chemin.

J'aime quand mon apparence est irréprochable, que ma chevelure brune est soignée et que ma barbe est nette, je n'hésite donc jamais à faire un tour chez ma coiffeuse préférée.

À l'aide de ma télékinésie, j'actionne l'arrivée d'eau. Le liquide chaud coule le long du pommeau de douche et se répand sur le carrelage blanc, tandis que je retire mes fringues d'un simple geste. Là aussi, c'est quand même bien pratique ce pouvoir.

Je sais que j'ai tendance à être vu comme un mec narcissique et je reconnais que les gens ont toutes les raisons du monde de me voir comme ça. Je suis effectivement très satisfait de mon corps, que je sculpte en faisant pas mal de sport. Bon, pour certaines parties, je n'ai qu'à remercier dame nature.

Et les filles en sont assez contentes, ce qui ne risque pas de me faire redescendre de mon piédestal. D'ailleurs, après mon passage chez Linda, je pense faire un détour rapide vers chez Marina, elle adore quand je sors de chez la coiffeuse...

En tout cas, ce n'est pas en continuant de gonfler

mes muscles et prendre la pose devant la glace que je risque d'aller où que ce soit, il faut que je me bouge le cul, un peu !

J'entre dans la douche et apprécie la caresse chaude de ce liquide précieux sur ma peau. Sa température est idéale et m'aide à me détendre, à organiser mes pensées. Je crois bien que la douche est ma deuxième activité préférée. La première étant, évidemment, sans grande surprise, la baise ! J'y peux rien si j'attire les filles comme des aimants ! Et puis, je ne suis pas un Saint ou un fervent croyant, hors de question de me restreindre à une seule ou d'attendre le mariage.

Ouais, quelle idée de merde, ça aussi, se marier pour avoir des relations sexuelles, ils n'ont jamais pensé que c'était totalement con ? Si on se marie sans tâter la marchandise, comment savoir que ça nous ira ? Ah, putain ! Qu'est-ce qu'il peut être débile ce gouvernement de croyants parfois !

Un bruit dans la maison me fait sursauter. En ce moment, je ne suis pas trop tranquille avec toutes ces rumeurs qui circulent sur les sorciers, même si je suis persuadé qu'elles ne sont pas fondées.

Enfin, il faudrait être taré pour croire que l'*Opus Dei* veuille faire du mal à ses citoyens, magiques ou non. Jamais un gouvernement n'irait s'en prendre à son peuple, il sait bien à qui il doit son pouvoir quand même !

Je ne suis pas branché politique, mais malgré mon manque d'information, il ne faut pas me prendre pour un débile ! Le gouvernement en place a tout intérêt à ce que son peuple soit heureux et bien traité s'il ne veut pas se faire dégager aux prochaines élections ! Quoi qu'il en soit, mes cons de potes ont bien réussi à me foutre la trouille.

Parce que même si le gouvernement n'est pas derrière tout ça, il y a bien des sorciers qui disparaissent et ça, ça fait flipper, merde !

Un nouveau bruit, plus fort que le précédent, retentit et je tire le rideau de douche pour passer la tête en dehors.

— Maman ? C'est toi ?

Impossible, ma mère bosse jusqu'à vingt heures ce soir et il n'est que quatorze heures. À moins qu'elle soit malade ?

Aucune réponse. J'ai dû me tromper. Rien d'alarmant et surtout rien qui ne vaille que je m'extirpe de ma douche dont je savoure à nouveau la chaleur de chaque goutte. Notre baraque n'est pas isolée de tout, nous sommes au rez-de-chaussée d'une petite résidence ; les bruits du voisinage sont assez courants. Je vais pas commencer à me chier dessus pour un truc tout à fait normal, si ?

Non, pas le genre de la maison. J'ai du courage à revendre et si quiconque tente de me faire du mal, mon pouvoir suffira à me défendre. En espérant juste que je ne tombe pas un sorcier plus expérimenté que moi.

Soudain, une violente douleur me vrille les reins. Je suffoque, mes jambes flageolent et je baisse les yeux tant bien que mal sur la partie du corps qui me lance. Merde ! Qu'est-ce que...

J'ai tout juste le temps de me rendre compte qu'une lame noire s'est logée dans le bas de mon dos qu'elle se retire brusquement et revient percuter mes côtes.

Je laisse échapper un cri de douleur avant de m'effondrer comme un con dans la douche. Le sang se mêle à l'eau, il s'écoule de mes plaies tandis que la lance revient me frapper de plein fouet. Je suis nu et vulnérable, blessé à deux endroits.

Ça me brûle, ça me tord les tripes, ça me fatigue… Mes paupières me semblent lourdes, j'essaye de lutter, de lever la main pour empêcher la lance de me frapper à nouveau, mais j'en suis incapable, ma magie s'est éteinte, on dirait. J'attrape du bout des doigts le rideau que je tente d'ouvrir, mais je n'y arrive pas. Ma force physique me quitte en même temps que ma force morale.

La lance s'enfonce dans ma poitrine une dernière fois, sonnant la fin de ma lutte. Un symbole gravé dans le métal noir m'apparaît et confirme ces folles rumeurs.

Le gouvernement de l'Opus Dei exécute des sorciers.

CHAPITRE 1

DAINA

Toute ma vie, je me suis sentie à part de la masse considérée comme normale. J'ai toujours eu la sensation de ne pas être comprise, mais de ne pas non plus comprendre ceux qui m'entouraient. Ça a commencé à la maison, avec mon frère – qui malgré nos différences était adorable avec moi –, puis ça a continué à l'école. Dès les premières classes, je me rendais déjà compte de ma différence, même si je ne l'interprétais pas vraiment. Je ne voulais pas jouer aux mêmes jeux, j'aimais passer mes récréations à poser des questions aux enseignants afin d'en apprendre toujours plus, ce qui les agaçait beaucoup.

Puis, j'ai grandi, je suis allée au collège et ensuite au lycée. C'est là que j'ai réellement pris conscience du fossé qui me séparait des autres. Là où mes camarades trouvaient un intérêt tout particulier à débattre de choses futiles et dérisoires, je ne voyais qu'une bande d'écervelés incapables d'ouvrir leurs esprits. Ils n'avaient aucune soif d'apprentissage et n'étaient motivés qu'à se critiquer les un et les autres, sans jamais apprendre à regarder leurs fesses.

Non, mais c'est vrai, qu'est-ce qu'on en avait à faire de la couleur du chemisier de la nouvelle ou du poids que pesait supposément la prof de mathématiques ? Et si ça s'arrêtait là... Mais non, ça continuait sans cesse et, à l'époque, j'avais l'impression de vivre en boucle les mêmes journées inintéressantes. Même si je ne faisais pas partie de ces cercles fermés d'élèves privilégiés, leurs conversations se voulaient suffisamment publiques pour que tout le monde en profite.

Même si j'avais la tête plongée dans d'épais bouquins, je ne pouvais ignorer leurs brimades et leur méchanceté. Je me suis mise un peu plus à l'écart à partir de ce moment-là. J'en ai eu marre, je ne supportais plus leurs émotions négatives, leurs moqueries et leurs préoccupations des plus futiles. J'aspirais à plus, je voulais découvrir le monde et tout ce qui le compose. J'avais soif de connaissance et me donnais les moyens d'apprendre.

Je passais mon temps libre à la bibliothèque et j'ai dévoré tellement d'ouvrages que je suis dorénavant incapable d'en tenir un compte.

Mais depuis, tout a changé. Rien n'est plus comme avant et cette époque pas si lointaine semble se situer à des années-lumière de moi. En même temps, ce n'est pas un seul détail de nos vies qui s'est transformé, non, ce sont nos vies tout entières.

Le gouvernement d'abord, lorsque j'étais encore une enfant. Je n'ai aucun souvenir de celui qui l'a précédé. J'étais trop jeune pour me rappeler la vie *avant* ce changement considérable. Les seules connaissances que j'ai sont liées aux livres d'histoire, et encore ils se font rares et papa me dit souvent que tout n'y est pas consigné.

Certains disent que l'*Opus Dei* a volontairement dissimulé des ouvrages, que les membres du gouvernement ne souhaitent pas que l'on se plonge dans un passé de débauche où la religion était reléguée au second plan, mais moi je n'y crois pas vraiment. Je ne fais pas forcément plus confiance à nos dirigeants, mais je les imagine mal aller réquisitionner des livres d'histoire, supprimer des pans de notre passé, ils n'ont pas que cela à faire.

Je suis peut-être trop naïve, mais je continue de croire que ceux qui sont à la tête de notre pays œuvrent pour nous, les citoyens. Même si les rumeurs qui courent commencent à m'étouffer. Je n'ai jamais écouté ni cru celles qui gonflaient durant ma scolarité, pourquoi le ferais-je aujourd'hui ?

Bon, il est vrai que ce qu'il se passe dans notre pays a de quoi inquiéter, ou du moins nous pousser à nous poser des questions. D'abord, ces enchanteurs qui se mettent à fleurir un peu partout. D'où viennent-ils ? Comment ont-ils obtenu de tels pouvoirs ? Des centaines de vidéos tournent sur internet et même si elles sont très rapidement supprimées, j'ai eu le temps d'en voir quelques-unes. Ça fait froid dans le dos.

La magie n'est supposée exister que dans les

ouvrages de fiction, que viendrait-elle faire dans la réalité ? C'est trop étrange pour moi... et pourtant... je sais ce que j'ai vu de mes propres yeux.

Je refuse d'y croire, je tente de réfuter mes pensées, mais cela n'enlève en rien à ce que j'ai pu observer. Les vidéos, je n'y croyais pas. Les montages sont tellement faciles à réaliser de nos jours, trois clics et on peut ajouter toute sorte d'effets à une photo ou une vidéo. Cependant, dans la vraie vie, c'est autre chose. Surtout quand ça se produit chez moi...

Mon frère, que je n'avais pas vu depuis plus d'une semaine, est venu me rendre visite il y a quelques jours, paniqué. Il s'est assis sur mon canapé, comme à son habitude, et je lui ai servi un café, comme à mon habitude. Mais il était terrifié, je l'ai vu dans son regard et ses gestes. Il ne cessait de se passer les mains dans les cheveux, d'observer celles-ci les yeux exorbités. Au bout de quelques minutes, il s'est levé et a commencé à arpenter la pièce.

Mon appartement n'est pas très grand, il fait soixante mètres carrés à tout casser et mon salon n'est donc pas l'endroit idéal pour faire les cent pas. On en a vite fait le tour, en fait. Face à mon canapé marron se trouvent une table basse en verre, puis au-delà, le meuble télé et le mur. Pas d'espace superflu, juste celui qu'il faut pour passer sans rien enjamber. Sur la droite, une large baie vitrée mène au balcon et cette dernière était fermée lorsqu'il a pris la décision d'user ses souliers sur mon parquet.

De l'autre côté se trouvent une table ronde et quatre chaises, le coin salle à manger. Tout est dans la même pièce, les meubles sont pratiquement collés les uns aux autres, mais ça ne me dérange pas. Je suis bien ici et je me sens libre, c'est ce qui compte, non ? Enfin, c'est là où je me sentais bien jusqu'à ce qu'Alvaro se décide à faire ce genre de truc.

— Tu ne veux pas t'asseoir ?

— Je ne peux pas, Daina, je n'y arrive plus.

— Tu n'arrives plus à faire quoi ? Rester assis ? Ce n'est pourtant pas si compliqué, il suffit de...

Avec un ton si sec qu'il m'a rappelé mes lectures sur le *Sahara*, mon frère m'a coupé la parole. C'était la première fois qu'il se montrait aussi véhément avec moi.

Notre enfance s'est si bien passée, nous ne nous disputions quasiment jamais et trouvons toujours un terrain d'entente en cas de désaccord, malgré nos sept ans d'écart.

— Ce n'est pas de ça que je parle ! Il se passe des choses, j'ai tenté de les réprimer, j'ai longtemps prié, mais ça n'a rien changé. Dieu m'a abandonné...

À mon tour, je me suis levée. Les sourcils froncés, je me suis approchée de lui et l'ai forcé à s'arrêter, avec gentillesse, bien sûr.

— Qu'est-ce qu'il se passe ? Tu es malade ?

— Je pense bien... malade de ce mal qui ronge les Espagnols...

Au début, je n'ai pas compris, j'ai cru qu'il me parlait d'un virus, une grippe ou quelque chose dans ce goût-là. Je ne regarde plus trop la télévision, je fuis volontairement les chaînes d'information, car leurs nouvelles me dépriment chaque jour un peu plus. Sur les réseaux sociaux, je me contente de visionner de courtes vidéos de cuisine et d'humour, ça détend...

— Y'a une grippe qui circule ?

— Non, *loca*, je te parle d'une chose bien pire. Les *Enchanteurs*...

C'est quand il a prononcé ce mot que mon monde s'est arrêté de tourner dans le bon sens. Parce que mon frère n'a jamais été du genre à croire au paranormal. Un bruit étrange la nuit ? Une canalisation qui grince ! Une ombre sur le mur ? Un jeu de lumière ! Même lorsqu'il était petit, il n'a jamais cru aux histoires de fantômes, de vampires et loups-garous là, où, mes cousins et moi étions tétanisés.

Alors, entendre une telle chose dans sa bouche, ça a commencé à m'inquiéter. Et puis, je n'ai pas eu le temps de lui poser plus de questions qu'il a commencé à crier. Il a pris sa tête entre ses mains en m'ordonnant de reculer, ce que j'ai évidemment fait. Je n'ai jamais eu peur de lui, mais à ce moment précis... si.

Tout son corps s'est ensuite mis à irradier d'une étrange lueur. Je n'avais jamais vu quelque chose d'aussi clair, d'aussi... pur.

Je suis restée sous le choc, immobile, à quelques mètres de lui. Ses yeux pleuraient, son corps illuminait la pièce, peut-être même tout l'appartement tant la lumière était puissante.

Comment refouler cela ? Comment continuer de penser qu'il ne s'agit que de montages ? D'inventions ? Non, après cela, je ne peux vraiment pas refuser d'y croire. D'ailleurs, que j'y croie ou non n'enlèvera rien au fait que la magie existe et qu'elle s'est immiscée à l'intérieur de mon frère. Je n'aurais jamais pu imaginer une telle chose...

Il est parti affolé, me sommant de me faire discrète et me jurant qu'il reviendrait pour me protéger. D'après lui, nous devons fuir. Mais fuir quoi ? Je l'ignore.

Depuis que je l'ai appris, que je l'ai vu de mes propres yeux, j'ai beaucoup de mal à l'occulter. J'effectue mes journées à *General Optica*, l'opticien pour qui je bosse, sans grand enthousiasme. Je reçois les clients sans jamais cesser de me demander : « *Et s'il était un enchanteur, lui aussi ?* ». C'est très difficile. Je n'ai jamais cru à la magie. Alors comment accepter qu'elle puisse non seulement être réelle, mais en plus contaminer mon frère ? Dois-je me plier à l'évidence et à ce qu'elle implique ? Et s'il est un enchanteur, dois-je m'en réjouir ou plutôt en avoir peur ?

Je n'ai jamais été du genre à juger autrui, j'ai toujours accepté mes semblables, peu importe leurs différences qui, à mon sens, constituent une immense richesse. Cependant, aujourd'hui, je suis forcée d'admettre que pour la première fois de ma vie, j'ai peur de l'une de ces différences. Je me hais de penser ainsi, je me hais de sursauter lorsqu'une personne fait un grand geste dans la rue, je me hais de me poser toutes ces questions sur les personnes que je rencontre ou qui m'entourent. Je me hais de me rapprocher de tous ceux que j'ai toujours détestés pour le simple confort de me sentir *normale*.

Surtout quand cela concerne mon propre frère.

Je ne l'ai pas encore revu depuis sa révélation et

je dois avouer que, malgré ses promesses, je ne me sens pas encore prête, j'ai peur de ma réaction. C'est mon frère, je l'aime de tout mon cœur, mais serais-je en mesure d'accepter son changement ? Je n'en suis pas certaine et je me déteste pour ça. Et puis, comment lui faire comprendre que je ne fuirai pas à ses côtés ? Je n'ai rien à cacher, je refuse de tout abandonner.

J'ai envie de me foutre des gifles. Et puis, je me pose une autre question bien plus importante à mon sens : comment puis-je l'aider ? C'est ce qu'il voulait, non ? De l'aide. Mais je ne sais absolument pas quoi faire. Je n'ai aucune solution à lui proposer en dehors de l'enfermer dans une cave et de ne pas en sortir. Pour le moment.

Non, tu divagues complètement !

Dans la rue qui me ramène chez moi, j'essaye de mettre de l'ordre dans mes pensées, mais j'ai du mal à les partitionner. Tout se mélange, tout me ramène à cette différence. Va-t-on la surmonter ? Oui, je ne devrais même pas avoir à me poser la question, je ne suis pas comme cela en général. Alors pourquoi celle-ci prend autant de place dans ma tête et mon cœur ?

À mesure que je me rapproche de mon appartement, diverses pensées et sentiments s'emparent de mon esprit. *Peur, joie, colère, tristesse, gêne, ennui...* Tout ça n'a aucun sens ! Ce n'est pas croyable ! Je dois être plus fatiguée que ce que j'imaginais...

Pourtant, toutes ces émotions me traversent et accroissent mon mal de tête. Que m'arrive-t-il ?! Je mets difficilement un pied devant l'autre et me retiens *in extremis* à l'angle d'un mur lorsque tout devient de plus en plus flou et puissant.

La foule de passants dans la rue ne me prête aucune attention, ils continuent leur route, pressés de retrouver la chaleur de leur foyer.

Étonnement. Fatigue. Peine.

Je ferme les yeux et me les frotte en expirant bruyamment. Je ne suis plus qu'à une dizaine de mètres de chez moi, je vais y arriver.

Déterminée à rejoindre mon logement au plus vite, j'accélère la cadence et positionne mon badge électronique devant le boîtier sans tarder.

Quand je referme la porte derrière moi, le flux d'émotions se tarit enfin et le calme revient. Que vient-il de m'arriver ? Suis-je à ce point éreintée ? Ai-je choppé un virus ou une maladie de ce style ?

Je n'ai pas le temps de profiter du calme qu'une autre émotion m'envahit tout à coup : le *dégoût*. Qu'ai-je donc, à la fin ?! Une boule grossit dans ma gorge et me comprime la trachée. Je vais vider le contenu de mon estomac d'une seconde à l'autre !

Je lutte contre ce que je ressens et monte dans l'ascenseur qui me mène au troisième étage, là où je vis. Il y a quelque chose qui cloche... pourquoi ma porte est entrouverte ?

CHAPITRE 2

AMADOR

Courir est l'activité que je préfère. Que je *préférais*. Avant tout ça, je le faisais pour le plaisir, j'enfilais des baskets de course, un short fluide ainsi qu'un débardeur et je battais le bitume en rythme avec la musique dans mes oreilles. Le sang pulsait dans mes veines, répandant un délicieux plaisir dans chaque parcelle de mon corps. Mais depuis que ce putain de gouvernement de tarés a décidé de s'en prendre à ceux qu'ils ne comprennent pas, je cours pour fuir : ce n'est pas le même délire.

Même si je n'étais pas assez vieux pour me rappeler de la vie sous l'ancien régime, je sais quand même que ce n'était pas à ce point répressif. Certes, ce n'était pas non plus tout beau tout rose et le peuple souffrait financièrement, mais au moins, nous n'étions pas dirigés par des fanatiques religieux et leurs idéologies venues d'un autre temps.

Depuis que le grand prêtre et son équipe sont à la tête de l'Espagne, c'est la merde. Et c'est de pire en pire.

Les messes sont devenues obligatoires, on trouve des églises et des cathédrales à chaque coin de rue et des curés prêts à distribuer la parole *Sainte* tous les deux mètres. Un véritable bordel. Soit, tu t'y plies, soit, tu prétends le faire. Il n'y a aucune autre alternative possible.

J'ai choisi la seconde option, mais je n'ai jamais oublié de garder un œil jeté par-dessus mon épaule. Les fanatiques religieux sont les plus tarés, ils vous plantent un couteau dans le dos à la première occasion, juste parce que vous avez oublié un « *Je vous salue, Marie* » à l'heure du déjeuner. Des dingues...

Les apparences de démocraties ne suffisent plus à masquer la dictature religieuse sous-jacente. Même si le peuple croit encore qu'il est roi, qu'il dispose d'un libre arbitre, il ne fait que voter parmi un panel de prêtres plus tarés les uns que les autres. Tous servent le même Dieu, les mêmes folies. Sont-ils seulement différents de l'ancien gouvernement ? Certes, leurs objectifs se distinguent et leurs manières aussi, mais dans le fond, leur but ultime n'est-il pas de se maintenir au pouvoir ?

L'ambiance dans le pays est de pire en pire, surtout depuis que les enchanteurs ont fait surface. La magie est apparue, divisant un peu plus encore la civilisation. Les aficionados de Jésus et ses apôtres sont de plus en plus véhéments, les appels à la haine et au rejet des sorciers sont terribles. Particulièrement à Madrid.

J'ai assisté à des scènes qui m'ont glacé le sang, de celles qui vous révoltent à en crever, mais vous pétrifient aussi sur place. Je n'ai pas bougé le petit orteil, comme tous les autres spectateurs de ces délations infâmes. J'ai honte. J'ai vu des fidèles du Christ pointer du doigt des sorciers, mais je les ai aussi vus les arracher à leur famille, les traîner et les forcer à rejoindre le *bon côté*. Qu'ont-ils réellement fait d'eux ? Nul ne sait. Pourquoi j'ai fermé ma gueule ? Pour me protéger de leur haine, évidemment. Je suis en cavale, je ne pouvais pas prendre de risques...

Dans les petites villes, ça se répand lentement, comme une maladie dégénérative qui s'étend petit à petit via les connexions neuronales abîmées d'une personne âgée. Doucement... Sous la surface plus qu'au-dessus. Là-bas, les gens ont du mal à croire à ce qu'il se passe dans les grandes villes, dans la capitale. Ils n'imaginent pas que le gouvernement, à la solde de Dieu, puisse exécuter froidement des pauvres innocents, des enchanteurs. Même si les rumeurs commencent à affluer, aucune preuve ne vient les étayer. Là-bas, les gens sont encore étrangers à la délation et au lynchage public. Et puis, rien ne prouve non plus que la magie existe vraiment. Nous sommes à l'heure du développement technologique et les outils de montages pullulent, tout le monde pense à des effets spécieux.

C'est pour toutes ces raisons que je cours, que je fuis. Je tente de rejoindre une petite ville plus tranquille pour y trouver refuge.

En réalité, je ne cours pas vraiment, je marche,

j'évite de faire du stop, on ne sait jamais sur qui je pourrais tomber. Mon sac rempli du strict nécessaire sur le dos, j'agrandis de plus en plus la distance entre la capitale et *Albacete*, là où un contact m'attend.

Et je peux affirmer que sans voiture, ou moto, se déplacer devient vite pénible. J'ai mal aux pieds, aux jambes et à peu près dans tous les muscles de mon corps. Qu'est-ce qu'il en serait si je n'étais pas sportif du tout ? Je crois que je n'aurais même pas dépassé *Arganda del Rey*.

Heureusement, mon entraînement quasi quotidien et mon goût prononcé pour l'athlétisme me permettent de maintenir une certaine forme. Malgré mes quelques douleurs physiques, je parviens à surmonter mes peines. Je m'arrête dans des lieux isolés pour dormir et je repars une fois suffisamment reposé. Je n'aurais jamais imaginé avoir à faire une telle chose. Surtout dans le but de fuir un gouvernement meurtrier et une milice aux mœurs peu recommandables.

Le *MOD* ou *Milites Opus Dei*, constitue les principales forces spéciales du gouvernement ; la main armée non pas de Dieu, mais des fous supposés le représenter. Ce sont ces ordures qui m'ont arraché Silene, ma cousine. À chaque fois que je repense à elle, mes poings se serrent instinctivement, tout comme ma mâchoire et mon cœur.

Sa mort n'était pas une erreur, ce n'était pas un dommage collatéral comme ils le prétendent dans de rares cas où leurs bavures ne passent pas inaperçues. Non, c'était une exécution. Ils l'ont traquée, dénichée et abattue. Dans mon appartement. Tout ça parce qu'elle avait développé des dons surnaturels que nul n'explique. Je suis arrivé à la fin du spectacle. Je n'ai pas été assez rapide, pas assez fort pour la sauver. Tous les jours, je me fustige pour cela, je m'en veux terriblement, mais ma rage se dirige tout de même principalement vers eux, le gouvernement et sa main armée.

Ce sont eux que je veux éradiquer, eux que je veux décimer pour protéger mes pairs, et j'y parviendrai. Coûte que coûte.

Aux abords de la ville, que j'ai tout de même mis quatre jours à rejoindre, l'espoir gonfle dans ma poitrine. Miguel est là, à m'attendre au pied d'un bâtiment – que j'imagine être en partie vide, pour des raisons de sécurité évidentes.

Malgré la température plutôt agréable, il porte une veste qui remonte sur son cou et des gants, sans parler de son pantalon large et de ses baskets montantes. En dehors de son visage, aucune partie de peau ne dépasse.

— Amador ! Je suis heureux de te voir !

Le jeune barbu au regard clair m'enlace fugacement et profite de notre proximité pour me chuchoter à l'oreille :

— Des membres du *MOD* ont été repérés en ville, t'es prêt à te battre ?

Évidemment, je hoche la tête, mes mâchoires se serrant imperceptiblement. Si ces salauds sont là, on va leur faire leur fête. Je suis prêt à en découdre, à leur servir ce qu'ils méritent.

Miguel avise la rue autour de nous d'un coup

d'œil à la fois attentif et discret, puis il m'offre un léger sourire et me dit :

— Viens, je vais te faire visiter.

Je marche dans les pas de l'enchanteur jusqu'à l'entrée d'un bâtiment sans rien dire, puis nous rejoignons ensemble le quatrième étage où je découvre un appartement investi par les *nôtres*. Une dizaine de mages se trouvent ici et semblent organiser un départ. Sacs à dos, téléphones sécurisés, vêtements, nourriture... tout indique une fuite organisée. Tout ce que j'ai embarqué aussi à mon départ de Madrid.

— Les amis, je vous présente Amador, il va rejoindre nos rangs.

Un à un, ils me saluent, me gratifient d'un sourire qui n'atteint pas leurs yeux. Qu'est-ce qu'il se passe ici ? Je pensais que dans les petites villes, l'espoir était encore permis... Je pensais que, contrairement aux grandes métropoles, ici les gens étaient encore tranquilles. Je n'ai vraiment pas cette impression à les voir ainsi, on dirait qu'ils se cachent.

La peur se lit sur le visage de certains, ceux qui sont dans un coin, recroquevillés sur eux-mêmes. Mais il n'y a pas que ça, la tristesse a envahi les traits de tout le monde ici, je reconnais la tête de ceux qui ont morflé quand je les vois et je peux affirmer que ces gens-là ont pris cher...

— Miguel, je peux te dire un mot ?

— Ouais, bien sûr !

D'un même pas, nous nous éclipsons dans le couloir, loin des oreilles de ses compagnons.

— Dis, je croyais qu'on avait parlé d'un endroit

sûr ? Tu m'as dit qu'ici ce n'était pas comme à Madrid.

— Ouais, je sais... disons que... les choses se sont accélérées.

— En quatre jours ?!

— Non, en deux.

J'ai l'impression que le sol se dérobe sous mes pas, que la terre change soudainement de sens de rotation. Comment les choses ont-elles pu déraper aussi vite ? Comment tout a pu changer en seulement deux jours ?

L'*Opus Dei* étend son contrôle sur la population bien plus vite que je croyais, à en croire la tête de Miguel, il est autant surpris que moi par leur vitesse d'action. Mais comment ont-ils fait, bon sang ? Jusqu'où iront-ils pour nous traquer et nous tuer ?

— Comment est-ce allé aussi vite ?

— On n'en sait rien, ils ont commencé à attaquer des familles, à recruter des fidèles jusque dans la rue, c'est le bordel, Amador. On dirait que les nôtres ne sont même pas au courant de ce qui se joue...

— Merde ! C'est quoi ton plan ?

— D'abord, on doit sauver les enchanteurs qu'on a repérés en ville avant qu'il ne soit trop tard.

— Vous en avez repéré beaucoup ?

— Une trentaine, mais malheureusement la moitié a déjà été décimée, j'ai une équipe qui est partie chercher trois d'entre eux et qui devrait revenir. Deux autres partiront d'une seconde à l'autre.

— Compte-moi dedans.

— Quoi ? T'es sûr ? Tu viens juste d'arriver, tu

veux pas...

Avec détermination, je coupe la parole de mon nouvel allié :

— Miguel, je ne suis pas venu ici pour profiter du paysage. Je pars avec eux.

— OK, alors... tu peux poser tes affaires ici, dans la salle à manger. Sylvio te donnera les instructions pour la mission, m'indique-t-il en me désignant l'endroit, puis la personne du doigt.

— Très bien. Et ensuite, c'est quoi le plan ?

— Des enchanteurs ont trouvé et préparé un abri en montagne, pas loin de *Siles*, en Andalousie.

Je ne connais pas parfaitement toutes les villes d'Espagne, mais je crois savoir quand même que ce n'est pas la porte à côté et j'imagine déjà que de longues journées de voyage nous attendent. J'ignore encore combien nous serons à effectuer le trajet, mais ça s'annonce difficile. Auront-ils tous la force de parvenir au bout ? Je l'espère...

— Tu vas donc partir avec Sylvio et Esteban, ils vont tenter de récupérer une jeune enchanteresse.

— Pas de problème.

À l'endroit où je trouve de la place, je pose mon sac à dos et je récupère une veste que j'enfile aussitôt. Les deux enchanteurs avec qui je vais effectuer ma première mission viennent à ma rencontre et se présentent, je leur serre la main avec respect.

— Alors, c'est quoi ton pouvoir, Amador ? me questionne Sylvio.

— J'ai une super-force. Et vous ?

Le jeune homme, qui ne doit pas avoir plus de vingt ans à en croire l'innocence de ses traits, hausse les sourcils et plisse les lèvres, comme s'il était impressionné par mon don.

D'un geste, il désigne l'autre homme à côté de lui, plus petit et plus âgé si j'en crois ma capacité à déterminer l'âge des autres.

— Esteban peut repérer les enchanteurs et moi je manipule l'électricité et l'électronique.

Je hoche la tête, mais je dois dire que je suis assez impressionné. Ils ont de sacrées capacités et je ne doute pas de leur utilité dans la bataille qui nous oppose au *MOD*.

Très rapidement, Esteban me parle du lieu où nous allons intervenir, il m'explique par où nous allons passer, comment nous allons nous organiser et je retiens méthodiquement tout ce qu'il me dit.

— Si je perçois la présence des agents du *MOD*, alors je vous le ferai savoir et Sylvio coupera l'électricité pour nous permettre d'intervenir et de sauver la fille.

— Tu peux repérer les humains ?

— Oui, par leur absence de magie, ils déploient une aura différente de celle des enchanteurs.

— D'accord, c'est hyper pratique, je suppose ?

— Oui, très. Dis, tu es sûr que tu ne veux pas te reposer ? Emilia peut venir à ta place, elle est très forte aussi...

— Non, je ne suis pas fatigué. Et puis, je veux me rendre utile.

— Comme tu voudras. Tant que tu ne nous ralentis pas, rétorque Sylvio.

Dans son ton, aucune animosité. Ce n'est qu'un avertissement comme un autre, utile dans une situation comme celle-ci.

— Bon, si vous êtes prêts... on peut y aller.

Je pivote vers Sylvio et lui fais comprendre d'un hochement de tête que je suis paré. Je remonte la fermeture à glissière de ma veste, camouflant ainsi ma gorge, ça m'évitera peut-être de me la faire trancher.

Synchrones, nous descendons par les escaliers et rejoignons la rue où nous évoluons à pied, en silence. Presque arrivés, Esteban nous arrête d'un mouvement assez brusque, les yeux écarquillés.

— Ils sont là, ils l'ont trouvée... Changement de programme, on fonce !

Merde !

CHAPITRE 3

DAINA

Bon, j'ai fait le tour de mon appartement, mais je n'ai rien remarqué de suspect. À tâtons, j'ai vérifié toutes les pièces, ainsi que les placards, on ne sait jamais si un tueur en série avait l'idée de s'y planquer, bien que la place manque tout de même. Une fois mon inspection finie, je prends conscience que si c'était le cas, vérifier chaque pièce ne m'aurait en aucun cas sauvé la vie. Le tueur, ou la tueuse m'aurait égorgé quand même.

Je pose mon sac sur la table de la salle à manger et me dirige vers le coin cuisine afin de me servir un verre d'eau, toutes ces émotions m'ont asséché la bouche. J'ai simplement dû mal fermer ma porte, voilà tout. Ça ne m'arrive jamais, mais avec les évènements des derniers jours, je ne serais pas étonnée d'avoir eu la tête en l'air. Je suis encore sous le choc et bouleversée de savoir que mon frère est un sorcier.

Seule dans mon appartement, le sentiment de dégoût qui m'a envahi un peu plus tôt revient et ne me quitte pas. Une boule se forme dans mon œsophage et je peine à ingurgiter l'eau fraîche qui, pourtant, fait du bien à ma bouche. À celui-ci se mêlent de nouveaux sentiments, de la détermination, de la colère. Bon Dieu, mais qu'est-ce qu'il m'arrive ?! Je vais aller prendre une douche chaude, ça me fera le plus grand bien.

Je pose le verre et au moment où je me tourne pour rejoindre ma salle de bain, une arme longue et tranchante me passe à quelques centimètres du visage, s'enfonçant dans le plan de travail de ma cuisine.

Le hurlement que je pousse me déchire les cordes vocales, mais ce n'est rien en comparaison de la peur qui accélère instantanément mon rythme cardiaque. Deux hommes cagoulés et vêtus d'uniformes sombres se trouvent face à moi, des lances en main. Pour esquiver la deuxième attaque, je n'ai pas d'autre choix que sauter par-dessus le petit comptoir qui sépare ma cuisine du reste de la pièce. Évidemment, je m'étale par terre comme une crêpe et une violente douleur me cisaille le bas du dos. Merde !

— Que voulez-vous ? Vous vous trompez sûrement, je ne suis qu'une simple orthoptiste !

Sans un mot, les deux hommes sortent lentement de la cuisine et se placent méthodiquement devant la porte de sortie et le comptoir. Ils ne tiennent vraiment pas à ce que je m'échappe ces deux-là !

— Je vous en prie, ayez pitié ! Je ne suis pas celle que vous croyez !

Mais qu'est-ce que je pense qu'ils croient d'abord ? Qui attaque des personnes à leur domicile avec des lances ?! Des lances, nom d'un chien ! Nous ne sommes pas au temps des croisades ! Mon cœur tambourine dans ma poitrine, la peur m'empêche de formuler une pensée correcte et, par extension, de trouver une solution pour fuir. Je me suis enfermée dans le coin de mon appartement d'où je ne peux partir qu'en sautant par le balcon. Une chute qui serait fatale, c'est certain !

Mourir bêtement en me cassant les fémurs ou mourir transpercée par une lance ? Je n'ai pas envie de choisir !

— Je vous en prie, je n'ai rien fait de mal !

Acculée par les deux hommes qui demeurent silencieux, je comprends que je n'ai aucune chance. Ils ne m'épargneront pas. Alors, dans un élan de désespoir, je m'agenouille et joins mes mains devant moi pour prier. Si je ne peux m'aider moi-même, peut-être que Dieu le pourra ?

Mon geste fait sursauter les assaillants, comme s'ils ne s'y attendaient pas du tout. Ils échangent un regard, toujours aucun mot, puis l'un des deux s'avance vers moi d'un pas déterminé, la lance levée.

Son mouvement me paraît ralenti, mais je sais que c'est la peur qui me paralyse et déforme ma perception des choses. Je le sais, car je vois des images de ma famille défiler devant mes yeux, celles de ma jeunesse, de mon chien *Rook*, de mes poupées, de ma chambre rose, de mon échec de teinture blonde...

Je ferme les yeux et les larmes glissent le long de mes joues, je vais mourir et je n'ai ni la force ni l'ingéniosité pour me sortir de là.

Soudain, alors que je m'attends à recevoir la brûlure de la lance dans le cœur, un énorme fracas retentit et des cris de stupeur s'en suivent.

J'ouvre les paupières et découvre une scène qui me fait à mon tour pousser un hurlement.

Trois hommes sont entrés dans mon appartement et l'un d'eux assène de violents coups de poing à mes attaquants. Le sang macule déjà ses mains.

L'un d'eux s'approche de moi lentement, sa main tendue devant lui comme s'il cherchait à apprivoiser un chien. Son visage ne me dit rien, je n'ai pas l'impression de le connaître et pourtant, la gentillesse qui se dégage de ses traits me donne envie de prendre sa paume. Pourtant, la peur me paralyse et je n'esquisse aucun mouvement. Qui sont ces gens ? Pourquoi me défendent-ils de ces... sales types ?

Mes pensées s'entrechoquent et j'en viens même à occulter la présence de l'inconnu face à moi.

— Daina Avila ? me questionne mon sauveur.

Pour je ne sais quelle raison – la stupidité et le désespoir peut-être ? –, je hoche la tête pour lui confirmer mon identité. Avec un peu de chance, les hommes qui m'ont attaquée vont l'entendre et se rendre compte de leur erreur. Non ?

Je jette un œil à ces derniers, mais il semblerait qu'ils ne soient plus en état d'entendre quoi que ce soit. L'homme qui les frappait semble avoir terminé son œuvre et son ami, les yeux exorbités, le réprimande assez violemment.

— Mais, à quoi tu pensais, Amador ?! On devait juste les assommer, pas les tuer ! Il ne faut jamais laisser de traces ! Il va falloir partir plus vite que prévu !

L'homme qui vient de prononcer ces mots, un assez grand type avec les cheveux châtain, les yeux sombres et la mâchoire rasée de près, semble prendre la tête de ce petit groupe malgré son jeune âge. Son intonation ne laisse aucun doute.

— Allez, Daina, il faut que tu viennes avec nous maintenant.

Toujours planté devant moi, le petit brun au visage gentil me tend la main et semble déterminé à me convaincre de les suivre. Est-ce vraiment judicieux ? Après tout, même s'ils viennent sûrement de me sauver la vie, je ne les connais pas. Dois-je réellement leur accorder ma confiance ?

Fébrilement, je me lève et jette un œil autour de moi, le corps tout entier pris de tremblements. Mon appartement est sens dessus dessous, ma table de salle à manger est cassée, des objets ont volé dans la pièce et de là où je me trouve j'aperçois la porte d'entrée, à moitié fracassée.

Et au milieu de ce capharnaüm, deux corps aux crânes explosés et trois hommes aux visages fermés. Que se passe-t-il ici ? Non, mais retour en arrière, c'est quoi ce délire ?! D'abord, je me mets à ressentir toute sorte d'émotions bizarres et contradictoires — qui se sont d'ailleurs bien étrangement évaporées — , ensuite je manque de me faire tuer par des mecs vêtus de noir pour finir par me faire sauver par trois inconnus sortis de nulle part.

Suis-je en train de rêver ? Si c'est le cas, sacrée réalisation ! C'est tellement réaliste que je sens même le pincement que je m'inflige sur l'avant-bras.

— Non, tu ne rêves pas, Daina, mais je t'en prie, il faut que tu nous suives maintenant. Nous allons te mettre à l'abri et te protéger.

Wow, à quoi il joue lui ? Il lit dans mes pensées ou quoi ? Ou alors je suis juste trop prévisible ? On m'a souvent dit qu'on lisait en moi comme dans un livre ouvert, j'ai tendance – apparemment –, à laisser mes expressions faciales parler à ma place.

Oui, mais là, il va quand même falloir que je songe à réellement m'exprimer.

— Protéger ?

Mon premier mot depuis ce qui ressemble à une éternité. Ce n'est pas une phrase, juste un mot répété tant bien que mal, une intonation interrogative qui permet à mon interlocuteur et ses amis de comprendre que je suis totalement perdue. Je ne peux pas faire mieux pour l'instant.

Celui qui a les poings recouverts de sang s'approche de moi et je ne peux m'empêcher de reculer, instinctivement. Il plante ses yeux verts dans les miens et un frisson parcourt mon échine. Cet homme vient de tuer – massacrer serait plus exact – et pourtant je ne peux m'empêcher de penser qu'il est vraiment très beau. Oui, si on aime le genre tueur en série recouvert de sang. Mais son regard... Wouaw, il y a quelque chose dans ses yeux qui m'hypnotise complètement.

— Viens, Daina. N'aie pas peur.

Au moment où il tend ses grandes mains devant mon nez, il se rend compte qu'elles ne sont pas rassurantes ainsi recouvertes d'hémoglobine. Et moi ? Je prends mon courage en main et je me lève d'un bond, je cours jusqu'à la sortie en attrapant sur le chemin mon sac à main.

Mon cœur fait une embardée dans ma poitrine quand je passe à côté des deux cadavres et mes larmes dévalent mes joues à la même vitesse que mes jambes dévalent les escaliers. Pas le temps d'attendre l'ascenseur, ils me rattraperaient à coup sûr.

Pourtant, je ne suis pas assez rapide et au moment où je pose ma main sur la poignée de la porte qui mène au hall d'entrée de l'immeuble, des doigts se resserrent sur mon avant-bras. Même si je ne les connais que depuis quelques minutes, je les reconnais instantanément. *Amador.*

— Lâche-moi, je t'en supplie ! Ne me tue pas...

Le grand brun me plaque contre le mur et m'intime au silence en plaçant son index devant sa bouche charnue. Je ravale ma salive, mais pas mes larmes, la peur vissée à l'estomac, je n'esquisse aucun mouvement et je me surprends à lui obéir.

Quelques bruits me parviennent depuis le hall, des pas, des tintements de clés. Sûrement des locataires. Les yeux verts du jeune homme sont fixés sur la porte des escaliers, il craint que quelqu'un nous découvre, ça se lit dans son regard. C'est le moment pour moi de me manifester, avec un peu de chance on viendra me sauver de lui...

J'inspire et m'apprête à hurler quand sa main,

toujours tachée de sang, se plaque sur ma bouche. Il rapproche ses lèvres de mon oreille et son souffle s'échoue le long de mon cou.

— Ne fais pas de bruit, ils ont peut-être ramené des renforts.

Des renforts ? De quoi parle-t-il ? Et c'est qui d'abord ce « *ils* » ? La peur coule dans mes veines et alimente mon corps tout entier, une désagréable boule se forme dans ma gorge, j'ai envie de vomir. Je retiens comme je peux ce dégueulis et ferme les yeux quand finalement la main d'Amador se retire de mon visage. Elle laisse une étrange sensation de fraîcheur.

Les bruits sont de plus en plus éloignés, puis tout à coup aucun son ne nous parvient en dehors de celui de l'ascenseur.

— Tu peux tout couper, Sylvio !

Le concerné, dont je n'avais même pas remarqué la présence dans les escaliers en face de moi, hoche la tête et ferme les yeux une seconde avant de les rouvrir. Un son étrange me parvient, mais je n'arrive pas à le déchiffrer, je n'ai d'ailleurs pas le temps de m'y attarder puisque Sylvio prend la parole.

— C'est bon.

— Alors, on y va !

Si j'ai pensé plus tôt que ce Sylvio était à la tête de ce groupe, il est clair que l'ordre que vient de donner Amador le positionne à cette place. Alternent-ils le rôle ?

Le brun attrape ma main et plonge son regard vert et hypnotique dans le mien :

— Je sais que t'as peur, Daina, mais j'ai besoin que tu me fasses confiance pour te sortir de là. Tes ennemis, les nôtres, sont puissants et ne reculeront devant rien, ta seule chance est de venir avec nous.

— Mais... venir où ?

Le plus âgé du groupe s'avance et mon regard se pose sur lui, il a l'air si inquiet...

— Dans un lieu sûr, avec les tiens.

Les miens ? Mais de quoi parle-t-il ? Mes parents ? Aurait-il eu de leurs nouvelles ? Mon frère, peut-être ? Pourvu que ça ne soit pas un piège, parce que je n'ai plus la force de lutter et j'esquisse un léger mouvement de tête avant de les suivre à l'extérieur, où la nuit est en train de tomber.

Ma main serrant toujours celle d'Amador, mes pieds battent le bitume en rythme avec les battements frénétiques de mon cœur. Je n'aurais jamais imaginé marcher aussi vite pour fuir un ennemi dont j'ignore tout.

Si c'est bien ma famille que je m'apprête à rejoindre, alors j'espère qu'ils pourront me fournir une explication concernant toute cette... merde. Mon Dieu, mais que vient-il de se passer précisément ?!

CHAPITRE 4

AMADOR

Daina est tétanisée, son regard trahit la tonne de sentiments qui la traverse et ses larmes font se resserrer mon cœur. Putain, la nana est passée si près de la mort, je ne peux que la comprendre. Dans le salon de la planque de Miguel, elle se recroqueville sur elle-même et observe les visages des autres enchanteurs en semblant ne rien comprendre à ce qui lui arrive. Elle n'est donc réellement pas au courant ? Comment peut-elle ignorer qui elle est ?

J'essuie mes mains désormais propres sur une serviette, puis la balance sur mon épaule et m'approche d'elle lentement. Je l'ai assez effrayée pour la journée avec ma petite crise de démence. Je ne comprends d'ailleurs toujours pas ce qui m'a pris, pourquoi je me suis acharné avec tant de rage et de violence sur ces deux ordures, mais je sais que ça m'a fait du bien. Sur le moment.

Maintenant, nous sommes obligés de nous cacher ici en attendant de pouvoir fuir la ville, ce qui ne devrait plus tarder. Le *MOD* aura vite fait d'envoyer une équipe chercher les responsables de la mort de ces agents et ils n'hésiteront pas à fouiller la ville de fond en comble. C'est tout à fait leur genre.

Voilà pourquoi nous devons partir plus vite que prévu. Parce que je n'ai pas été en mesure de me retenir et que je n'ai pas suivi les instructions. Des règles que j'ai apprises en courant à travers les rues d'*Albacete*, sous la pression et la précipitation. Je n'y ai vraiment plus pensé lorsque j'ai vu ces deux brutes en uniforme faire face à une jeune fille aussi apeurée. Qui aurait pu se retenir ? Qui aurait laissé ces deux connards s'en tirer ? Personne. Surtout pas quelqu'un comme moi qui connais leurs vices et leur méchanceté.

Daina me regarde avancer vers elle la lèvre tremblante, les yeux écarquillés. Craint-elle que je m'en prenne à elle ? Oui, j'en suis certain. C'est cette peur qui l'a poussée à fuir un peu plus tôt dans son immeuble, elle ne nous fait pas confiance et c'est totalement compréhensible. Elle m'a vu tuer deux hommes à mains nues, elle est effrayée par mon comportement et il est temps pour moi de remédier à cela. Elle doit me faire confiance pour que je puisse la protéger.

— Je peux m'asseoir avec toi ?

Pour la forme, je lui pose la question, mais je n'attends pas forcément sa réponse puisque je prends place à sa droite sur le sol avant même qu'elle hoche la tête.

— Comment tu te sens, Daina ?

— Euh... je suis pas sûre.

— Tu as mangé quelque chose ?

Elle secoue la tête de gauche à droite, puis plante son regard dans le mien. Putain, je n'avais même pas remarqué la teinte si particulière de ses yeux. Entre marron et or, ils n'ont rien de naturel et lui confèrent un regard à couper le souffle. Je n'ai jamais vu une si belle couleur. En d'autres circonstances, j'aurais sûrement dragué cette femme et l'aurais invitée à me rejoindre sous les draps. En d'autres circonstances, en d'autres temps...

Car tout a changé évidemment.

— Vous allez me faire quoi, maintenant ?

Qu'est-ce qu'elle croit ? Qu'on va disposer d'elle comme d'un vulgaire jouet ? Nous sommes loin de nous comporter ainsi et si nous l'avons ramenée ici, c'est juste pour la protéger.

D'un autre côté, je comprends ses craintes. Elle ne sait rien de nous et doit sûrement se demander pourquoi nous l'avons aidée, pourquoi nous avons risqué nos propres vies pour elle. Oui, d'ailleurs, pourquoi ? N'avons-nous pas assez à faire avec les nôtres, de vies ? Non, je ne peux penser cela, même si je le désire. Je ne peux pas refouler mon altruisme, malgré la noirceur de ce monde dans lequel nous évoluons.

— Daina, crois-tu vraiment que nous allons te faire du mal ?

— Je n'en sais rien... Je ne sais d'ailleurs toujours pas grand-chose sur vous. Qui êtes-*vous* ?

— Nous sommes le *LDE*, la ligue de défense des

enchanteurs.

Je n'ai pas remarqué que Miguel s'était approché de nous et je suis soulagé qu'il l'ait fait. Je n'aurais pas été en mesure de répondre aussi précisément à la question de Daina. Je n'étais d'ailleurs même pas au courant qu'ils avaient trouvé un nom de groupe, plutôt stylé d'ailleurs.

— Défense des enchanteurs ?

— Oui, les sorciers, les magiciens, peu importe le nom qu'on nous donne, ça revient au même. Nous avons tous des capacités spéciales.

Pour qu'elle comprenne de quoi il est question, je rajoute :

— C'est pour ça que les agents du *MOD* étaient chez toi, pour te faire disparaître parce que tu as des pouvoirs.

La jeune brune ténébreuse tourne vivement la tête vers moi avant de la secouer frénétiquement. Elle secoue également sa main comme si je venais de dire la plus grosse bêtise de ma vie.

— Non, non, il y a forcément une erreur, je ne suis pas une sorcière ! Je n'ai aucun don particulier. Rien. Je ne suis que... moi.

Miguel s'agenouille et plisse les lèvres, je lui trouve cet air soucieux qu'ont les parents qui s'apprêtent à dévoiler une information terrible à leurs gosses.

— Tu ne l'as peut-être pas encore développé suffisamment pour t'en rendre compte, mais Esteban est formel, tu es une enchanteresse.

— C'est... impossible...

Sa voix est chevrotante, la peur s'y entend et je

remarque que ses mains tremblent. Je ne peux pas croire qu'elle ignore tout de notre monde, elle a sûrement un lien avec la magie. Sinon pourquoi le *MOD* l'aurait traquée ?

— Personne de ta famille n'a montré des signes de magie ?

— Euh... Si, mon frère, mais...

Brutalement, elle s'interrompt et ses yeux s'emplissent de larmes avant de s'écarquiller. Elle semble reconnecter les choses entre elles, comprendre enfin ce qui a poussé des membres du *Milites Opus Dei* à s'introduire chez elle. Si son frère a été repéré – et possiblement tué puisqu'il ne se trouve pas ici –, alors elle fait partie de la liste.

Je n'ai pas encore bien compris le mode de fonctionnement du gouvernement, mais il ne s'encombre pas de détails. Si un membre d'une fratrie a un don, ils exécutent tous les frères et sœurs. Idem pour les parents et enfants... Ils ne cherchent pas à comprendre. Ils exécutent les ordres en fait : tuer tous les enchanteurs ou ceux susceptibles de l'être.

La seule chose que nous ignorons tous c'est leur façon de repérer les sorciers. Disposent-ils d'une technologie spéciale ? Utilisent-ils des moyens de pression ? La délation ? Ou alors un enchanteur comme Esteban qui trahit les nôtres ? Non, ça, c'est carrément impossible.

— Vous croyez qu'ils l'ont tué ?

La voix vrillée par l'émotion de Daina me tire de mes pensées et je serre les dents, incapable de lui fournir une réponse qui pourrait lui convenir. Rien de ce qu'on pourrait lui dire lui ira de toute façon, sauf si nous décidons de lui mentir. Ce qui est totalement exclu.

Miguel et moi échangeons un regard rempli de sous-entendus et c'est mon allié, l'enchanteur endormeur, qui prend la parole, ainsi que la responsabilité de lui apprendre ce que nous savons déjà.

— Si tu ne le vois pas dans cette pièce, alors... oui, c'est possible. Je suis sincèrement désolé, Daina.

— Non, mais... il s'est peut-être enfui, non ? Il est intelligent, assez sportif, vous pensez pas qu'il a pu fuir ? Et mes parents ? Sont-ils traqués aussi ? Alvaro ne leur a rien dit, il n'a parlé qu'à moi...

Je ne sais pas quoi répondre à cela, la jeune enchanteresse semble pleine d'espoir, mais sa tristesse est palpable. Je sens que nos prochaines paroles auront beaucoup d'impact sur elle et même si je n'ai pas envie de lui faire du mal, je n'ai pas non plus envie de lui cacher la vérité.

Parce que, la réalité, c'est que son frère est sûrement mort et les preuves ont été supprimées. Ses parents sont soit dans l'ignorance la plus totale – ce qui serait une grande première –, soit ils ont aussi été exécutés ou pire encore : ils ont vendu leurs gosses. Ça ne serait pas la première fois que cela arriverait...

Comment lui faire comprendre qu'aucun espoir n'est permis sans la choquer plus qu'elle ne l'est déjà ? Comment lui faire admettre que sa famille n'est sûrement plus ? En général, les attaques sur les membres d'une même famille sont coordonnées...

Ni Miguel ni moi ne sommes capables de

trouver quelque chose de réconfortant et vrai à dire. Le mensonge est exclu, il ne ferait que repousser l'inévitable et insinuer le doute dans son esprit. Or, si elle veut survivre, elle *doit* nous faire confiance. Nous n'avons pas le temps de nous dorloter les uns les autres, à la vitesse où vont les choses, il faut nous préparer au pire. Tous autant que nous sommes.

— Pourquoi vous ne me répondez pas ? Vous pensez qu'il est mort, hein ?

Alors que je cherche les mots justes pour lui répondre sans la blesser, Esteban nous rejoint, l'air affolé, et met fin à cette conversation difficile pour en amener une nouvelle plus dure encore.

— Miguel, les autres ont eu un problème, ils ne sont toujours pas revenus.

— Quoi ?!

D'un bond, le chef de ce groupe et moi-même nous levons, laissant maladroitement Daina à ses interrogations morbides.

— Ils auraient dû rentrer avant nous et pourtant toujours rien. Sylvio a essayé de les contacter via les talkies-walkies, mais leur fréquence ne reçoit plus...

Miguel laisse échapper un juron tandis que la jeune enchanteresse dans mon dos sanglote. Putain, dans quelle merde je me suis foutu en venant ici ?! L'avantage d'être seul c'est qu'on n'a pas à se soucier des autres, j'aurais dû garder cela en tête.

Surtout qu'au début, je venais ici pour me mettre à l'abri ! Je ne m'attendais pas à devoir mettre les mains dans le cambouis dès mon arrivée, même si ça m'a pas mal plu et que je me suis proposé, je dois l'avouer. La vérité, c'est que je ne m'attendais pas à ce que la ville soit déjà tombée, ou presque. Je pensais trouver quelques jours ou semaines de répit.

Madrid, ce n'était pas mieux, j'en conviens. Les enchanteurs se faisaient décimer les uns après les autres et le peu qui restait fuyait vers les villages. La tension est à son comble là-bas, c'est à peine si le *MOD* et les fidèles cachent leur haine et leur dégoût de notre *espèce*. Autrement dit, plus de quatre-vingt-dix pour cent de la ville.

Mais ici, les gens sont pleins d'espoir et pas du tout préparés à cette traque immonde que nous subissons tous du fait de notre condition. Ils ne sont pas prêts à lutter tout comme ils ne sont pas enclins à entendre la vérité. Elle est morbide, sombre et sans perspective de réussite. Si nous ne fuyons pas, si nous ne nous cachons pas, nous mourrons tous.

— Qu'est-ce qu'on fait, Miguel, on envoie une équipe les chercher ? Ou on s'en va maintenant ?

Le sorcier ganté se passe les mains sur le visage et contre son crâne rasé avant d'expirer bruyamment. Je dois avouer que je n'aimerais pas être à sa place, un leader doit prendre des décisions et celles-ci impactent toujours un groupe entier. L'horreur.

— Retentez de les contacter. Si dans trente minutes il n'y a toujours rien, on lève le camp.

La voix fluette et brisée de Daina s'élève.

— Quoi ?! On part où ? Pourquoi vous ne voulez pas aller les chercher ? Ne peut-on pas aller voir ma famille ? Je suis certaine que mes parents nous aideront !

Je crois bien que ni Miguel, ni Esteban, ni moi ne voulons répondre à cela, nous savons bien ce qu'il en est. Pourtant, il faut bien que l'un de nous se dévoue et lui explique les choses.

Je ne sais pour quelle raison je me sens investi de cette mission, mais machinalement je prends la main de la jeune femme et l'aide à se relever avant de l'attirer gentiment à l'écart de tout le monde. Je suppose qu'un peu d'intimité ne fera pas de mal pour ce que je compte lui révéler.

— Daina, tu l'as compris, nous sommes tous en danger. Les agents du gouvernement nous traquent et n'ont aucune pitié, ils ne lâcheront pas tant que nous ne serons pas tous morts et enterrés. Si nous restons ici plus longtemps, ils nous trouveront.

— Mais, mes parents... ils ne vivent pas très loin et je sais qu'ils pourront nous aider. J'en suis certaine.

— Non, tu ne comprends pas... ce que j'ai fait chez toi, ça va les mener à nous plus vite que prévu. On devait seulement les assommer et les droguer pour qu'ils n'aient aucun souvenir de notre intervention.

— Tu veux dire que tu as compromis notre sécurité ? Mais comment c'est possible, ils peuvent nous localiser ?

— Je ne connais pas vraiment leurs outils ni leurs méthodes, mais en tuant leurs agents, j'ai laissé une trace. Ils sont très organisés et ne laissent jamais rien au hasard. Ce sont des militaires après tout, si une de leurs équipes manque à l'appel, ils vont aller la chercher. Je ne sais absolument pas de quels moyens technologiques ils disposent pour nous trouver, mais si on reste là, ils le feront. Et on ne s'en tirera pas. Fais-moi confiance.

— Amador...

Sa façon de prononcer mon prénom, comme s'il était une complainte douloureuse, me fend le cœur. J'aimerais tant l'aider, lui promettre de tout faire pour qu'elle retrouve sa famille, l'aider à... je ne sais même pas quoi ! Je ressens juste le besoin irrépressible de lui venir en aide. Je ne sais même pas pourquoi.

— Mes parents habitent tout près et je pense vraiment qu'ils peuvent nous aider. On peut... éventuellement... y faire un saut ?

Comme seule réponse, je souffle de mécontentement et passe une main fatiguée dans mes cheveux. Dois-je vraiment céder à son désespoir et ses yeux de biche ? Ça ne serait vraiment pas sérieux du tout, je dois rester avec les autres. Je l'ai promis à Miguel en les rejoignant.

Mais comment résister ? Daina me regarde avec les plus beaux yeux que j'ai vus de ma vie, elle m'implore silencieusement avec toute la grâce qu'elle possède. Ses cheveux noirs encadrent son visage angélique à la perfection, elle est vraiment canon en fait !

Putain, j'avais pourtant juré de ne plus me faire influencer par une nana...

En passant ma main dans mes cheveux, qui sont plus longs sur le dessus mon crâne, je secoue la tête et lui demande :

— Où vivent-ils précisément ?

CHAPITRE 5

DAINA

Dans les rues sombres, sous les rayons de la Lune et la lumière artificielle des lampadaires, Amador et moi marchons avec discrétion pour rejoindre la maison de mes parents qui se trouve à quelques rues seulement du repaire de Miguel.

Mes émotions s'entrechoquent avec violence et j'ai encore beaucoup de mal à assimiler tout ce que je viens d'apprendre en l'espace de quelques heures, mais pour le moment, je me concentre uniquement sur ma famille. Mes parents savent sûrement où est passé mon frère et je suis certaine qu'il n'est pas mort. Il doit être installé sur le canapé, une manette en main et un jeu vidéo sur le grand écran du salon.

Il ne peut en être autrement.

Quand nous pénétrons dans le quartier résidentiel de ma famille, mon cœur s'accélère malgré lui. L'endroit a été refait à neuf, toutes les habitations se ressemblent, mais sont charmantes. Un mélange de briques rouges et de PVC gris anthracite qui fonctionne à la perfection. Ici vivent des familles, des personnes âgées et de jeunes couples, un endroit chaleureux où bon nombre de citoyens rêveraient de passer leur vie. Jusqu'à ce qu'elle vole en éclat...

Amador est tendu, sa mâchoire ne cesse de se contracter à mesure que nous avançons et je sais qu'il lui en a coûté de se détacher du groupe pour me soutenir. Miguel a tenté de l'en empêcher, de me dissuader de vouloir retrouver ma famille, mais il n'a pas réussi. Je ne peux me résoudre à laisser tomber les miens, ils sont encore mes parents et mon frère, pas ces enchanteurs dont je ne sais strictement rien.

Et puis, je ne suis même pas sûre d'en être une moi-même. Esteban est formel, mais je doute franchement de sa capacité à repérer les sorciers. Je n'ai jamais rien fait d'extraordinaire, je n'ai rien qui sorte de la norme. Je suis Daina, une petite orthoptiste célibataire et un peu trop naïve.

Alors pourquoi ce sentiment d'appartenance ne cesse de venir m'étreindre depuis que j'ai rencontré tous ces gens ? Sans avoir adressé un seul mot à la plupart d'entre eux, je me sens pourtant très à l'aise et, bizarrement, dans mon élément.

Non, je divague, je suis perturbée par cette journée irréelle qui s'est jouée devant mes yeux, ou plutôt cette fin d'après-midi. Car pour tout le reste, rien ne fut plus étrange. Comme tous les jours de la semaine, j'ai rejoint mon lieu de travail et j'ai salué mes collègues avec le sourire. J'ai travaillé comme je le fais toujours, j'ai pris ma pause déjeuner avec Alicia et j'ai dégusté une salade au soleil. Rien de particulier, quoi... Si on omet ma paranoïa concernant justement les enchanteurs.

Comment tout a basculé alors ? À quel moment les évènements se sont mis à m'échapper ? Comment ces... agents, m'ont-ils retrouvée ? Il y a sûrement une erreur...

En plus de vouloir m'assurer que mes parents sont en parfaite santé, j'aspire au fond de mon cœur à ce qu'ils éclaircissent ce malentendu. Je ne suis pas une enchanteresse, une sorcière, une mageresse ou une fée ! Je suis une humaine, simple et normale. Une de celles que l'on ne remarque pas d'ailleurs. Pour une fois, j'aurais aimé que ça soit encore le cas.

Et nous serons bientôt fixés, puisque nous nous rapprochons du numéro cinq, la maison de mes parents.

— C'est là.

Amador s'arrête, jette un œil autour de nous tandis que je récupère les clés que je garde toujours dans mon sac. J'ouvre le portail, nous entrons dans la cour, puis je déverrouille la porte d'entrée en m'annonçant :

— Papa ? Maman ? Vous êtes là ?

— Chuuut ! Crie pas comme ça, Daina, putain !

Je lui jette un regard noir et hausse les épaules avant de tendre l'oreille.

Aucune réponse. Les lumières sont éteintes et je les allume sans attendre tout en continuant d'interpeller mes parents. J'avance dans le couloir, rejoins le salon et appuie sur l'interrupteur.

Mon cœur s'arrête. Mes poumons se vident. Un cri semblant provenir du plus profond de mes entrailles déchire ma gorge et je ne vois rien d'autre que les litres de sang qui inondent le carrelage gris de la pièce.

Je sens à peine les bras d'Amador qui me retiennent. Je distingue la douleur dans mes côtes, elle m'est totalement égale.

Mon père, ma mère, mon frère...

Tous les trois gisent dans une mare, que dis-je un lac de sang ! Leurs corps sont mutilés, leurs yeux exorbités, leurs bouches entrouvertes, leurs peaux bleutées...

Amador m'empêche de me jeter sur eux, il me retient avec une telle force qu'il commence à me faire sérieusement mal, mais je n'y prête pas attention et continue de me débattre comme une folle.

— Non ! Amador ! Lâche-moi !

— Daina, putain ! Calme-toi !

Les larmes inondent mon visage, la tristesse me brûle de l'intérieur. Ils avaient raison...

Mes yeux fixés sur les cadavres sûrement gelés de ma famille, je me rends tout juste compte que l'enchanteur m'éloigne d'eux. Mes forces me quittent et je cesse de me débattre, laissant Amador me sortir de la maison.

Seuls mes sanglots me secouent, aucun autre son sort de ma bouche et aucune pensée cohérente se forme dans ma tête. À mi-chemin entre la porte d'entrée et le portillon, Amador s'arrête et se penche pour ramasser un truc. Je n'y prête aucune attention et me laisse choir sur le sol puisqu'il ne me retient pas.

— Merde, Daina, relève-toi !

Je ne l'écoute pas, je n'ai de toute façon plus de force. Il me soulève et me porte sans éprouver aucune difficulté, malgré mon poids. Je suis effondrée, qui a bien pu les tuer d'une manière aussi abjecte ? Au fond de moi, je crois que je le sais, mais je refuse toujours d'y croire.

Mes cris ont attiré des voisins un peu curieux, Amador tente de les rassurer d'un signe de tête et sûrement d'un sourire, mais mon état est loin de leur faire tourner les talons.

Tout à coup, une vague d'émotions m'assaille. Loin de celles que je ressentais jusqu'à présent, elles sont toutes différentes et d'intensités inégales.

Peur. Inquiétude. Curiosité. Colère. Fatigue.

Comme plus tôt dans la journée, je ne les comprends pas et elles me font mal à la tête. Heureusement qu'Amador me tient toujours dans ses bras, je peux en profiter pour fermer les yeux et tenter de reprendre le contrôle de moi-même sans me ramasser par terre comme une crêpe. Même sans rien voir, cette sensation affreuse de vertige ne me quitte pas, comme quand on a beaucoup trop bu et qu'on peine à trouver le sommeil. Est-ce que je vais vomir sur l'enchanteur ?

J'ai l'impression que tout autour de moi est flou et seules les émotions me parviennent. Des émotions et aussi quelques voix qui commencent à s'élever autour de nous.

— Que se passe-t-il ?

— Vous avez besoin d'aide ?

— Eh ! Ce n'est pas la fille Avila ?

Cette dernière question me glace le sang. Cette sensation étrange qui vous donne l'impression de vous vider de toute substance vitale. Celle qui vous fait croire que votre cœur ne remplit plus sa fonction correctement. Qui a parlé ? Je ne reconnais pas cette voix. Non pas que je connaisse l'intonation de chaque voisin de mes parents, mais la plupart me saluent à chacune de mes visites et j'ai cru reconnaître celle de la vieille Muñoz, pourquoi celle-ci ne me dit rien ?

En tout cas, sa question m'inquiète. Ça ne serait pas le cas en d'autres circonstances, mais puisque je viens de trouver ma famille massacrée, que j'ai failli être tuée dans mon appartement, je suis en droit de me faire du souci si quelqu'un me reconnaît. Surtout après tout ce que m'ont dit Miguel et les autres. Ma vie est en train de prendre un tournant inattendu et je n'y suis absolument pas préparée.

Sans cesser de marcher, et de me serrer dans ses bras, Amador répond aux questions d'une voix sèche et ferme.

— Non, ce n'est pas elle. Elle s'est tordu la cheville, je l'amène à l'hôpital il n'y a rien de grave, pas de panique. Vous pouvez rentrer chez vous.

L'enchanteur continue de marcher et s'éloigne du tumulte que provoquent les voisins d'un pas de plus en plus rapide. J'imagine que notre distance est suffisante et que nous ne sommes plus en vue puisqu'il s'arrête.

— Je peux te poser ? Tu te sens assez bien pour tenir debout ?

Lentement, je hoche la tête et prononce un faible « *oui* », même si je préférerais largement rester dans ses bras puissants. Bizarrement, ils m'ont fait me sentir en sécurité. Presque.

Avec douceur, il me dépose sur le sol et je reprends peu à peu mes sensations. Les émotions que j'ai ressenties se sont estompées, elles finissent même pas disparaître totalement. Toutes sauf une : l'inquiétude.

Quand je touche le sol, je remarque que mes pieds sont tout engourdis, je peine à tenir droite et Amador pose sa main sur mon bras pour m'empêcher de vaciller. Ma tête tourne, elle me donne même l'impression qu'un marteau piqueur y a pris résidence. Une horreur. Par réflexe, je fronce les sourcils et porte ma main contre mon front, bien que je sache pertinemment que ça ne changera rien à la douleur.

— Ça va aller ?

— Je ne sais pas, j'ai très mal au crâne... Je...

Dois-je lui parler de ce que j'ai cru ressentir ? Après tout, je ne suis pas si bête et je pense que tout ça a un lien avec les enchanteurs et ces soi-disant pouvoirs que je possède. Seraient-ils liés aux émotions ? Suis-je capable de lire dans les pensées des gens ? Enfin... pas les pensées, non, les *émotions*. Je n'ai perçu aucune pensée cohérente, juste un entrelacs de sensations différentes et contradictoires.

Je dois impérativement en parler à Amador, il est le seul qui peut m'aider là tout de suite.

— Je crois que mon pouvoir s'est manifesté...

Son regard clair se pose sur moi, alors qu'il

allait et venait tout autour de nous jusqu'à présent.

— Sérieux ? Qu'est-ce que c'est alors ? T'as senti un truc ?

— J'ai ressenti les émotions des gens… enfin, je crois. C'est quelque chose qui m'est arrivé plus tôt dans la journée, mais j'ai mis ça sur le compte de la fatigue et de… je ne sais pas du tout, en fait. Seulement, maintenant que je sais tout ça et que mes parents…

Une énorme boule de tristesse se forme dans ma gorge et m'empêche de formuler la fin de ma phrase, les larmes reviennent dans mes yeux et brûlent ma rétine. Amador me prend la main chaleureusement et la presse doucement.

— Je comprends, t'inquiète pas. Écoute, on va récupérer mon sac à dos, on va essayer de prendre une voiture et on va rejoindre les autres, en espérant que ça ne soit pas trop tard, OK ?

Je hoche la tête en guise de réponse, sans me demander plus que cela ce qu'il entend par prendre une voiture, puis je lui emboîte le pas dans la rue qui remonte vers l'entrée de la ville.

Je tremble, admettre que j'ai un pouvoir c'est… un peu compliqué pour le moment. Je n'ai pas envie d'être une enchanteresse, je n'ai pas envie d'appartenir à leur communauté, bien qu'ils soient sympas de m'y accueillir sans y réfléchir. C'est juste que, j'ai déjà eu du mal à accepter que mon frère avait un don, comment le faire pour le mien ? Il y a encore quelques heures, je me demandais comment agir avec Alvaro, je me posais une tonne de questions concernant toutes les personnes que je croisais.

J'avais peur qu'ils aient des pouvoirs, j'avais peur qu'ils soient... comme moi en fait.

C'est très compliqué à gérer et, malheureusement, la situation ne me permet pas vraiment de me poser et de réfléchir. Je n'ai même pas eu le temps de respirer depuis le sauvetage express.

— Dis, tu reconnais ça ?

Amador me tire de mes réflexions, il faudra que je songe à le remercier pour ça, ma tête était à deux doigts d'exploser. Entre nous, il lève la main et je reconnais entre ses doigts mon médaillon. Je l'attrape d'un geste vif et le regarde de plus près, il y a du sang dessus...

— Il faut croire qu'ils avaient tout prévu pour expliquer la mort de ta famille. Je l'ai ramassé devant le portail.

Non, mais c'est une blague ? C'est donc ça leur technique imparable pour expliquer les meurtres qu'ils commettent sans âme ni cœur ? Accuser le membre de la famille qui s'est enfui...

— Tu crois qu'ils ont mis d'autres preuves dans la maison ?

— Oui, ça ne m'étonnerait pas d'eux.

— Ils sont abominables...

Sur ce constat terriblement accablant, nous arrivons à l'endroit où nous nous sommes arrêtés un peu plus tôt.

Dans un renfoncement, entre des buissons touffus, Amador a déposé son énorme sac à dos — d'après lui ça aurait pu sembler suspect un type qui se balade avec un aussi gros sac sur les épaules —, il le récupère donc en le soulevant comme s'il ne pesait rien.

— Y'a quoi dans ton sac ?

— Mes affaires, quoi d'autre ?

— Toutes tes affaires ? Mais... tu n'as pas de maison ou d'appartement ?

— J'en avais, mais...

Il semble soudain agacé, qu'est-ce que j'ai dit ? Un voile étrange passe devant ses yeux, j'y lis de la tristesse, mais je n'en suis pas si certaine à cause de la faible lueur des lampadaires. Et puis, mon pouvoir semble s'être mis en pause puisque je ne ressens plus rien, en dehors d'une certaine fatigue physique et morale. Je préfère ça à la magie...

— Tu n'en as plus ?

— À Madrid, c'est le bordel. Les gens commencent à balancer les mages et je n'étais plus en sécurité. J'ai pris ce que je pouvais et je me suis tiré.

— Ah.

Qu'est-ce que je peux trouver à répondre à une telle chose ? Le pauvre a dû abandonner sa ville, sa maison, sûrement sa famille et ses amis. Je n'imagine pas combien cela a dû être difficile pour lui.

Je sais que je devrais arrêter avec mes questions, mais nous marchons toujours et j'ai envie de satisfaire ma curiosité.

— Et tu es venu seul ?

— Oui.

— Et ta famille ?

Agacé, Amador passe une main sur son visage et se retourne vivement vers moi.

— Daina, s'il te plaît, on peut arrêter de parler de tout ça ? J'ai vraiment pas envie d'aborder le sujet.

— Pardon.

Je n'insiste pas et continue d'avancer derrière lui, sans dire un mot. Ses pas sont rapides, son œil est vif et à l'affût du moindre mouvement. C'est d'ailleurs grâce à cela qu'il m'évite de prendre un violent coup de lance venu de nulle part.

Je m'étale par terre tandis qu'il explose en deux l'arme étrange d'un homme en tenue sombre. Merde ! Ils nous ont trouvés...

CHAPITRE 6

AMADOR

Pourquoi Daina continue-t-elle de me poser toutes ces questions ? Elle commence sérieusement à m'agacer avec sa curiosité mal placée ! Et si, pour une fois, on arrêtait de foutre son nez dans les affaires des autres, hein ?! J'essaye de toutes mes forces de ne pas lui montrer mon agacement et, plus important encore, de ne pas l'envoyer chier brutalement. J'espère qu'elle comprend, parce que je vais vite perdre patience.

Pour nous protéger l'un comme l'autre, je me dois d'être à l'affût du moindre bruit, de la moindre ombre qui passerait trop près de nous. Si elle ne s'arrête pas de piailler, je risque de ne pas voir le danger arriver. Est-ce qu'elle s'en rend seulement compte ?! C'est fini le temps où on pouvait évoluer tranquillement en papotant de tout et de rien, là, nous sommes traqués comme des bêtes !

Enfin, elle se tait et je peux me concentrer de

nouveau sur notre sécurité, même si sa façon de s'excuser me fend un peu le cœur. Elle a l'air abattue et la tristesse dans son regard me donnerait presque envie de la prendre dans mes bras. Néanmoins, je reste alerte et nous poursuivons notre chemin.

Une fraction de seconde plus tard, un bruit de pas sur le sol attire mon attention. J'ai tout juste le temps de me tourner que je repère l'un des ninjas du *MOD* brandir sa lance au-dessus de la tête de Daina.

Ni une ni deux, je m'en saisis et repousse l'assaillant avec force, un geste qui fait malencontreusement tomber l'enchanteresse le cul par terre. Je m'inquiète de son état d'un coup d'œil rapide, puis me concentre entièrement sur l'ennemi.

Je brise l'arme en deux et invite d'un regard noir et d'un mouvement des doigts l'agent du gouvernement à m'affronter à mains nues. On va voir s'il fait toujours le malin sans sa putain de lance dévastatrice !

Sa tenue sombre ne me permet pas de distinguer son gabarit, surtout qu'il fait nuit et que les lampadaires n'éclairent pas très bien la rue. Sans parler du fait qu'il porte un pantalon militaire, une veste épaisse et un gilet tactique par-dessus. Ça en fait des couches avant d'arriver à son corps, je ne serais même pas étonné de découvrir également un gilet pare-balles en dessous de tout ce bordel. Immobile, il me fait face, sa main sur la taille. Merde, il a un flingue ou quoi ?

Instinctivement, je tourne autour de lui avec agilité et finis par me retrouver entre lui et Daina, s'il s'en est pris à elle, quelque chose me dit qu'il tentera d'utiliser son flingue pour la tuer. Pourtant, il n'en fait rien, il reste à distance et ne sort aucun pistolet, rien. À quoi joue-t-il ce con ?

Dans mon dos, Daina se relève et pose sa main sur mon épaule.

— Amador... regarde...

Putain, ce n'est pas le moment de me distraire, bordel ! Ne comprend-elle pas que je ne peux détourner le regard de mon adversaire ? Si je fais glisser mes yeux ailleurs, il a sitôt fait de m'attaquer par surprise !

— Pas maintenant, Daina !

Sa petite main tremblante continue de tapoter mon épaule, un peu comme un gosse impatient d'obtenir l'attention de ses parents. J'ai tout du père agacé, là !

— Amador... on est encerclés...

Merde, mais de quoi elle parle ? Sans abaisser ma main droite que je tiens tendue devant moi, j'attrape Daina de la gauche et tourne lentement pour observer ce qu'il se passe. Et merde.

Elle a raison, nous sommes complètement encerclés par au moins six agents. Ils sont tous vêtus de cet uniforme sombre et terrifiant, cagoules, casques et lances sont aussi de la partie. Pour la première fois, je remarque sur leur poitrine un logo blanc que je n'avais jamais vu. Un mélange des lettres *MOD* et de la croix du Christ. Aucun doute possible sur leur identité pour le coup.

— Qu'est-ce qu'on fait, Amador ?

Le chuchotement affolé de Daina me parvient, mais je ne lui réponds pas, trop concentré à analyser

la situation.

Six hommes, probablement surentraînés, dont cinq armés de lances destructrices, nous entourent. Je peux en venir à bout grâce à ma force, ça, c'est sûr, mais je ne peux pas m'occuper des six en même temps. Il faut pourtant que je protège Daina et que je la sauve d'un destin funeste. C'est non négociable.

Il faut que je réfléchisse vite et bien, car peu à peu, ils réduisent la taille du cercle en s'avançant vers nous, leurs lances arrivant pile à la hauteur de nos cœurs.

OK, je crois que j'ai une idée, je vais créer une ouverture pour Daina en jetant le type en face de moi sur son collègue et ensuite, elle pourra s'enfuir à toutes jambes. Ouais, ça me semble pas mal.

En chuchotant, mais sans quitter des yeux tous mes assaillants – une tâche très ardue lorsque ces derniers se trouvent être six et disposés en cercle autour de moi –, je fais part de mon plan à Daina :

— À trois, tu fonces droit devant en courant et tu te caches. OK ?

— Non ! Pas question de te laisser !

— Daina, putain ! C'est pas le moment, je peux venir à bout de ces types, mais pas si tu restes dans mes pattes !

Je l'entends jurer, puis tout s'accélère et le premier type me fonce dessus. Je l'évite en l'envoyant valser à quelques mètres d'un coup de poing magistral, puis je donne le signal à Daina. Pourvu qu'elle m'écoute sans discuter !

— Trois !

Je me décale sur la gauche et administre le

même vol plané à un second homme tandis que la jeune femme s'échappe en courant.

Bien sûr, l'un des agents tente de la suivre, mais je lui jette un autre de ses collègues dessus et l'assomme. À l'aide de ma force magique, je les mets K.O. en un seul coup, ce qui me fait gagner énormément de temps. Une bonne frappe bien placée et ils tombent comme des mouches sur le bitume faiblement éclairé, leurs lances émettant un tintement désagréable de métal qui s'entrechoque.

Légèrement essoufflé par cette courte, mais intense bagarre, je réajuste mon sac sur mes épaules et cherche Daina du regard. Cette tête de mule ne m'a pas écouté, elle est plantée à quelques mètres de moi, le regard plein de... reconnaissance ? Où est passée la petite fille effrayée ? Elle avait peur de moi tout à l'heure, elle craignait le moindre de mes gestes après que j'ai dégommé ces mecs dans son appartement et là, elle me regarde comme si j'étais un Dieu vivant ? Elle tourne vraiment pas rond avec son sourire béat imprimé sur la tronche.

En même temps, est-ce que moi-même j'avais toute ma tête quand ils ont pris tout ce qu'il me restait ? Non. Absolument pas. J'ai manqué de virer barge. Si je ne le suis pas complètement d'ailleurs, je n'ai aucun diagnostic.

— Il faut qu'on se taille ! On a pas le temps de trouver une bagnole, allez viens !

Je m'approche d'elle et prends sa main dans la mienne, quelque chose d'anodin, mais qui finalement me provoque tout un tas de sensations étranges. N'ai-je donc point compris la leçon ? Je ne dois m'attacher à personne ! Tous ceux que je rencontre finiront par crever à un moment où à un autre.

D'un pas vif, nous quittons la rue et retournons assez vite vers l'appartement du *LDE*. Pourvu qu'ils soient encore là !

Daina est épuisée, je le vois bien, mais elle monte les escaliers sans se plaindre et ce n'est qu'une fois arrivés sur le palier du quatrième étage qu'elle se permet de souffler. Moi, je ne prends pas cette peine.

La porte est fermée, mais je sais d'avance que personne ne se trouve à l'intérieur. Aucune lumière, aucun son, nous avons mis trop de temps à revenir.

La main sur la poignée, je l'abaisse et entre, une petite boule dans l'estomac. La pièce qui était, il y a quelques heures encore, pleine de sorciers est désormais vide et sombre, ce qui me désole au plus haut point.

Miguel a été clair, si nous n'étions pas revenus à l'heure de leur départ, ils partiraient sans nous. C'est précisément ce qu'il s'est passé. Je serre les dents et m'approche de la table de la salle à manger après avoir allumé la lumière.

À notre attention, je trouve un petit mot et des clés de voiture.

« Parking de l'hôpital, code d'accès 2456 »

— Ils ne nous ont pas vraiment laissé tomber, regarde.

Je tends le mot à Daina, puis prends les clés et

les fourre dans ma poche.

— On va devoir marcher jusqu'à l'hôpital ?

— Ouais, à moins que tu aies une autre solution ?

— Non, mais… je me sens vraiment fatiguée. On ne pourrait pas se reposer un peu ?

Qu'elle m'agace ! Ne croit-elle pas que je suis fatigué moi aussi ? Est-ce qu'on a l'air d'avoir le temps de nous reposer ? Le *MOD* est sur nos traces, les six connards l'ont prouvé, ils ne lâcheront pas l'affaire facilement ! Le fait qu'ils nous aient attaqués en pleine rue montre que la situation à *Albacete* évolue encore plus vite que ce que Miguel pensait. D'ici quelques heures, ce sera sûrement comme à Madrid.

Mais alors… Si c'est ainsi ici, comment est-ce là-bas ? Reste-t-il encore un lieu où nous puissions être en sécurité ? Je commence sérieusement à en douter.

— C'est dangereux et on n'a vraiment pas le temps, Daina.

— Je ne tiendrai pas, Amador. Je n'ai rien avalé depuis des heures, je suis éreintée et… triste.

Je souffle et arpente la pièce d'un pas vif. Le QG n'est peut-être pas compromis, on peut peut-être s'y établir pour deux petites heures ? Après tout, moi aussi j'ai la dalle et j'apprécierais assez de prendre un petit repas avant de quitter la ville.

J'ai l'impression d'être dans un de ces films de science-fiction, de dystopie ou d'une autre de ces conneries. On se cache, on fuit, alors qu'on devrait tout simplement continuer à vivre notre vie normalement. La fin du monde est proche, les dirigeants nous veulent morts, c'est quel genre de bordel ?

J'ai vingt-neuf ans, je suis en bonne santé et je devrais être enfoncé dans mon canapé avec une bière fraîche et une pizza, devant un match de foot.

À quel moment tout a dérapé de la sorte ?! Quand avons-nous été projetés dans une version alternative de la Terre, une version où la magie est réelle et où les fanatiques religieux au pouvoir tuent ceux qui en ont vraiment ?

Si nous voulons l'un comme l'autre retrouver les autres membres du *LDE* et sortir de cette ville sans y laisser notre peau, alors un peu de repos sera nécessaire.

— OK, on va rester, mais deux heures, pas une de plus. Va te reposer, je vais chercher de quoi manger.

Daina semble soulagée, elle esquisse un semblant de sourire et s'installe sur le canapé, son sac à main serré contre elle. Elle ferme les yeux et, très vite, sa respiration m'indique qu'elle dort. Pauvre fille, tout ce qu'elle a vécu aujourd'hui, elle était bien loin de s'y attendre.

Je me surprends à éprouver de la compassion pour elle, qui me rappelle étrangement moi par certains aspects. Puis, je me souviens que le temps presse et je secoue la tête avant de plonger dans mon sac récupérer un peu d'argent. Pas d'attaches, avec personne. Même si elle est à tomber et que ses yeux... non ! Pas d'attache !

Avec un peu de chance, aller chercher des

burgers dans le fast-food du coin ne devrait pas me coûter la vie.

CHAPITRE 7

DAINA

Les deux heures sont passées et nous sommes de retour en train de déambuler dans les rues désertes et sombres de la ville. Jamais je n'aurais cru que marcher ici me provoquerait une si grande peur. J'ai toujours adoré cette ville, je m'y sentais en sécurité et j'admirais sa beauté. Désormais, traquée comme une bête sauvage par un gouvernement en qui je croyais, je la trouve répugnante et peu rassurante.

Mes pieds me font souffrir le martyre et je regrette de ne pas avoir enfilé une paire de baskets ce matin quand je suis partie bosser ; ça m'aurait évité les ampoules que me provoquent ces bottines à talons inconfortables. Je ralentis le pas malgré moi, la douleur prenant plus de place que ma détermination, et Amador se retrouve obligé de me pousser à avancer à plusieurs reprises.

— Allez, on n'a pas toute la nuit !

Je soupçonne ce mec d'être bipolaire. Un moment il est gentil et doux comme un agneau, l'instant d'après il me gueule dessus sans aucune compassion. Ne se rend-il pas compte de la détresse qui m'habite ? J'ai tout perdu en l'espace de quelques heures, j'ai découvert un monde dont j'ignorais tout et je dois composer avec toutes mes émotions ainsi que, parfois, celles des autres ! Y'a mieux comme fin de journée, non ? Et je suis certaine qu'il a vécu quelque chose de similaire ou de pire que moi, ça se voit sur son visage.

Il a sans arrêt les sourcils froncés, le regard triste et la mâchoire qui tressaute. Quelque chose le trouble, c'est évident, et vu ce qu'il m'a dit tout à l'heure, je suis certaine que ça concerne sa famille et sa vie à Madrid. Bon, ça n'excuse pas le fait qu'il soit aussi désagréable avec moi par moments, mais ça l'explique en partie. J'imagine qu'il n'a pas encore trouvé la force de passer au-dessus de ses propres émotions pour ménager celles des autres.

Après avoir marché un temps qui m'a paru infini, nous pénétrons enfin dans le parking sécurisé et Amador repère assez rapidement le véhicule qui nous est destiné. Eh ben ça alors... Ils n'ont pas pensé à mieux, franchement ?

Une vieille Seat Ibiza noire nous attend et quand Amador ouvre la portière, je me demande si celle-ci ne va pas céder. Franchement, on est en quelle année ? Ne pouvaient-ils pas prendre un modèle plus récent ?!

— Elle va fonctionner ?

— J'en sais rien, ils ne nous l'ont pas donnée

pour rien, donc j'imagine que oui.

Après avoir enlevé son énorme sac à dos, Amador le pose sur les sièges arrière et s'installe côté conducteur. Je fais le tour de la voiture et ouvre la portière qui émet un grincement désagréable avant de me glisser sur le siège. Mes pieds sont en feu et me remercient de cette pause bien méritée pour eux quand une idée me traverse l'esprit.

— Dis, puisqu'on a une voiture, on pourrait pas faire un saut chez moi pour que je prenne des affaires ?

Cette fois, je l'énerve clairement. Il fronce encore plus les sourcils et se tourne vivement vers moi.

— L'instinct de survie chez toi, ça n'existe pas, hein ? Ou alors, tu te fous de ma gueule ?

— Non, pas du tout ! Je n'ai rien en dehors de mon sac à main et je suis certaine que je ne reverrai pas mon chez-moi avant une éternité, voire jamais. Je vais pas rester comme ça toute ma vie, si ?

De la main, je désigne ma tenue – un pantalon inconfortable noir, un chemisier blanc et une veste de tailleur. Amador souffle et démarre la voiture, les traits encore plus agacés que pendant notre marche.

— On te trouvera des trucs en chemin, on s'organisera, mais il est hors de question de retourner chez toi.

— Amador, s'il te plaît ! J'ai besoin de vêtements chauds et de chaussures confortables. Sinon, je vais traîner des pieds, je vais râler, tomber malade peut-être et surtout, je vais être un poids mort pour toi et je vais te ralentir.

Ce dernier argument semble lui parler puisqu'il

se passe une main sur le visage et hoche la tête, sûrement à contrecœur.

— Je t'accorde trois minutes, top chrono.

— Merci, Amador ! Je te promets d'être la moins chiante possible !

— Ouais, on verra.

La voiture s'avance vers la sortie du parking dans un grincement de métal abominable, puis elle finit par ne plus émettre le moindre son et je guide l'enchanteur dans les rues de ma ville, destination mon appartement.

Personne ne circule dehors, les lumières des immeubles sont pour la plupart éteintes et vu l'heure, ça ne m'étonne pas. Amador stationne la voiture au pied de chez moi et j'entreprends de descendre quand sa main puissante, mais chaude, se pose sur mon bras.

— Attends, je passe devant.

J'obtempère et le laisse sortir du véhicule, puis m'escorter jusqu'au troisième étage de mon immeuble. Tout est calme, sombre et nous évoluons rapidement, mais sans briser cette quiétude liée à la nuit.

Ma porte est fracassée, je ne serais pas étonnée de voir que certaines de mes affaires ont disparu...

Pourtant, en dehors des deux cadavres qui se sont mystérieusement évaporés, tout est en place et rien ne manque. Amador me presse et je me hâte de rejoindre ma chambre où j'entasse dans un grand sac de sport des vêtements chauds et des sous-vêtements. Jean, jogging, pulls, t-shirts, je prévois suffisamment de tenues pour être à l'aise et protégée du froid, mais aussi légères en cas de chaleur. Je poursuis avec une paire de baskets et dans la salle de bain avec le strict nécessaire de toilette. Brosse à dents, dentifrice, gel douche, shampoing, brosse à cheveux et une serviette de bain. Mon sac est plein, j'ai du mal à le fermer, mais j'y parviens quand même et en un temps record.

Dans l'entrée, je rejoins Amador, qui porte un de mes sacs de courses.

— C'est bon, j'ai tout. Qu'est-ce que tu fais avec ça ?

— J'ai pris de la bouffe, on en aura sûrement besoin.

— Tu as eu raison. On peut y aller.

D'un même pas, nous nous dirigeons vers la porte et je m'arrête au niveau de l'encadrement. La photo de famille que j'ai posée sur le meuble de l'entrée me tend les bras, je ne peux me résoudre à la laisser. Il s'agit du dernier cliché que je possède...

Je la prends et la plaque contre moi avant de quitter les lieux et de refermer la porte sur mon passé, sur ma vie. Retrouverai-je un jour le confort de mon appartement ? L'innocence et la sécurité ? Au rythme où semblent aller les choses... j'en doute fort.

Après un peu plus d'une heure trente de voiture, cette vieille saloperie décide de rendre l'âme et nous nous arrêtons aux abords d'un petit village les nerfs en pelote. Enfin, petit n'est pas tout à fait vrai, minuscule serait plus exact. Perdu dans la montagne, il ne comporte pas plus d'habitants que le quartier où je vivais, c'est certain. Ce genre de village pittoresque où finir ses vieux jours, là où tout le monde se connaît et s'entraide. On a l'air malins avec nos sacs sur le dos et nos visages fatigués à traverser l'endroit comme deux randonneurs. A-t-on déjà vu des randonneurs de nuit ?

Pourvu que personne ne nous ait vus abandonner la voiture à l'entrée du village, on risquerait d'attirer l'attention sur nous, si ce n'est pas déjà fait. Comment réagissent les gens d'ici ? Savent-ils seulement ce qu'il se passe en ville ? Sont-ils du côté des exécuteurs ou des enchanteurs ? Je n'ai pas très envie de le découvrir, on ne sait jamais.

— D'après mon GPS, on en a pour neuf heures de marche.

Mon cœur manque un battement à l'annonce de cette information. Neuf heures de marche ?! Mais je ne tiendrai jamais la distance ! Déjà que la fatigue m'étreint avec force alors que nous n'avons commencé à marcher que depuis cinq minutes, qu'en sera-t-il alors ?

— Mais, Amador, je ne réussirai jamais à marcher tout ça.

— Mais si, t'inquiète pas. J'ai fait Madrid à Albacete en quatre jours, on va réussir.

— T'as marché quatre jours sans t'arrêter ?

— Non, sois pas naïve, Daina, j'ai fait des pauses pour dormir et manger quand même.

Je plisse les yeux et fronce les sourcils à l'encontre du sorcier, je me retiens de peu de lui tirer la langue telle une gamine immature. Enfin, il me prend pour qui à me parler comme ça ? Comment suis-je supposée deviner qu'il a fait des pauses ? De la manière dont il a annoncé ça, le doute planait et je n'aurais pas été la seule à lui poser une telle question.

Bon, je dois admettre que son histoire de pauses me rassure un peu, avec un peu de chance il décidera qu'on en fasse une bientôt. Marcher de nuit, dans ces routes de montagne totalement dépourvues d'éclairage, ça fait sacrément peur ! Le moindre bruit, provenant d'un animal ou d'un coup de vent dans les branches, fait battre mon cœur un peu plus vite.

Sans encombre, nous arrivons à la sortie du village et Amador s'arrête à un embranchement. Doute-t-il de la route à suivre ?

— Qu'est-ce qu'il se passe ? Tu ne sais pas où on doit aller ?

— Non, je regarde juste si on peut couper à travers la forêt.

Cette perspective ne me réjouit pas vraiment. Déjà que sur les chemins de terre nous ne voyons rien, alors qu'en sera-t-il sous les feuilles des immenses arbres ?

— Tu crois pas qu'on devrait attendre le lever du soleil ? On ne voit rien et... je sais pas, c'est peut-être dangereux, non ?

Amador semble réfléchir. Son profil est très faiblement éclairé par les rayons de la Lune, mais l'écran de son Smartphone me donne, lui, l'opportunité d'observer sa réaction. Il pince les lèvres, concentré sur ce qu'il regarde, puis il finit par soulever les sourcils et poser les yeux sur moi.

— Ouais, on va trouver un coin pour dormir.

Je me retiens de montrer ma joie, mais je pourrais tout à fait faire une petite danse si la situation n'était pas aussi catastrophique.

— Un peu plus haut, y'a un coin dégagé où on va pouvoir s'installer.

— Quoi ? On va dormir à la belle étoile ?

— Tu pensais que j'allais te réserver un hôtel de luxe, peut-être ?

Oui, évidemment, à quoi je m'attendais ? Et bien, je ne sais pas, mais certainement pas à devoir fuir ma ville pour être devenue la proie du gouvernement à cause de pouvoirs dont j'ignore tout.

— Non, bien sûr que non. Je suis un peu déphasée, pardon. Je te suis.

Amador me regarde avec un regard circonspect, puis il passe devant moi et avance sur le chemin de terre, le flash de son téléphone éclairant la route. Pendant quelques minutes, nous gravissons la montagne sur ce petit chemin et finissons par atterrir, au creux des arbres, dans un petit coin dégagé.

— Wouaw, ça a l'air magnifique...

Comme si les arbres s'étaient volontairement écartés pour laisser la place à quelques fleurs et autres buissons. Je suis certaine que le Soleil doit sublimer cet endroit, nous verrons bien demain matin, j'imagine.

— Va dormir, je vais surveiller les environs.

— Tu ne vas pas dormir ?

— Si, mais je veux d'abord m'assurer qu'on soit en sécurité.

— Oh, d'accord.

Je m'avance lentement au milieu de la végétation et pose mon sac, qui commence sérieusement à me faire mal au dos, puis je m'installe par terre. La tenue que j'ai enfilée dans la voiture est bien plus adaptée à une telle épopée et, de ce fait, je n'ai pas vraiment froid lorsque je m'allonge sur le sol.

Je pose ma tête sur mon sac et, roulée en boule sur le côté, je ferme les yeux et laisse le sommeil me happer.

Un repos pas si relaxant compte tenu du nombre de cauchemars qui me secouent, mais tout de même... c'est déjà mieux que marcher toute la nuit.

CHAPITRE 8

AMADOR

Ce voyage est bien plus éprouvant que ce que j'avais imaginé en partant d'Albacete. Daina ne cesse de se plaindre et les migraines s'enchaînent pour elle, la fatiguant d'autant plus. Je sais que ce n'est pas facile, j'ai conscience que marcher sur une aussi grande distance n'est pas habituel chez elle, mais elle pourrait au moins faire l'effort de se taire. Ce n'est simple ni pour elle ni pour moi, nom d'un chien ! Si elle réussit à s'émerveiller de la moindre fleur et des paysages qui sont – soyons honnêtes – à couper le souffle, pourquoi ne pas juste réussir à se la fermer ?!

Quand elle s'est réveillée dans la clairière où nous avons passé la nuit, j'ai cru avoir affaire à un gosse le matin de Noël. Elle avait des étoiles dans les yeux, un sourire sur les lèvres et je suis presque sûr d'avoir aperçu une larme au coin de son œil. Oui, l'endroit était magnifique, presque féérique d'ailleurs, ces fleurs roses sur lesquelles nous nous étions établis, ces arbustes touffus qui ressemblaient à du coton, cette lumière irréelle qui inondait l'endroit... Ouais, moi aussi j'ai adoré, la nature est plus magique que tous les enchanteurs réunis quand elle veut et, au moins, elle est la seule à continuer de nous accepter. C'est poétique en un sens... j'en conviens. Je peux comprendre qu'elle trouve à se réjouir de cela, mais elle m'agace à déblatérer et se plaindre de tout sans cesse ! Elle est bipolaire, ma parole !

J'exagère, j'en ai conscience. La jeune femme a tout perdu et se retrouve obligée de fuir sa vie en compagnie d'un type comme moi, taciturne et lunatique, y'a mieux. Pourtant, je suis agacé par ces pieds qui traînent, par ces incessantes complaintes et par sa mauvaise humeur qui m'atteint inexorablement tout comme je le suis par ces exclamations d'émerveillement. Je n'y peux rien, je suis humain après tout ! Enfin, non, pas vraiment, je suis une version améliorée puisque j'ai des pouvoirs, mais les sentiments le restent.

D'ailleurs, il va falloir que je fasse attention à ces derniers si je ne veux pas dévoiler toutes mes intentions à Daina. Si elle dit vrai et que son pouvoir est de lire les émotions des autres, elle doit sûrement connaître le moindre de mes desseins, c'est sûrement de là que viennent ses migraines. Pas étonnant, vu ce qui se joue dans mon cerveau, elle doit avoir la tête qui tourne face à ce douloureux tumulte.

Je suis à deux doigts de lui poser la question, mais j'apprécie bien trop le silence qu'elle daigne enfin respecter pour, moi-même, le briser. Entendre le bruit de nos pas et seulement cela me fait beaucoup de bien et j'en profite pour inspirer et expirer lentement, comme lors de mes séances de méditation. Ouais, je sais, c'est peu commun un mec dans mon genre qui médite, surtout dans le monde d'aujourd'hui, mais c'est nécessaire pour moi si je veux conserver un semblant de self-control. Un semblant seulement.

Et puis, j'en ai vraiment besoin pour remettre mes idées en place et accepter la personne que je suis devenue. Un meurtrier. Appelons un chat, un chat, je suis un tueur.

Certes, ceux que j'ai butés ne méritaient que cela et m'auraient fait bien pire s'ils avaient pu, mais il faut fournir un travail incroyable pour l'accepter sans virer barge. Mettre fin à la vie de quelqu'un, peu importe qui, c'est difficile. Pas l'acte en lui-même, ma force me permet de le faire avec une extrême facilité, mais c'est moralement que c'est dur. Avec une conscience qui fonctionne correctement et un cœur relativement fonctionnel, c'est compliqué. Voilà pourquoi je m'évertue à méditer dès que je le peux, comme je le peux. Mettre de l'ordre dans tout ce foutoir, ne pas céder à mes pulsions sanguinaires.

Car oui, une fois qu'on a goûté au sang, on en veut encore plus, toujours plus. Enfin, pas vraiment, mais ma haine du *MOD* ne cesse de croître et je ne rêve que d'une seule chose : tous les tuer jusqu'au dernier. J'ai l'impression que c'est la seule solution pour éradiquer complètement le problème, y mettre un terme définitivement.

Le gouvernement ne trouvera pas d'autres mercenaires assoiffés du sang des sorciers, si ? Non, c'est impossible, les gens ont un cœur quand même. *Avaient...*

Tout a tellement changé, je ne me fais toujours pas à ce revirement total. Avant, les gens n'étaient qu'amour et paix, ils s'acceptaient l'un l'autre, allant même jusqu'à créer des groupes de soutien pour les minorités. Où est passé cet esprit ? La magie fait-elle si peur qu'elle réinitialise totalement le cœur des peuples ? J'ai tellement de mal à le croire... Nous ne sommes pas mauvais, aucun enchanteur n'a, pour le moment, été arrêté pour usage malveillant de ses dons.

Ce qui pourrait être surprenant, je dois l'admettre, mais qui ne l'est finalement pas tant que ça. Il semble juste que ces pouvoirs qui se sont insinués en nous aient choisi d'investir des personnes qui sauraient quoi en faire. Tout simplement.

Alors, oui, personne ne sait encore pourquoi et comment ils se sont développés, mais j'ai entendu beaucoup de théories et celle qui me parle le plus, qui résonne en moi avec force, c'est celle-ci. La magie nous a choisis, elle a pris place chez certaines personnes pures, qui l'utiliseraient pour faire le bien.

Suis-je réellement en droit de penser que j'y contribue ? Tuer des agents du gouvernement de sang-froid, c'est bien, ça ?

Avais-je le choix ? Pouvais-je réellement faire

autrement ? Le sang macule mes mains depuis qu'ils ont touché à ses cheveux, mais pas une seconde je n'ai regretté de l'avoir fait. Pas une seule...

Le soleil brille dans le ciel et mon sourire démontre la joie que j'ai d'enfin la retrouver. Je ne l'ai pas vue depuis une éternité et elle me manque terriblement. Nous avons prévu de faire les quatre cents coups ensemble, comme d'habitude.

Mais cette fois, quelque chose a changé. Un nouveau lien s'est créé entre nous, nous rapprochant encore plus, je ne pensais pas cela possible. Une vibration m'indique l'arrivée d'un nouveau message et je ne peux m'empêcher de sourire face à celui-ci.

Silene :
Bouge ton cul ou je siffle tes bouteilles !

Amador :
Essaye seulement !

Je pouffe de rire et accélère le pas, le bus m'a déposé non loin de mon appartement où elle m'attend, mais il me faut quand même marcher cinq bonnes minutes.

Silene est ma cousine, mais je la considère plus comme la sœur que je n'ai jamais eue. Nos pères ont développé ensemble une société d'électronique et ont embauché leurs femmes quand elle a commencé à prendre de l'ampleur. Résultat ? Ils étaient, tous les quatre, très souvent en voyage d'affaires lorsque nous étions gosses, nous avons donc été en partie élevés chez nos abuelos[1]. Forcément, ça rapproche de passer tout son temps avec une personne, des biberons de lait aux verres de tequila. Je suis né dix jours après elle, une chose qu'elle ne cesse de me rappeler en m'appelant « primito[2] », et à laquelle je rétorque en me gonflant devant elle. Un mètre quatre-vingt-dix à côté d'un mètre cinquante-sept, y'a une sacrée différence.

La porte de mon immeuble est ouverte, parfait, ça m'évite de devoir encore galérer avec mon putain de badge qui bloque presque tout le temps.

Je monte les marches quatre à quatre, impatient de retrouver Silene. Elle est venue s'installer chez moi et il est clair que nous allons passer plus de temps à picoler qu'autre chose, mais peu importe : nous serons ensemble pour lutter contre cette grosse merde qui s'annonce. J'ai vu des affiches, ils recherchent les enchanteurs. Les rumeurs me semblent de plus en plus fondées, ils veulent nous exterminer.

J'ouvre la porte, qui n'est pas verrouillée, et entre en claironnant :

— Si t'as ouvert ne serait-ce qu'une bouteille, tu vas voir !

J'avance dans le salon et mon cœur explose en un million de particules. Jamais il ne retrouvera sa forme et sa fonction...

Silene gît dans une mare de sang, le corps

---

[1] Grands-parents en espagnol.
[2] Petit cousin dans la même langue, mais t'avais compris je suis sûre.

troué à peu près partout. *Deux hommes se tiennent au-dessus d'elle, leurs visages de lâches camouflés par des cagoules sombres. Mon sang ne fait qu'un tour quand leurs visages se tournent vers moi, je leur saute dessus.*

J'en assomme un en lui cognant la tête sur le sol et me concentre sur l'autre, resserrant mes mains autour de son cou. Il tente de me faire lâcher ma prise en s'en prenant à mes poignets, mais ma super-force ne lui permet pas de me faire esquisser le moindre mouvement. En dehors de celui que j'initie moi-même en enfonçant mes doigts dans sa chair. Au travers de sa fichue cagoule dont la matière résiste pas mal. Qu'est-ce que c'est ? Du kevlar ?

Je m'en fiche, rien ne peut me résister et en quelques secondes seulement, la tête de ce vaurien se décroche de son corps par la seule pression de mes mains.

Je fais subir à son jumeau, qui n'en est pas vraiment un, le même sort et laisse le sang infiltrer mon parquet tandis que je reprends mon souffle. Silene...

Son corps mutilé me fait face, ma peine grandit de la même manière que ma rage et je la prends contre moi, le cœur explosé.

J'ai perdu la personne que j'aimais le plus sur cette Terre, plus rien ne sera jamais comme avant... Seigneur, je jure qu'ils me le paieront tous, jusqu'au dernier.

Les souvenirs me frappent comme une claque

et je sens déjà mes yeux s'humidifier. Putain de mémoire, ne pouvons-nous pas simplement l'effacer ? Supprimer de notre esprit les pires moments de notre vie de façon à ne plus les laisser nous contrôler comme de simples marionnettes dépourvues de libre arbitre. Je sais, c'est impossible.

— Oh, regarde, Siles !

La voix de Daina me tire de mes pensées et je n'ai jamais été aussi heureux d'entendre le timbre délicat de celle-ci. Je lève le nez vers le panneau en question et souris instinctivement, nous l'avons fait ! Nous avons réussi !

Bon, nous avons mis bien plus de temps que prévu à cause de nos pauses à répétition, mais merde, on l'a fait ! De *Batan del Puerto* à *Siles* à pied, environ quarante-deux kilomètres, ce n'était pas gagné avec Daina, mais nous avons réussi.

Bon, le voyage ne s'arrête pas là puisque nous devons encore gagner la montagne où se trouvent les nôtres, mais ce n'est plus très loin maintenant.

— T'as tenu la distance, je te félicite, Avila.

— En même temps, je crois que je n'avais pas trop le choix.

— C'est vrai.

— Tu comptes faire de moi une recrue de l'armée ou quoi ?

Je fronce les sourcils sous l'incompréhension de sa phrase. De quoi elle parle tout à coup ?

— Pourquoi tu dis ça ?

— J'sais pas, tu m'appelles par mon nom de famille, ça m'a fait penser à ça.

— Ah. Non c'était juste… comme ça.

Ouais, pourquoi d'ailleurs ? Pourquoi je ne me contente pas de son prénom ? J'en sais rien, putain ! Elle m'embrouille l'esprit !

— Ça va, je blaguais, pas la peine de faire cette tête.

Maintenant, c'est ma tête qui a un souci ? Elle joue à quoi ? Non, j'ai compris, je tire une tronche d'ahuri à me torturer l'esprit sur la signification de mes mots et des siens. Un truc que je ne faisais jamais, d'où ça me vient ? Qu'est-ce qu'on s'en cogne que je l'appelle Daina ou Avila ? Franchement ?

La brune m'offre un petit sourire qui n'atteint pas ses yeux éreintés et tristes. Son visage m'apparaît d'une manière différente pour la première fois. En dépit de ses cernes, de son teint luisant et de ses cheveux en bataille, je la trouve vraiment belle. Pas canon, pas du genre à tout risquer pour batifoler avec elle. Juste d'une beauté pure.

Un sentiment étrange gonfle en moi – et il n'a rien à voir avec mon sexe qui demeure étrangement mou –, il semble me pousser vers elle. Cette sensation me donne envie de la prendre dans mes bras et de la rassurer, de lui promettre que je serai là pour elle quoi qu'il arrive, de lui jurer que je ne la laisserai pas tomber.

Bordel, qu'est-ce qu'elle est en train de me faire avec ses fichus pouvoirs ! C'est sûr, c'est elle qui manipule mon esprit ! Je ne me laisserai pas avoir !

En même temps... putain, qu'elle est belle... et si douce, si pure...

CHAPITRE 9

DAINA

Retrouver un groupe me fait du bien, même si je ne connais personne et que je me sens quand même à l'écart. Je n'ai jamais été très douée pour me faire des amis ou pour m'intégrer à une bande de copains. OK, la situation est particulière et le danger qui nous guette combiné aux pouvoirs que nous avons tous développés plus ou moins intensément nous rapproche énormément. C'est déjà ça. En tout cas, malgré mon léger malaise, je suis heureuse d'être arrivée dans la montagne de Siles.

Amador est bien sympa, mais son côté lunatique commence sérieusement à me peser. Avec lui, je ne sais jamais sur quel pied danser et ça m'agace, en plus de toutes les autres choses qui se passent dans ma tête. Ma vie a dérapé. Le train qui me conduisait sur une route tranquille a déraillé et je me retrouve à devoir emprunter un nouveau chemin, parsemé d'embûches.

Je ne comprends pas. J'ai beau avoir retourné le problème dans tous les sens pendant cet interminable trajet, je n'ai trouvé aucune explication logique. Pourquoi Alvaro et moi avons-nous développé des pouvoirs ? Pourquoi a-t-il été tué ? Pourquoi mes parents aussi ? Avaient-ils des dons ? Pourquoi nous ? Pourquoi ma famille ?

Toutes mes questions restent en suspens, aucune réponse ne vient compléter le puzzle de mystères. Tout ce que je sais, c'est que je n'aurais pas dû minimiser ce que mon frère m'a dit ni les rumeurs qui traînaient çà et là sur les réseaux sociaux. Elles se trouvent fondées et même à mille lieues de la réalité, qui est bien plus ignoble.

D'après Miguel, qui garde un œil sur les actualités du pays, tout est en train de dégénérer de façon exponentielle. Les grandes villes comme les petites sont gangrénées par la dénonciation des enchanteurs, par la peur et les lynchages publics. J'ai refusé de voir les images qu'il s'est procurées sur son smartphone, encore trop secouée par la découverte des corps de mes parents et mon frère. Inutile de me torturer plus.

Par mesure de sécurité, puisque nous ignorons comment le *MOD* nous traque, nous ne nous connectons à aucun de leurs réseaux. Sylvio, qui manipule parfaitement l'électricité et l'électronique, a bidouillé une sorte de point relais indétectable. Nous ne l'utilisons presque pas, trop inquiets de voir débarquer des soldats armés de lances. Il a pourtant mis en place, avec l'aide de Miguel, une sorte de carte destinée à tous les enchanteurs du pays. Je ne suis pas certaine de savoir comment ça fonctionne vraiment, mais je sais qu'ils peuvent donner l'emplacement des campements les plus proches à ceux qui prennent contact et que Esteban détecte comme de véritables sorciers. C'est toute une organisation, elle me fait mal au crâne, je préfère me contenter d'accueillir ceux qui arrivent sans me poser de questions.

La Ligue de Défense des Enchanteurs, ce groupe dont je fais désormais partie, s'organise actuellement pour fuir vers le Portugal, dans l'espoir que les choses seront différentes là-bas. En attendant, nous aménageons comme nous pouvons cette grotte rocheuse, creusée dans la montagne et recueillons ceux qui ont besoin de nous.

Grâce aux pouvoirs incroyables de certains, la tâche est moins ardue que prévu. Marta, une jeune andalouse de dix-huit ans, possède le don de télékinésie, elle peut déplacer les objets par la pensée, mais également les molécules ou un truc comme ça. Je n'ai pas tout compris, encore trop novice sur le sujet, mais elle peut vraiment faire énormément de choses. Pendant les semaines qu'elle a passées dans la cave de ses parents, se dissimulant du monde extérieur, elle a développé son don en s'entraînant, sachant pertinemment que sa cachette ne serait pas éternelle. Ça n'a pas manqué. Le *MOD* l'a trouvée et a tué ses parents avant qu'elle leur fasse exploser la cervelle. L'entraînement paie apparemment.

Andres, un ancien boulanger de trente-sept ans, l'aide grâce à son don de construction. En récupérant du bois, des rochers et autres matériaux naturels, il compose un véritable nid douillet. C'est impressionnant à voir, leurs volutes aux reflets argentés s'élèvent dans les airs, les pièces se meuvent et se positionnent à la perfection. En quelques minutes seulement. Magnifique.

C'est grâce à eux que j'ai pu obtenir un petit coin d'intimité dans cette immense grotte qui a tout de la colonie de vacances. Ce n'est pas une chambre, mais c'est bien assez. Je possède un lit en bois, qui a tout de ceux qu'on retrouve dans les chalets de montagne, une petite commode dans laquelle je peux ranger mes affaires et où trône la photo de famille que j'ai récupérée, le tout séparé par un paravent de bois et de feuilles. C'est rudimentaire, mais parfait pour la situation. Si mes alliés décidaient, demain, de ne plus opter pour la fuite du pays, mais de demeurer entre ces murs de pierre, je ne rechignerais sûrement pas.

C'est tout de même un joli coin, un paysage de montagne comme on en voit peu, entouré de végétation, à l'abri des regards. Les enchanteurs qui contrôlent la nature ont planté toute sorte de légumes et de fruits, ce qui nous permet de nous nourrir sans avoir à quitter cet endroit sécurisé. La nuit tombée, de merveilleuses boules de lumières sont déployées par les *illumineurs* – un nom dont je ne suis pas certaine, mais j'aime mettre des étiquettes sur les pouvoirs, ça m'aide à les reconnaître.

Ce n'est pas si mal, après tout...

Je me fourvoie, je le sais. La dépression s'est installée en moi et me ronge comme l'acide ronge le métal. Ça me brûle, c'est une douleur psychique in-comparable que rien ne vient apaiser. Les sourires que je sers aux *miens* sont faux, composés d'un masque supposé dissimuler la peine. Pourquoi faire cela ? Aucune idée, une façon comme une autre de paraître forte ? Un mécanisme de défense contre les éventuelles moqueries ? Non... tout le monde ici a perdu des membres de leur famille, les pleurs ne manquent pas le soir et les sanglots sont les ber-ceuses du *LDE*.

Alors pourquoi je n'arrive pas à être honnête avec eux ? Pourquoi est-ce que je continue de me cacher derrière cette fausse cagoule de sourires et de bonne humeur ? Je suis certaine que je ne trompe per-sonne. Ils ne me connaissent que depuis une se-maine, mais ils doivent sûrement avoir deviné mon petit jeu. En ont-ils seulement quelque chose à foutre d'ailleurs ?

La confiance est essentielle en communauté, pourquoi ne suis-je pas capable d'accorder la mienne ? Le seul en qui je la place n'en a cure...

Amador n'est presque jamais avec nous. Il rôde autour de la montagne, part en expédition dès qu'il peut et ne revient qu'à la nuit tombée. Depuis notre arrivée ici, il y a huit jours, je n'ai fait que le croiser. Comme s'il m'avait ramenée ici, avait accompli sa mission et n'en avait plus rien à foutre de la petite Daina. Je ne saisis pas.

J'enfile mon *hoodie*[3], attache mes cheveux en queue de cheval serrée, puis rejoins le coin repas où se trouvent les autres. Andres a réussi à concevoir

---

[3] Sweat à capuche.

une table immense en bois ainsi que des bancs la longeant. Ainsi, nous pouvons tous nous installer autour en même temps, ce qui rend les choses plus conviviales.

Je salue le groupe d'un timide bonjour et m'approche du meuble où se trouve le petit-déjeuner. Je récupère deux pêches et un jus d'orange frais avant de m'installer à proximité de Marta. C'est une des seules avec qui j'ai sympathisé et encore, nous nous en tenons à de courtes phrases essentiellement basées sur la météo et notre sommeil.

— Bien dormi, Daina ?

— En partie et toi ?

— Pareil...

Son regard bleu se perd sur ses mains, qui décortiquent une pauvre mandarine ratatinée. Elle a l'air triste, comme bien souvent, mais je ne me risque pas à lui poser la question. Les pleurs surviennent souvent autour de cette table, le deuil de nos vies, de nos familles et de nos amis, est difficile.

Au lieu de prendre le risque de provoquer une crise de larmes, je me hâte de trouver un sujet plus... agréable.

— Il fait super beau, dommage que la température soit encore si basse.

— Oui, c'est vrai. Mais, Rafael a dit qu'il tenterait de faire quelque chose pour réchauffer la grotte.

— Ah oui ? Il a quoi comme pouvoir, déjà ?

— Il crée le feu et le contient, il voudrait l'installer dans des sortes de barils, Andres doit l'aider à fabriquer des contenants pas trop dangereux.

— Oui, ce serait dommage qu'on remette le

feu...

Il y a trois jours, un incendie s'est propagé au coin repas et a brûlé la table, son côté droit est complètement noir, mais nous avons évité le pire. Marta détourne son regard vers cette partie-là justement et je l'imite quand mes yeux rencontrent ceux d'Amador.

Il est là ? Je le croyais déjà parti ! Un instant, nos pupilles s'arriment l'une à l'autre et un doux frisson s'enroule autour de mon cœur. Il me provoque toujours un effet dingue... à moins que je saisisse celui que je lui confère ? Non, impossible. Un mec comme lui ne ressent pas cela pour une fille comme moi. Qui suis-je à côté du grand et fort Amador ? Une chouineuse de première, incapable de rester plus d'une heure avec ses semblables.

Il a l'air agacé, aurait-il eu des ennuis ? Rapidement, il détourne le regard et serre la mâchoire. Qu'est-ce qu'il m'agace ! Ne peut-il donc pas me regarder plus de dix secondes sans être saoulé par ma présence ? Satané mec !

— Tu vas y aller alors ?

La voix légèrement cassée de Marta me tire de mes pensées et je m'aperçois que je n'ai absolument pas écouté le début de sa phrase. Pour une fois que nous en échangeons plus de deux.

— Aller où ?

— T'entraîner ? Je crois que t'es la seule à ne pas l'avoir fait.

— Oh, euh... je ne sais pas. Mon pouvoir est plus handicapant qu'autre chose... Je ne vous serai pas utile.

— T'en sais rien, Esteban a si bien développé le sien qu'il est désormais capable de choses qu'il n'imaginait pas être faisables. On ne sait jamais.

— Mouais... lire les émotions des autres, y'a mieux.

Pablo, qui se trouve assis non loin de nous, se rapproche et se mêle de notre conversation sans gêne.

— Si je peux me permettre, Daina, en t'entraînant, tu peux aussi apprendre à éteindre ton pouvoir.

— Éteindre ?

Il a attisé ma curiosité. Le cultivateur du groupe, qui œuvre avec sa fille Pilar à faire pousser des légumes et des fruits, m'offre un sourire poli, puis remonte d'une main les lunettes sur son nez.

— Oui, les mettre en veille quand tu ne veux pas t'en servir. Si je ne me trompe pas, tes migraines viennent de lui, non ?

Je hoche la tête, intriguée qu'il en sache autant sur moi et à la fois apeurée de ses connaissances sur ma personne.

— N'aie crainte, je ne t'espionne pas. Miguel m'a dit quel pouvoir tu possédais et j'ai remarqué que tu t'allongeais souvent en te couvrant le visage. Ma femme...

Une seconde, il s'interrompt et serre les dents, puis il ravale sa salive, et sûrement sa peine, pour poursuivre :

— Elle avait beaucoup de migraines. J'en ai juste déduit que c'était par rapport à ton don.

— Bonne déduction, mais je doute que

l'entraînement y change quelque chose. Ce sont les émotions que je capte qui me font mal. M'entraîner à les ressentir ne changera rien à ces douleurs.

Pilar s'installe à côté de son père, soit en face de moi, et se mêle, elle aussi, à la conversation.

— Je suis sûre que non. Tu devrais tenter, ça ne peut que te faire du bien.

Son sourire est sincère, du moins il semble l'être, et je ne peux retenir celui qui me vient instinctivement. Elle a l'air si douce cette fille. Si je ne me trompe pas, elle a la vingtaine, ses traits fins me prouvent en tout cas qu'elle n'est pas plus âgée. Elle a les cheveux coupés courts, bruns et les yeux aussi sombres que l'ébène. Pourtant, une certaine gentillesse se dégage de son regard et je me surprends à accepter.

— D'accord, j'irai. À quelle heure ça commence ?

Pablo sourit, ce genre de sourire qui me rappelle mon père, chaleureux et fier. J'ai envie de pleurer.

— D'ici vingt minutes, ça te laisse le temps de finir tes fruits tranquillement. Tu veux autre chose avec ?

— Non, merci, c'est gentil.

Je me fourvoie carrément en fait. Les gens ici, les enchanteurs, sont gentils et attentionnés. Je crois qu'il faut que je commence à oublier tous mes préjugés sur les comportements humains. Nous avons changé d'époque, nous avons changé de mode de vie et tout est différent.

L'entraide est réellement présente malgré ce

que je pouvais croire, aucune n'a d'intérêt à mentir, jouer, manipuler. Que pourraient-ils chercher à obtenir de toute façon ? Nous n'avons plus rien en dehors de nos propres dons.

Je rends leurs sourires aux cultivateurs et déguste mes fruits, qui sont réellement délicieux et tellement plus goûteux que tous ceux que j'ai pu manger jusqu'ici. Pas étonnant, ils sont cultivés à l'aide de la magie et non des pesticides et autres produits chimiques dégueulasses.

Une fois mon petit-déjeuner terminé, je sors de la grotte et rejoins le sommet en grimpant tant bien que mal par le petit chemin de terre. L'entraînement se passe sous les arbres, au-dessus de la grotte, à l'abri de tout. Quand j'arrive, je suis essoufflée et je manque de trébucher sur une branche qui traîne par terre. Un bras puissant me rattrape et m'empêche de me ramasser comme une merde.

Je lève les yeux et plonge tête la première dans les émeraudes d'Amador. Qu'est-ce qu'il fait là ? Oh, non... il va s'entraîner lui aussi ?

Débutons par le commencement, un pas après l'autre. Ça prendra le temps que ça prendra, mais je l'accompagnerai, en dépit de tout ce que je ressens.

CHAPITRE 10

AMADOR

Elle a la tête dans la lune cette fille, ce n'est pas possible ! Si je ne me trouvais pas aussi près d'elle, elle se serait vautrée en beauté ! Apprendra-t-elle seulement un jour à faire attention ? Ses yeux à la teinte si particulière me dévisagent, entre stupéfaction et admiration. Sa bouche s'ouvre une fois, puis une seconde et enfin elle réussit à articuler une phrase.

— Pourquoi t'es là ?

— Et toi ?

— Je viens m'entraîner.

Je retiens la phrase qui me vient pour éviter de la froisser, mais putain ! Il était temps qu'elle se réveille ! Ça fait huit jours qu'on est là et à part déformer son lit et se goinfrer de fruits, elle ne fait pas grand-chose. Moi qui pensais qu'elle allait montrer à tout le monde quelle jacasseuse elle était... je me suis trompé. Elle s'est murée dans le silence dès notre arrivée, que lui a-t-il pris ?

Serait-elle, contrairement à ce que je pensais d'elle, du genre discrète et solitaire ? Ce n'est vraiment pas la première idée qui m'est venue quand je l'ai vue, elle a tout de la fille entourée d'une armée de pipelettes à qui elle a sûrement tout appris. Mouais... Les préjugés ont la vie dure en fait. On a beau tout faire pour s'en défaire, ils nous collent à la peau comme un vieux chewing-gum s'accroche à une semelle.

Devant mon silence, Daina baisse la tête et se libère de mon emprise tout en murmurant un faible merci. Elle commence à s'éloigner et je m'imagine déjà la rattraper, lui dire que je suis désolé d'être un con, m'excuser de mon incapacité à rester à côté d'elle parce que je refuse d'accepter ce que je ressens pour elle. De toute façon, il n'y a rien à dire puisque je ne le comprends pas moi-même et que je suis toujours convaincu que ça a un lien avec son pouvoir.

Elle me déstabilise et je déteste ça, putain ! Ce n'est pas le moment de flancher, ni d'être faible, les enjeux sont bien trop grands...

Sylvio arrive dans mon dos et m'administre une légère tape sur l'épaule, ce qui a le don de me faire sortir de mes pensées.

— Tout va bien, Amador ?

— Ouais, au top. C'est toi qui mènes l'entraînement ?

— Non, justement je venais voir si tu pouvais le faire à ma place ? Le groupe de Grenade est arrivé à Siles, Miguel veut qu'on aille les chercher.

— Ah. Mais...

Je jette un œil anxieux à Daina, elle est la seule à l'entraînement ce matin, ce qui veut dire que je vais devoir me charger d'elle. Je n'en aurais sûrement pas la force.

— Je peux pas accompagner Miguel à la place ?

— J'suis désolé, je dois agrandir le périmètre de sécurité et vérifier les brouilleurs.

Je me mords la lèvre, passe une main dans mes cheveux et finis par hocher la tête, je n'ai pas le choix.

— D'accord, je vais m'occuper de Daina, alors.

Les yeux de Sylvio se détournent dans la direction de la jeune femme et son expression trahit sa surprise de la voir ici. Je ne suis pas le seul à avoir remarqué qu'elle se mettait à l'écart du groupe et des activités. À voix basse, l'enchanteur me demande :

— Elle est venue s'entraîner ?

— Ouais, j'en conviens c'est étonnant.

— Ne la froisse pas, c'est important qu'elle appréhende son don. On doit tous les maîtriser au mieux.

— Je sais. Je vais faire ce que je peux.

— Merci, Amador. À plus tard !

Souriant, Sylvio s'éloigne et redescend vers la grotte, me laissant seul avec Daina, que je vais devoir entraîner...

Putain, par où je vais commencer ? Elle ne connait ni les bases de son pouvoir ni les possibilités de celui-ci. D'ailleurs, je ne les connais pas non plus. Comment vais-je réussir à lui faire prendre conscience de tout ce que moi-même j'ai eu du mal à assimiler ?

Nerveux, je me racle la gorge et m'avance vers l'enchanteresse qui me tourne le dos. Elle semble concentrée et s'adonne à quelques exercices d'étirement, comme pour un entrainement sportif. C'est mignon.

— Sylvio doit partir, c'est moi qui vais t'entraîner.

Elle pivote vers moi, surprise, puis avise le reste de la clairière pour découvrir que nous sommes bel et bien seuls.

— Personne d'autre ne vient ?

— Non, le matin c'est très calme en général.

— Oh, d'accord.

Comme un professeur et son élève, je me place en face d'elle, mais au contraire d'un expérimenté, je bloque et ne sais par où commencer. Elle prend la parole, me détournant de la contemplation de ses yeux incroyables.

— Alors, je dois commencer par où ?

— Comment ressens-tu monter ton pouvoir ?

Avec nonchalance, elle hausse les épaules et claque des doigts pour appuyer ses propos :

— Juste comme ça, il vient et me fait mal au crâne.

— Mais qu'est-ce que tu ressens au fond de toi ?

— Comment ça ?

Putain, mais qu'est-ce que c'est difficile à expliquer ! C'est comme dire ce que provoque comme sensation la faim ou la soif ! J'ai du mal à trouver les mots et je m'agace, je ne suis vraiment pas fait pour ça.

Évidemment, Daina se méprend sur la raison de mon état et croise les bras devant elle en fronçant les sourcils.

— Si ça t'ennuie tant que ça de m'aider, tu peux partir je te retiens pas !

— Non, mais il n'est pas du tout question de ça !

— Ah ouais ? J'ai pourtant l'impression que depuis notre arrivée tu fais tout pour me fuir ! Alors, aider la pauvre petite orpheline, tu penses bien...

Son ton est acerbe, tranchant et me blesse plus que je ne veux bien le montrer. Elle ne me comprend pas et je ne peux pas la blâmer, il est vrai que je me suis éloigné d'elle, mais pas pour les raisons qu'elle s'imagine.

— Non, tu te trompes, Daina.

— D'accord, alors pourquoi tu n'éclairerais pas ma lanterne ?

J'ai envie de lui faire une blague, de lui répondre que je ne maîtrise pas le feu ou l'électricité, mais je crains que ça ne soit pas le moment. Elle est en colère et je ne veux pas accentuer cet état et risquer de la faire fuir. Je dois assumer mes actes, même si je ne désire pas forcément lui faire part de ce que je pense d'elle, des sentiments qui se bousculent en moi lorsque je suis à proximité d'elle.

Il faut impérativement que je trouve une idée pour lui expliquer la situation sans pour autant lui mentir. Mais... je bloque à nouveau. Putain, je ne suis vraiment pas doué pour les relations humaines, moi !

Daina fronce les sourcils et plisse les yeux, un peu comme une de ces vieilles personnes dont la vue n'est plus ce qu'elle était et qui for-cent pour lire sur un Smartphone.

— Pourquoi tu te sens si... gêné ?

Merde, elle ressent ce que je ressens, vite, je dois changer d'émotion. Ah, facile à dire... peu simple à faire ! Ce n'est pas comme si je possédais un bouton sur mon cœur...

— Honteux ? Amador, je ressens tes émotions, ce serait mieux si je les comprenais, parle-moi.

— Tu vois, c'est une partie du problème, Daina. Le fait que tu puisses lire en moi me dérange !

Merde, à voir son visage se décomposer, je comprends que j'aurais dû fermer ma gueule ou, à défaut, trouver un pieux mensonge à lui fournir. Ses yeux brillent sous le coup de l'émotion et c'est comme si un couteau ardent venait se loger dans ma poitrine. Douloureux.

— Excuse-moi, ce n'est pas ce que je voulais dire.

— Si, c'est précisément ce que tu ressens... Et je te comprends tellement. Tu n'as plus d'intimité avec moi, à n'importe quel moment cette...

D'un geste vif de la main elle se désigne elle-même des pieds à la tête et poursuit :

— ... merde se manifeste et adios la vie privée ! C'est aussi contraignant pour toi que pour moi, Amador, je t'assure. Je voudrais juste m'en débarrasser...

Lentement, je me rapproche d'elle, mu par une sorte d'instinct animal. J'ai besoin de la sentir près de moi, serait-ce son pouvoir qui m'aimante à elle ?

— C'est pour ça que tu es venue t'entraîner ?

Pour l'éteindre ?

D'une petite voix, en baissant la tête vers ses pieds, Daina confirme ce que je pensais.

— Oui, je ne peux plus supporter les migraines, les émotions qui me secouent et m'empêchent d'y voir clair. J'ai l'impression de ne plus être moi-même quand il se manifeste…

Un pas de plus, je suis à son niveau. Je n'ai qu'à tendre la main pour la toucher, mais je ne le fais pas. Dois-je le faire ? Caresser sa peau me tente, remonter son doux visage vers le mien, observer le tumulte de ses émotions dans l'or de ses yeux…

Sans m'en rendre compte, j'initie le mouvement et pose mes doigts sur son menton et relève effectivement sa tête. Comme deux joyaux précieux, ses yeux se plantent dans les miens et mon cœur en manque un battement. Les larmes perlent dans le coin de ses paupières et enserrent mon âme telle des griffes dont on ne se défait pas. En ai-je envie ?

— Daina, je vais t'aider à le maîtriser.

— Tu vas supporter que je lise en toi ?

— Ça ne sera pas le truc le plus dur que j'ai eu à faire dans ma vie, je devrais m'en tirer.

Elle laisse échapper un petit rire et, bon Dieu quelle douce mélodie ! Malgré la tristesse que je distingue dans le fond, il demeure beau et envoûtant. Un de ces rires qui font tourner la terre dans le bon sens ou une connerie dans ce genre.

Les yeux dans les yeux, ma main toujours posée sur sa peau, j'ai l'impression que le temps s'arrête. C'est étrange la vie, un jour on est un célibataire endurci qui n'a d'yeux que pour le sport et son confort et celui d'après on devient un enchanteur en cavale qui lutte pour sa vie, le cœur irrémédiablement attiré par l'un de ses pairs. Les choses sont en perpétuel changement, il faut croire.

Dans un raclement de gorge, je relâche le doux visage de Daina qui rougit, probablement de la manière dont moi je rougirais si ma peau y était sujette.

— Bon, je vais essayer de trouver un moyen de t'expliquer, sans m'agacer. Disons que, c'est un truc qui est devenu naturel chez moi, comme un besoin de manger ou de dormir par exemple. J'ai du mal à mettre des mots dessus.

En mettant volontairement un peu d'espace entre nous, je place mes mains devant ma poitrine, poings serrés.

— Tu vois, ma force a plusieurs niveaux d'intensité. Disons par exemple de un à dix. Alors quand j'ouvre le poing progressivement, je libère cette énergie.

Lentement j'ouvre les doigts pour finir par avoir les deux mains entièrement ouvertes.

— En moi, ça gonfle comme une envie de manger, comme la faim ou la soif, mais au niveau de la poitrine. Je sais pas si c'est dans mes poumons ou mon cœur, je sais juste que c'est là que je le sens.

— Mais comment tu le fais venir ?

— Commence par le sentir. Une fois que tu le sentiras, tu pourras le manier à ta guise, mais on en est pas encore là. Pour l'instant, ton pouvoir est instable, c'est lui qui décide quand faire son apparition, je me trompe ?

Elle secoue la tête de gauche à droite en plissant

les lèvres. Je n'ai pas fréquenté beaucoup d'enchanteurs, mais tous ceux qui sont ici et avec qui je suis les entraînements depuis mon arrivée n'ont jamais démarré du tout début comme elle. Elle en est vraiment aux prémices de la magie qui couve en elle. Nous ignorons d'ailleurs tout des possibilités qui viendront avec sa perception des émotions, seront-elles étendues ? Restera-t-elle seulement capable de sentir ce que ressentent les autres ou trouvera-t-elle le moyen de les contrôler ?

Ça, ce serait sacrément utile, je pense. Retirer la douleur, la peine, la colère... Ouais, si c'est dans la branche des émotions, on peut sûrement trouver un moyen de lui faire faire des choses incroyables.

Mais on ne va pas prendre le taureau par les cornes, la corrida est proscrite depuis bien longtemps et, personnellement, je n'en ai jamais été un grand fan.

Débutons par le commencement, un pas après l'autre. Ça prendra le temps que ça prendra, mais je l'accompagnerai, en dépit de tout ce que je ressens.

CHAPITRE 11

DAINA

Sentir mon pouvoir, plus facile à dire qu'à faire, nom de Dieu ! C'est comme s'il me demandait de sentir mon sang circuler ou un truc comme ça et franchement, je ne vois absolument pas comment réussir un tel truc.

Néanmoins, je ne supporte plus les migraines et le maelström d'émotions qui m'assaille sans que je le contrôle. Voilà pourquoi je ferme les yeux et écoute attentivement Amador tout en prenant place sur le sol. La terre est fraîche et malgré mes vêtements épais, elle m'arrache un léger frisson.

— T'as déjà fait de la méditation ?

— Non, jamais.

— Alors je vais t'expliquer.

Les paupières closes, j'écoute avec attention les instructions et les suis à la lettre.

— Tu vas respirer lentement, en te calant sur l'intonation de ma voix. Tu inspires en gonflant le ventre, tu expires en le rentrant...

Sa voix s'est transformée ainsi que son ton qui, d'habitude, est bien plus sec. Cette fois, le frisson ne vient pas de la terre humide sur laquelle je suis installée, mais bel et bien de cette voix suave qui chatouille mes tympans. Foutues hormones !

— Tu recommences, lentement... Et puis, tu vas commencer à te détendre petit à petit.

J'ai envie de lui demander comment je pourrais être détendue alors que mon crâne me fait souffrir le martyre et que j'ai l'impression qu'un marteau piqueur s'est logé à l'intérieur pour donner le rythme à un danseur de salsa. Mais je me retiens. Je dois me concentrer alors j'occulte comme je peux cette migraine et continue de détendre les muscles de mon corps, précisément comme me le demande Amador.

Puis, comme par enchantement ou presque, une sensation de picotement se réveille au niveau de mon cœur. Difficile à décrire, cette chose semble prendre de l'ampleur dans ma poitrine, sans pour autant me faire ni mal ni bien. C'est super bizarre et mon premier réflexe serait d'ouvrir la bouche pour le dire à Amador, mais je suis certaine qu'il n'apprécierait pas que je le coupe dans son enseignement.

— Tu continues de respirer doucement, comme si tu cherchais à t'endormir et, peu à peu, tu vas te sentir de plus en plus molle. C'est la détente... ultime.

Je poursuis mes efforts – car oui, demeurer immobile de cette manière est un réel effort pour moi –, ressens ma magie en moi et n'attends qu'un mot d'Amador pour passer à l'étape suivante.

— Quand tu sentiras la magie, tu sauras que c'est ça. Elle va répandre une sorte de chaleur dans ton cœur et on pourra tenter de passer à la suite. En attendant, garde le silence et les yeux fermés, je vais...

Mes mains sont posées sur mes genoux, une position peu originale pour méditer, j'en conviens, et je manque d'ouvrir les paupières lorsque je sens la douce caresse des doigts d'Amador.

— ... attraper ta main, tu presseras la mienne lorsque tu sentiras ta magie.

Ce contact à la fois doux et chaud me fait du bien, j'ai l'impression qu'un frisson s'en échappe pour s'enrouler autour de mon cœur. Pourquoi est-ce que je ressens cela ? C'est étrange... Je me sens irrémédiablement attirée par cet homme, que je n'imagine pourtant pas autrement qu'un ami.

Je n'oublie pas ce qu'il a fait sous mes yeux, même si ces actes ont sauvé ma vie et que je lui dois plus qu'une fière chandelle. Un chandelier entier ne suffirait pas d'ailleurs.

Je devrais suivre ses instructions, puisque la magie est toujours là, au creux de ma poitrine, mais je ne me résous pas à prendre le risque qu'il retire sa main. C'est le premier vrai contact humain auquel j'ai droit depuis un moment, je veux en profiter quelques secondes encore.

Sa peau est douce, chaude, réconfortante, contrairement à ce que l'on pourrait penser de mains qui ont tué de sang-froid. Non, mince ! La vision des meurtres de mon tuteur du jour me fouette le visage comme des mèches de cheveux malmenées par le vent, ça pique ! Pourquoi ces images reviennent-elles tout à coup ? Sûrement pour m'empêcher de fantasmer sur cet homme et un éventuel réconfort que je pourrais trouver dans ses bras. Il a peut-être décimé des types ignobles et sans morale, il n'en demeure pas moins un tueur...

Je mets fin à ces pensées qui me font froncer les sourcils malgré moi et presse sa main dans la mienne. Le signal pour poursuivre l'aventure.

— Bien, maintenant que tu le sens, essaye de le visualiser comme... disons une sphère. Elle a une taille régulière, assez petite.

Alors que je m'attends à ce qu'il retire sa main, il n'en fait rien et continue de garder ses doigts entrelacés aux miens. Pourquoi ? Je ne vais pas m'en plaindre, je préfère de loin cette chaleur à la froideur de la solitude.

Bon, il faut que je me concentre, mes pensées s'éparpillent dans tous les sens et je peine à effectuer ce qu'il vient de me demander. Allez, Daina, tu peux le faire !

Sur un fond sombre, normal pour des paupières fermées, j'imagine une sphère, rose puisqu'il n'a rien précisé de ce côté-là. Elle est petite, régulière, tout ce qu'il m'a demandé. Je presse sa main par réflexe, pour lui faire savoir que j'ai ma boule.

— Très bien, à présent, tu vas tenter de lier ce que tu ressens et ce que tu vois dans ta tête. Dit comme ça, c'est étrange et difficile, mais tu peux y arriver, j'en suis sûr.

Effectivement, ce n'est pas facile. À plusieurs reprises, je tente d'associer la magie à cette sphère de couleur que je me représente, en vain. Voyant que j'ai du mal, Amador se rapproche de moi – je le sens plus proche à la fois par son odeur virile et musquée, mais aussi par la chaleur que dégage son corps quand il est trop proche du mien.

— Laisse-toi aller, ne te crispe pas.

Sa main libre se place dans mon dos et me provoque un frisson qui remonte jusqu'au sommet de mon crâne. Seigneur, qu'est-ce qu'il me fait ?

— Relâche tes muscles, tu es de nouveau tendue...

Ses doigts agiles se déplacent le long de ma colonne et palpent mes muscles tendus. Petit à petit, je retrouve l'état de sérénité qui m'habitait au début de la session.

— Bien, maintenant recommence.

Je m'exécute. Cette fois-ci, il ne me faut que dix secondes pour associer cette vision sphérique à ma magie. Je les sens être connectées, comme si j'avais branché le câble au bon endroit. Terrible !

Je presse la main d'Amador et sa satisfaction gonfle en moi, je le sens aussi clairement que la mienne.

— Super ! Maintenant, si tu veux contrôler ton pouvoir, tu n'as plus qu'à faire grandir la sphère ou au contraire, la rétrécir. Tu veux essayer ?

Notre mode de communication fonctionne, je presse la main d'Amador et il comprend ma volonté de tenter le coup.

— Cool, je vais te laisser ressentir mes émotions, fais grossir ta magie.

Sa voix n'est qu'un murmure, j'ai l'impression

qu'il m'autorise à le faire pour parfaire cet entraînement, mais que ça lui coûte. Comme je le comprends... Qui a envie de dévoiler ses sentiments aux autres sans aucun filtre ? Personne. Pas même le plus altruiste des Hommes.

Lentement, un peu à contrecœur je dois l'admettre, je fais grossir cette sphère et après trois essais, je réussis à capter les émotions d'Amador.

Toutes ses émotions.

Sa peine me transperce, sa colère me fait bouillir et plus que tout : sa douleur... il souffre d'un mal que je ne peux que comprendre.

Comme une décharge électrique, ce condensé de malheur me brûle et je retire ma main vivement, le souffle court. Le cœur battant à tout rompre et les larmes au bord des yeux, je me relève et vacille légèrement par ce changement brutal de position.

— Oh, attends !

Amador me rattrape et, Dieu soit loué, je ne ressens plus ses émotions. La sphère est redevenue toute petite. Pourtant, je n'arrive pas à me défaire de ce que j'ai ressenti et je ne retiens pas les larmes qui me viennent, les sanglots qui me secouent.

Les bras puissants de l'enchanteur s'enroulent autour de moi et ses mots ne me parviennent qu'à moitié, étouffés par mes cris de douleur.

— Pardonne-moi, Daina, j'aurais pas dû te proposer ça, j'ai été con...

La douleur d'Amador se mêle à la mienne, sa tristesse, sa colère, tout est similaire en moi et j'ai l'impression d'enfin laisser sortir tout ce que je ressens depuis des jours.

— Daina, calme-toi... Fais rétrécir la sphère, éteins ta magie !

Entre deux crises de larmes, je réussis à articuler, ou balancer étrangement les mots :

— C'est déjà fait... mais... ça fait si mal...

— Excuse-moi...

Ses mains m'enlacent, me caressent le dos et me transmettent du réconfort, mais il ne m'atteint pas suffisamment pour me calmer. La seule chose qui fait taire mes larmes, ce sont les longues minutes que nous passons sans prononcer le moindre mot. Le temps, pansement universel de toutes les blessures.

Quand enfin je cesse de pleurer, j'essuie mon visage avec ma manche et plonge mon regard dans celui de l'enchanteur.

— Ce n'est pas à cause de toi, Amador, c'est moi... C'est ma propre douleur qui me tord les tripes, ça brûle, j'ai tenté de l'enterrer, de l'enfouir au plus profond de moi-même parce que nous devions fuir, mais...

Je reprends mon souffle, détourne mes yeux de ceux d'Amador qui m'intimident quelque peu, puis reprends :

— Je n'aurais pas dû. Je n'ai pas eu le temps de faire le deuil de ma famille, j'ai beau prétendre que tout va aussi bien que ça le doit, ce n'est pas vrai. Je souffre de leur absence, la vision de leurs cadavres hantent mes nuits, ma douleur est atroce, insurmontable.

Les larmes reviennent et je baisse la tête vers le sol. Amador pose ses doigts sur mon menton et, une nouvelle fois, me fait relever le visage. C'est la deuxième fois qu'il fait ça, c'est la deuxième fois que j'apprécie qu'il le fasse.

— C'est normal, Daina. Toi comme moi, nous avons tout perdu. Ce que nous avons vécu à cause du MOD a changé nos vies à tout jamais, mais nous a aussi entaillé, marqué au fer rouge. Tu dois laisser tes émotions s'exprimer. Même si tu dois pleurer, hurler, courir, peu importe la façon. Tu dois laisser ta douleur s'extraire de ton cœur, sinon elle te rongera comme le venin mortel d'un serpent.

— Comme toi ?

Ses lèvres s'étirent à peine, un sourire qui veut tout dire, pour peu qu'on puisse réellement nommer cette moue ainsi.

— Ouais, comme moi.

Amador retire sa main de mon visage, laissant un vide froid sur ma peau, puis la passe dans ses cheveux, que je me surprends à admirer. Ses boucles brunes s'enroulent rapidement à ses doigts, en épousent la forme avant de les quitter. Depuis que je l'ai rencontré, je remarque déjà qu'ils ont poussé.

— Je ne suis pas le meilleur exemple, je te donne des conseils que je peine moi-même à mettre en pratique, mais profites-en pour ne pas reproduire mes erreurs.

— Et pourquoi tu n'en profiterais pas toi aussi pour suivre ce judicieux conseil ?

En une seconde, son regard m'échappe, il se perd dans la végétation luxuriante qui nous entoure et j'y lis tellement de choses que je suis incapable de les déchiffrer. Cet homme demeure malgré tout un mystère à mes yeux, dois-je tenter de le percer à jour ?

— J'aimerais y arriver, Daina, mais je crains d'être trop cabossé. Toi, tu peux encore être sauvée.

Ses iris comme deux pierres précieuses s'arriment aux miens et la Terre semble s'arrêter de tourner pendant une seconde, peut-être plus. Mon cœur bat si fort qu'il semble être remonté dans mes oreilles. Mon souffle se coupe quand Amador se rapproche de moi et fait glisser sa main sur ma joue.

Un geste d'une tendresse incommensurable. Un geste qui me provoque une nuée d'émotions. Un geste qui rapproche...

Et sans crier gare, il s'éloigne et quitte la clairière, me laissant là, avec mon petit cœur qui semble déterminé à sortir de ma poitrine coûte que coûte. L'effet qu'il a sur moi est dingue, je n'arrive même pas à me l'expliquer... En ai-je envie ? Non, sûrement pas, mais le besoin se fait sentir, le besoin de comprendre et d'apprivoiser ce que je ressens en sa présence.

Je ne vais tout de même pas envisager une relation avec lui ? Si ?

CHAPITRE 12

AMADOR

Je ne peux pas céder à mes pulsions, à ce que je ressens lorsqu'elle est près de moi, ça ne serait pas sérieux du tout. Et au-delà de ça, je suis certain que ce serait une très mauvaise idée pour le groupe. Nous vivons les uns sur les autres dans cette grotte et nous commençons à être nombreux, les petits différends ne sont pas rares et impactent rapidement l'humeur des uns et des autres, je n'ai pas envie d'y participer malgré moi.

Car même si elle me plaît et m'attire de plus en plus, je ne suis pas du genre à me caser et il est certain que nous finirions par rompre dans de terribles circonstances. Je n'ai pas la force pour tous ces drames, il y en a assez qui jalonnent nos vies pour le moment.

Alors je lutte, je redouble d'efforts pour ne rien ressentir lorsque nous nous retrouvons à l'entraînement, malgré notre proximité. Je fais tout ce que je peux pour ignorer cette attraction qui existe entre nous. Si je m'en sors plutôt bien jusqu'à maintenant, rien ne me dit que je réussirais à tenir encore longtemps. Surtout qu'elle commence à s'épanouir de plus en plus, le deuil de sa famille se faisant un pas après l'autre et que ses sourires me rendent… j'en sais rien, ils me font un effet que je ne contrôle pas, que je ne comprends pas.

Comme si nous avions que ça à penser en ces temps de guerre. OK, le mot est fort, j'en ai conscience, mais c'est un peu de ça dont il est question quand même. Excepté le fait que nous ne nous battons pas, mais que, comme des résistants, nous cachons et cherchons le moyen de fuir ce pays. Une idée de merde à mon sens.

Nous sommes plus forts qu'eux, surtout avec les nouveaux enchanteurs qui nous ont rejoints, alors pourquoi ne pas les affronter ? Miguel pense que ça desservirait la cause, que l'on passerait finalement pour les monstres que le gouvernement dépeint, mais je ne suis pas d'accord.

Si on se bat pour nos droits, celui de vivre étant le plus important, n'avons-nous pas le droit de sortir les armes ? Le peuple est-il à ce point manipulé par l'état ? Aveuglé par la haine que l'*Opus Dei* nous voue, il est vrai que je doute énormément du soutien que pourraient nous apporter les Espagnols. Si ce gouvernement a été élu, c'est qu'il y a une bonne raison.

Les citoyens ont une foi inébranlable en Dieu et tous ses représentants, le gouvernement faisant partie de cette catégorie. Voilà pourquoi personne ne se rebelle, personne ne tente de nous aider et tous nous pointent du doigt, allant même jusqu'à rejouer certaines scènes ayant eu lieu sous le règne d'Hitler. À vomir.

Les enchanteurs qui nous ont rejoints sont nombreux, puissants pour la plupart et ont surmonté des épreuves abominables, à mille lieues de ce que nous pouvions nous imaginer il y a quelques semaines seulement. Tout va si vite...

Antonio, un jeune métamorphe de vingt et un ans, a dû ruser pour atteindre la montagne de Siles avec les siens, les barrages routiers étant devenus monnaie courante. Il m'a expliqué être passé plusieurs fois près de la mort, l'animosité des gens ayant atteint son paroxysme.

La peur a transformé d'honnêtes chrétiens en fous furieux, elle a fait grandir en eux une haine viscérale qui va même jusqu'à leur faire oublier les dix commandements de Dieu.

Tu ne commettras pas de meurtre.

Car oui, le *MOD* n'est plus le seul à œuvrer pour la mort des sorciers, le citoyen lambda peut désormais s'approprier cette tâche en s'enregistrant tout simplement auprès du grand conseil, en deux clics. Révoltant.

Sylvio s'est renseigné sur ce site et lui et d'autres enchanteurs de sa catégorie ont tenté de le pirater afin de le mettre hors service. Ça n'a duré qu'une journée. Le lendemain, il était de nouveau en ligne avec des logiciels antipiratage d'une qualité supérieure. Même les enchanteurs n'ont rien pu faire, surtout à une si grande distance des serveurs.

Depuis quelques jours, l'idée se répand qu'il faudrait agir, tenter de faire quelque chose pour sauver les nôtres, pour nous sauver nous-mêmes. Miguel n'est pas vraiment d'accord.

En tant que nouvelle communauté, plutôt conséquente, les avis divergent au sein de notre groupe et la tension commence à grimper en intensité. C'est d'un prévisible. Nous aspirons à la liberté, mais une fois que nous ne sommes plus sous le joug d'un gouvernement qui nous oriente, nous ne savons plus quoi faire.

Certains ici ont commencé à émettre l'idée d'instaurer un conseil ou un chef parmi nous. Puisqu'il faut bien prendre des décisions et les assumer, l'idée d'un groupe de personne agissant dans l'intérêt de tous semble être plutôt bonne.

Assis autour de l'immense table, j'écoute d'une oreille les propositions de noms quand le mien, prononcé par une voix que je reconnaîtrais entre mille, se détache du brouhaha.

— Et pourquoi pas Amador ?

Je me redresse subitement et fronce les sourcils à l'attention de Daina, pourquoi a-t-elle eu besoin de me foutre dans cette merde ? Je ne veux absolument pas faire partie de ceux qui décident, c'est hors de question ! J'ai déjà assez affaire avec ma propre vie, mes propres sentiments et mes entraînements. Je suis de plus en plus fort et il est exclu que je perde mon temps en parlotte, je dois continuer ce que j'ai commencé.

— Oui, c'est une bonne idée, il s'est déjà

retrouvé en contact avec les agents du MOD, il saura nous informer sur eux.

Sale traître de Sylvio ! Ne pouvait-il pas dire le contraire ? Il sait combien je déteste sociabiliser, il est au courant pour mes longues escapades en solitaire, pourquoi ne me fiche-t-il donc pas la paix ?

Sur un carnet, Miguel note mon nom au stylo et je m'empresse de l'interrompre :

— Non, pas moi. Je n'ai ni l'étoffe pour ce rôle ni l'envie d'être à la tête de notre groupe.

Étonné, l'endormeur relève la tête et lève les sourcils.

— Tu te sous-estimes, tu seras à la hauteur de notre communauté, j'en suis sûr. Pourquoi refuser ?

— Je suis fait pour le terrain, mon pouvoir le prouve, je ne suis personne pour décider de quoi que ce soit.

Les personnes rassemblées autour de la table me regardent toutes d'un œil interrogateur, comme si j'étais à l'origine de leur plus grande déception. Sauf Daina, qui a l'air de me comprendre et qui garde ce petit sourire énigmatique sur ses lèvres charnues et sensuelles...

Merde, pas le moment de penser à une telle chose !

Je me racle la gorge et rajoute, avant que quelqu'un ne trouve encore un argument pour me convaincre.

— En revanche, Daina serait parfaite pour ça ! Elle sait parler, elle est attentionnée et elle s'est finalement rapprochée de beaucoup ici.

La concernée ouvre de grands yeux ébahis et ses

joues se teintent de rouge, juste retour des choses. Rapidement, des voix s'élèvent autour de nous et tous acquiescent à ce que je viens de dire.

— C'est vrai ! Elle sera à la hauteur.

— Elle m'a beaucoup aidé à mon arrivée, elle doit être au conseil !

— Son pouvoir peut même nous aider !

Les voix s'élèvent, les joues de Daina continuent de s'empourprer. La jeune femme est gênée par tous ces commentaires élogieux qui lui sont adressés et je sais pertinemment pourquoi.

Elle n'a jamais réussi à s'intégrer à un groupe, que ce soit à l'école ou plus tard dans sa vie de femme, elle est toujours restée en retrait des autres bien souvent malgré elle. Ces longs monologues que je n'écoutais qu'à moitié m'auront au moins permis d'apprendre à la cerner.

Ici, elle est aimée, respectée et admirée, son pouvoir l'aidant sûrement à comprendre ses semblables et à les aider. Depuis qu'elle le maîtrise mieux, tout se passe bien pour elle et elle ne cesse de s'épanouir dans ce côté relationnel qu'elle fuyait pourtant si ardemment. Elle a trouvé sa place, je suppose.

L'enchanteresse voulait les éteindre, ne plus être prise de migraines et assaillie des émotions des autres, mais depuis qu'elle contrôle sa magie, elle a changé d'avis. Elle a enfin accepté que son don en était un, qu'il n'était pas une malédiction et qu'elle pouvait réellement aider les autres avec ce pouvoir. Elle a passé le premier palier : l'*Acceptation*.

— Daina ? Tu serais d'accord ?

Sa voix fluette et légèrement vrillée par l'émotion répond à l'affirmative et Miguel note donc son nom dans le carnet, tandis que j'adresse à la sorcière un clin d'œil entendu. Elle me tire la langue à la manière d'une gamine capricieuse, mais son sourire me fait savoir qu'elle ne m'en veut pas. Elle est même contente de cette nouvelle responsabilité.

— Bon, on passe aux votes ? Comment voulez-vous procéder ?

Miguel semble pressé d'en finir avec ces histoires et comme je le comprends ! Ça fait déjà deux heures que nous débattons sur cette histoire et tout le monde est impatient de retourner à ces occupations. Pas étonnant, maintenir l'attention de près de soixante-dix-neuf personnes, ce n'est pas évident.

Les voix commencent à s'élever, redonnant au brouhaha sa place habituelle, à mon grand dam. Merde, on ne va pas recommencer à tous parler en même temps ! Personne ne se rend compte de l'inutilité d'une intervention commune ? Les mots se superposent, on les entend sans les comprendre et ça fait mal au crâne.

Assise en face de moi, Daina se penche en avant et arrime mon regard de ses iris dorés.

— T'es retombé sur tes pattes, le chat !

— Ravi d'avoir pu aider, princesse.

Aucun autre surnom ne m'est venu en tête et je regrette de l'avoir prononcé au moment où ce dernier franchit la barrière de mes lèvres. Je n'ai pas envie qu'elle se méprenne sur mes intentions, même si celles-ci demeurent floues et difficilement contrôlables.

— Tu sais que je vais te demander conseil sans arrêt, je vais être encore plus chiante que d'habitude.

— C'est possible ça ?

Ce petit jeu verbal m'amuse, un sourire enfantin se dessine sur mes lèvres ainsi que sur celles de Daina, qui sont rapidement mordues par ses dents alignées. Merde, elle m'allume ?!

Je cligne des paupières et remercie le ciel – ou la mer, la terre, peu importe –, pour l'intervention de Miguel. Celui qui s'impose de lui-même comme notre chef de par sa prestance et ses connaissances se lève et réclame le silence.

— S'il vous plaît ! On n'avancera pas si on parle tous en même temps !

Les voix se taisent et tous se tournent vers lui, *l'endormeur* comme aime l'appeler Daina.

— Je vous propose, pour gagner du temps, que nous procédions à un vote à main levée. Nous avons onze noms sur cette feuille, je vous les lis un par un et on vote à l'unanimité ou presque. Ça vous va ?

Un « oui » général se fait entendre et certains se contentent de hocher la tête, précisément ce que je fais. À la suite, Miguel énonce les noms et nous levons tous nos mains à chaque fois. Pas compliqué ce vote, je ne vois même pas pourquoi le mettre en place.

Tous les noms proposés plus tôt sont acceptés et nous avons donc désormais un conseil composé de onze enchanteurs.

Miguel, Sylvio, Esteban, Pablo, Paloma, Rosa, Rafael, Andres, Catalina, Elvira et Daina.

Un groupe de puissants enchanteurs, dont certains ont des dons parfaits pour le rôle comme Catalina et Rosa, respectivement dotées du pouvoir d'intuition et de prémonition.

Après ces longues heures passées à mettre en place ce conseil, tous ceux qui n'en font pas partie se lèvent et quittent la grotte, allant vaquer à leurs occupations respectives.

Moi, je me dirige vers la sortie quand Daina m'intercepte en posant sa main sur mon avant-bras.

— Amador !

— Qu'est-ce vous voulez, chef ?

Elle pouffe de rire face à ma remarque et retire sa main, laissant un vide froid sur ma peau.

— Je voulais te dire merci. Je crois que je peux vraiment me rendre utile en faisant partie du conseil.

— Ouais, y'a pas de quoi. Je te remercie pas d'avoir proposé mon nom par contre...

— Oh, ça va, c'était pour rigoler.

Je le savais ! Elle a fait exprès pour me taquiner ! Elle commence à mieux me connaître que ce que je pensais alors...

Je la gratifie d'un sourire sincère, puis m'apprête à partir de nouveau quand elle m'interrompt, encore.

— Je viendrai m'entraîner après cette première réunion au sommet. Tu seras là ?

Je hoche la tête, bien sûr que je serais présent, je ne manquerai l'entraînement pour rien au monde et surtout pas celui que je partage avec elle. Même s'il doit avoir plusieurs heures de retard.

Peut-être vais-je en profiter pour aller courir un peu ? Faire le tour de la montagne et des environs, vérifier que nos systèmes de protection sont toujours en place.

Un dernier sourire en direction de la brune incendiaire et je m'échappe, le cœur tambourinant dans ma poitrine. Qu'est-elle encore en train de me faire, bon sang ?

Quoique... je commence sincèrement à douter de son implication concernant ces émotions qui m'assaillent quand je suis à côté d'elle. Je ne lui en ai pas forcément fait part, mais elle maîtrise de mieux en mieux son pouvoir et je trouverais très étonnant qu'elle s'en serve dans le but d'altérer ma perception des choses. Je ne suis même pas sûr qu'elle puisse le faire.

Usant de ma super-force, je déploie dans mes muscles l'impulsion nécessaire et cours à la vitesse du son, ou presque, autour de la montagne. Le vent me fouette le visage, je sens le craquement des branches sous mes pieds, le mouvement des végétaux qui m'entourent et je profite de cet état transcendent pour me laisser aller.

Mon pouvoir m'octroie finalement bien plus qu'une force surhumaine, entraîné comme je le suis, il me permet d'accéder à une super-vitesse, ce qui m'aurait été bien utile il y a quelques semaines...

À l'abri des regards, sans que personne soit au courant, je tire jusqu'au village et me cache dans la flore, observant les allées et venues du *MOD*. Ils ont investi tout le pays désormais et je ne peux m'empêcher de faire réduire leur nombre dès que l'occasion se présente...

CHAPITRE 13

Faire partie du conseil m'aide à reprendre confiance en moi et soutenir les miens de cette manière me fait chaud au cœur. Mes pouvoirs, que je maîtrise désormais sur le bout des doigts ou presque, m'aident à comprendre les besoins des enchanteurs et à y répondre. Quand ils m'y autorisent, bien sûr. Hors de question de rentrer dans leur tête sans leur accord, j'apprends à respecter la vie privée des autres en même temps que le contrôle de mon don. Finalement, ils avaient raison, il était essentiel que je m'entraîne et que j'accepte ce pouvoir afin de le maîtriser.

Moi qui pensais franchement qu'il était inutile et qu'il ne m'apporterait rien de positif, je me suis lourdement trompée. En plus de percevoir les émotions des autres, je peux aussi les apaiser avec mes mots, mais aussi ma magie. Je ne maîtrise pas encore parfaitement ce côté de mon pouvoir, mais quand Pilar a fait une crise de larmes l'autre nuit, j'étais heureuse de pouvoir lui venir en aide. J'ai réussi à l'apaiser, à calmer ses sanglots et elle s'est rendormie sans ce poids brûlant dans sa poitrine.

Cette douleur que nous ressentons tous, celle qui accompagne chacune de nos journées.

Installée autour de la table, face aux dix autres enchanteurs qui composent ce conseil exceptionnel, je me sens un peu petite et intimidée. J'accepte totalement mon pouvoir, mais il est clair que je ne suis pas à leur hauteur.

Miguel peut endormir les gens d'un seul toucher et les réveiller également. Sylvio gère l'électricité et l'électronique et Esteban repère les mages. Pablo influe sur la nature, ce qui le place dans la catégorie enchanteurs essentiels à notre survie. De son côté, Paloma peut couper tout et n'importe quoi d'un simple geste. Comme si elle avait des ciseaux au bout des doigts. Rosa et Catalina ont des pouvoirs qui se rejoignent, l'une a des visions de l'avenir tandis que l'autre est dotée d'intuitions qui lui permettent d'anticiper les évènements. Andres est un constructeur et Rafael gère le feu, Elvira de son côté peut diagnostiquer tout type de maladies ou de blessures, elle est en bonne voie pour réussir à les soigner.

La doyenne du conseil maîtrise de mieux en mieux son don et sera bientôt capable de guérir les blessures, d'après Esteban qui, en plus de dénicher des enchanteurs, peut désormais analyser leur don et leur degré de développement.

— Bon, je crois que la question la plus importante et urgente concerne notre prise de position dans cette guerre. Devons-nous tenter quelque chose ou continuer de rassembler nos forces pour rejoindre le Portugal ?

Miguel, qui n'est pas le plus âgé du groupe, mais qui prend de lui-même la tête de cette réunion, soulève la question qui nous divise tous en ce moment. C'est la raison pour laquelle le conseil a été créé d'ailleurs.

Elvira, dont les longs cheveux blonds sont tirés en un chignon parfait, intervient la première.

— Je ne suis pas certaine que nous devrions abandonner les enchanteurs qui n'ont pas encore pu trouver de refuge. Ce serait inhumain.

— Oui, c'est vrai, mais devons-nous pour autant prendre le risque de nous faire tuer ?

La question de Rafael n'est pas bête, mais elle me provoque un haut-le-cœur, l'idée seule d'imaginer abandonner des sorciers pour éviter de mourir me répugne. Le jeune pyromane, un grand brun aux yeux très sombres, n'est pas du genre égoïste, en revanche, il a tendance à ne penser qu'au groupe que nous formons ici à Siles. Il ne porte pas d'intérêt aux autres enchanteurs qui n'ont pas encore eu l'opportunité de nous rejoindre.

Esteban secoue la tête et lève la main pour s'opposer à Rafael, de manière courtoise, évidemment.

— Attends, attends... t'es en train de dire que leurs vies ne valent pas les nôtres ?

— Pas du tout ! Je dis juste qu'on ne sait pas du tout où ils se trouvent ni combien ils sont. Allons-nous prendre le risque de tous nous faire tuer pour sauver, allez quoi, une dizaine de personnes ? Plus ?

Moins ?

— Dans tous les cas, je suis certaine que ça en vaudrait la peine. Une vie est une vie.

La voix fluette et non moins charmante de Catalina fait pivoter tous les regards dans sa direction. La quarantenaire aux cheveux roux incendiaires et au regard émeraude a ce don particulier qu'elle ne doit pas à la magie, elle attire l'attention.

— Si vous voulez mon avis, nous devons les aider. Peu importent les risques que nous prendrons pour ce faire.

— C'est une intuition que tu as ?

Pablo, que nous adorons tous ici par sa joie de vivre presque permanente et sa gentillesse innée, plisse les yeux, suspicieux de comprendre si Catalina se fie à son don ou pas.

— Oui, elle m'étreint violemment et... je pense que nous devrions aussi nous baser sur les visions de Rosa.

La concernée joint ses mains sur la table et pousse un long soupir, ses lèvres charnues se gonflant légèrement.

— Je ne vois rien. J'ai beau me concentrer, notre avenir à tous demeure trop flou, je suis vraiment désolée...

La brune baisse la tête et je me permets de poser ma main sur son épaule afin de la réconforter.

— Ce n'est pas grave, ça viendra quand ça viendra. Ne te mets pas la pression, Rosa.

Ses magnifiques yeux verts se relèvent vers les miens et un petit sourire vient orner son visage.

— Merci, Daina.

Miguel reprend la parole :

— Il n'y a aucun problème, Rosa, nous ne t'en voudrons jamais. Mais je pense que cette décision doit être prise rapidement. Tout s'accélère dans le pays, si on veut avoir une chance de s'enfuir ou de mettre un terme à cette folie, on va devoir s'y préparer et s'y mettre très vite.

— La question essentielle est : voulons-nous passer notre vie à fuir ?

Andres soulève un point important, rejoindre le Portugal serait la première étape, qui nous dit que la vie là-bas sera meilleure ? Nous n'avons aucune information provenant des autres pays, et ce depuis des années.

Si nous n'avions, tous autant que nous sommes, jamais porté plus d'attention à ce détail tout de même très important, nous le réalisons maintenant : l'*Opus Dei* nous a complètement isolés du reste du monde. Petit à petit, les médias se sont mis à diffuser moins d'information provenant des autres pays, puis probablement que l'Espagne a quitté l'Union européenne, mais là encore, aucun de nous n'en a la certitude.

Alors que se passera-t-il quand notre groupe de sorciers arrivera au Portugal ? Que se passera-t-il pour nous ? Allons-nous devoir nous cacher là-bas ? Pourrons-nous reprendre une vie normale ? Que savent-ils des nôtres ? Y'a-t-il aussi des enchanteurs dans ce pays ? Dans les autres ?

Toutes ces questions m'assaillent et me flanquent un doute énorme, me distrayant au passage de la conversation qui se joue devant mon nez. Je me reprends en passant une main dans mes cheveux au moment où la décision semble être prise.

— Alors on va tenter le coup, on va se battre.

— Pour nos libertés, pour notre vie.

Cette dernière phrase, prononcée par Elvira, est reprise instinctivement et scandée par l'assemblée, me filant des frissons au passage.

Ce n'est plus une fuite, c'est un combat, une guerre que nous allons mener dans le but de la remporter. Et nous gagnerons, j'en ai la certitude.

En attendant de nous organiser, nous quittons la table et je profite de cette pause bien méritée pour aller rejoindre Amador et lui annoncer la nouvelle. Le conseil a décidé de se battre, ça devrait lui faire plaisir.

Dans la clairière où nous nous entraînons habituellement, il n'y a que quelques enchanteurs, mais pas Amador. Où est-il passé ?

Je redescends vers la grotte et trouve Esteban, le seul à pouvoir m'indiquer à peu près clairement la localisation d'Amador.

— Este', tu sais où est Amador ?

— Non, il n'est pas en haut ?

Je secoue la tête sans sourire, ça paraît étrange, mais dans de telles circonstances, la moindre absence est suspicieuse. Il peut lui être arrivé n'importe quoi. L'enchanteur ferme les yeux et pose deux doigts sur sa tempe avant de rouvrir les paupières, alarmé.

— Il est au village !

— Quoi ?! Mais qu'est-ce qu'il fout là-bas ?!

Je suis immédiatement prise de panique et je ne

réfléchis pas une seconde de plus, je fonce récupérer mon hoodie favori avant de quitter la grotte, Esteban sur les talons.

— Attends, tu vas pas y aller toute seule !

— Ben viens avec moi ! En tout cas, je pars tout de suite !

L'enchanteur râle une demi-seconde pour la forme, puis il interpelle Rafael qui passe par là et nous voilà partis tous les trois au pas de course. Non, c'est mentir, nous nous ruons à la vitesse maximale que nous pouvons atteindre tous les trois, peu inquiets de nous casser une cheville ou pire au milieu des arbres et des branchages qui jonchent le sol.

Si nous avions réfléchi un tant soit peu, nous aurions pris avec nous un enchanteur capable de se déplacer plus vite, comme Ana. Elle aurait retrouvé Amador en un clignement de paupières vu sa vitesse de déplacement. Seulement la panique nous a poussés à agir sans réfléchir, nous devons impérativement sauver Amador, peu importe le danger.

À bout de souffle, un point de côté me broyant le ventre, nous arrivons enfin au village et tentons de reprendre contenance pour rejoindre l'endroit où se trouve Amador.

Nous croisons quelques personnes qui nous regardent avec un air étrange et, grâce à mon pouvoir, je saisis tout de suite la suspicion qui les anime. Je me rapproche des garçons et chuchote le plus discrètement possible :

— Dépêchons-nous, on nous observe avec trop d'attention.

D'un mouvement lent, Esteban tourne la tête

vers le petit groupe de personnes, puis reporte son attention sur moi.

— On est dans la merde, ils ont des badges du *MOD*.

Merde, je n'avais pas fait attention, mais l'enchanteur a raison, ces personnes sont du côté de l'*Opus Dei* et de ces abjects exécuteurs de sorciers. Le logo du *MOD* placardé sur la poitrine, les trois hommes et les deux femmes continuent de nous observer avec dédain, dégoût et une pointe de haine. Ils savent qui nous sommes. Mais… comment ? Ont-ils réellement des détecteurs ? Sur le trottoir d'en face, ils avancent à notre rythme, leurs regards ne cessant d'aller et venir sur chacun de nous.

Et si je tentais de faire taire leurs émotions ? Peut-être que cela les perturberait assez pour oublier leur méfiance à notre égard ? Tout en continuant d'avancer avec Esteban et Rafael, je concentre toute mon attention sur les humains.

Je laisse enfler mon pouvoir, le dirigeant exclusivement vers eux et je fais taire leurs émotions quand Esteban m'attrape le bras et me plaque contre le mur. La peur et la surprise me font pousser un petit cri et rompent très vite le lien que j'avais établi avec ces gens étranges.

— Esteban ! À quoi tu joues ?

— Regarde ! C'est Amador !

De l'autre côté de la rue, à quelques mètres seulement du petit groupe qui nous observe toujours, notre ami vient de sortir d'un bâtiment, les mains enroulées dans une serviette. Que fait-il ici ? Je pensais qu'il était en danger ? Il a l'air d'aller très bien pourtant !

Ses yeux vont dans tous les sens, comme le font les personnes en cavale, et quand ils se posent sur nous, son expression se fige. Je m'apprête à avancer d'un pas, souhaitant réduire la distance entre nous et lui, mais les fidèles du *MOD* se ruent sur Amador, anxieux et effrayés, ce qui m'immobilise de peur. Comment ont-ils changé d'attitude aussi vite ?!

Je peux presque sentir leur cœur tambouriner dans ma propre poitrine, je sens leur peur, leur... inquiétude. Mais... oh, non ! Je leur ai transmis mes émotions ! Comment ai-je fait ? Est-ce seulement possible ?

Tandis que tout un tas de questions m'assaille, Rafael et Esteban traversent la rue et rejoignent Amador, sous mes yeux ébahis. Je suis figée, immobile et sous le choc de ce que je viens de faire à ces gens. Réussir à faire taire leurs émotions, leur dégoût, leur haine, ça je m'entraîne pour ! Mais leur implanter les miennes ? Comment ai-je réussi une telle chose ?

Je tenterai de répondre à tout ça plus tard, pour le moment, je dois me dépêcher de rejoindre les garçons, qui semblent se trouver dans une situation délicate... Les problèmes arrivent.

CHAPITRE 14

AMADOR

Ces trois agents ont bien mérité leur sort ! Sentir leurs os craquer sous mes poings, voir leur visage se tuméfier et finalement entendre leur dernier souffle m'a regonflé à bloc. Je sors de l'immeuble dans lequel je les ai choppé le cœur léger, les mains maculées de sang. Mais ma joie est de courte de durée, une fois de retour dans la rue, je croise le regard apeuré de Daina et ceux accusateurs de Rafael et Esteban.

Que font-ils ici ? Pourquoi sont-ils descendus au village ? N'ont-ils pas conscience du danger que cela représente ?

Je n'ai pas le temps de faire ou dire quoi que ce soit qu'un groupe de personne se jette sur moi, baragouinant très vite des phrases incompréhensibles.

— Qu'est-ce que vous me voulez ?!

Les traits de leurs visages sont tirés, anxieux, ils ont l'air bourrés d'inquiétudes ces gens, qui sont-ils ? Je remarque au moment où Esteban et Rafael se rapprochent de nous qu'ils portent le badge du *MOD* et je me crispe immédiatement.

— Amador ! Viens !

Les bras de ces inconnus m'entourent, m'empêchent presque de bouger, mais ma force herculéenne ne les laisse pas m'immobiliser plus longtemps. Je me défais de leur emprise et comprends enfin ce qu'ils disent.

— Je suis inquiet pour toi !

— J'ai si peur ! Que se passe-t-il ?

Mais il leur arrive quoi ? Alors que je me rapproche d'Esteban, un des hommes m'agrippe le bras et un autre enserre l'enchanteur pour le bloquer. Mais qu'est-ce qu'ils ont ? Putain !

Daina, qui n'avait pas encore traversé la rue, se précipite à notre niveau en panique.

— Oh, mon Dieu ! Qu'est-ce que j'ai fait ?

— Quoi ? Qu'est-ce que tu veux dire par là ?

Les yeux embués de larmes, elle tente de repousser l'une des femmes qui l'empêche de m'approcher, puis répond à Rafael, qui semble agacé.

— J'ai senti leur haine, leur dégoût, j'ai tenté de faire taire leurs émotions, mais je crois que j'ai transmis les miennes quand Este' m'a interrompue.

Le regard des deux hommes change, ils baissent leur garde une seconde, suffisamment longtemps en tout cas pour qu'un des hommes plaque Esteban au sol. Je me défais de la poigne de celui qui me retient en le poussant assez violemment, sans me soucier de la réaction des quelques passants, qui ont déjà dégainé leurs téléphones.

— Esteban !

Je prends sa main, suis tiré en arrière par une des femmes et la repousse à son tour. J'aide Esteban à se relever, il est tombé sur un plot en métal, destiné à décorer le village et qui fait pourtant tache au milieu d'un trottoir.

— Ça va ?

— J'ai mal aux côtes, putain !

L'enchanteur ne jure jamais, il a tendance d'ailleurs à engueuler ceux qui le font souvent, comme moi. Pourtant, sa douleur le pousse à le faire et son expression me montre à quel point il souffre.

— Je vais t'aider à tenir debout, on quitte les lieux.

Tant bien que mal, Rafael et Daina tiennent à distance les fervents fidèles de l'Opus Dei, qui tentent de me rejoindre. Mais qu'a-t-elle donc pensé pour que ces gens veuillent se jeter sur moi ? Merde !

— Raf ! Protège Daina, on s'casse !

Le pyromane attrape la jeune femme par les épaules, puis tous deux nous suivent vers la sortie de la ville. Le groupe devient de plus en plus hargneux de ne pouvoir m'atteindre et ils nous suivent d'un pas décidé, nous accélérons comme nous pouvons.

Ce n'est que là que je me rends compte de toutes les personnes qui sont dehors, leurs téléphones braqués sur nous ou collés à leurs oreilles. Merde, on s'est foutu dans un sacré pétrin, là ! Pourquoi ont-ils cherché à me rejoindre, sans déconner ?!

Daina semble inquiète, ses yeux d'or tournoient

dans tous les sens, ils analysent tout avec attention et je suis presque certain qu'elle examine les émotions qu'elle perçoit. Elle doit aussi chercher à les modifier si ce qu'elle a provoqué est un accident.

Elle maîtrise son pouvoir, mais elle n'en connaît pas encore toutes les facettes, tout ce qu'il peut lui permettre de faire. Elle vient d'en découvrir une malgré elle. En nous mettant en danger. Je l'engueulerai plus tard, là, le temps presse et nous devons retourner nous cacher le plus vite possible.

Je soulève Esteban d'un bras, indique à Rafael de se rapprocher d'un mouvement de tête.

— Maintiens Daina contre toi, dès qu'on est hors de leur vue, je vais accélérer le pas.

— Tu vas nous porter ?!

— Ouais, t'as un souci avec ça ?

— Bien sûr que non, mais... ça va pas être trop lourd ?

Je pouffe de rire en lui jetant un œil amusé, pour qui me prend-il ? Trop lourd ? Est-il seulement au courant que mon pouvoir est une super-force que j'ai réussi à décliner en bonus super-vitesse ?

— Si tu trouves un truc trop lourd pour moi, on s'appelle !

Rafael secoue la tête en souriant, puis je me tourne pour m'assurer que nous sommes seuls, non, ces connards nous ont suivis !

— On va tourner à l'angle de la maison, là-bas ! Ensuite, je vous porte.

— OK, c'est toi qui décides, Amador !

Étrangement, Daina reste silencieuse et ne s'oppose à aucune de mes paroles, pour une fois. La connaissant, elle est encore en train de se fustiger pour cette boulette qu'elle vient de commettre et qui nous pousse à détaler comme des lapins.

À l'angle de la maison, nous tournons et, ni une ni deux, j'attrape Rafael que je soulève et qui maintient Daina contre lui, puis je me mets à courir à la vitesse du son, ou de la lumière. Je n'ai jamais compris quelle était la différence entre les deux, laquelle est la plus rapide ? Aucune idée, tout ce que je sais, c'est que le vent fouette nos visages et que le paysage devient flou autour de nous. En moins de cinq minutes, nous sommes arrivés à la grotte et je repose mes amis sur la terre ferme, heureux de les avoir mis en sécurité.

Rafael lâche Daina et se penche en avant, les mains sur les genoux, prêt à dégueuler ses tripes. Esteban se laisse tomber doucement sur le sol, sur l'un des bancs en pierre fabriqués par Andres.

Affolé, Miguel arrive au moment où le pyromane expulse son repas sur la terre.

— Putain, mais qu'est-ce que vous foutez ?!

Daina, qui était jusqu'à présent étrangement silencieuse, répond à l'enchanteur avec une certaine animosité. Qu'est-ce qu'il lui prend ?

— On a failli se faire buter à Siles !

— À Siles ?! Mais pourquoi êtes-vous descendus au village ?!

La jeune femme pointe son doigt rageur vers moi et je remarque que ses sourcils sont plus froncés qu'ils ne l'ont jamais été.

— Monsieur Amador a cru bon de devoir s'y rendre pour se frotter au *MOD* !

Je lève les mains, surpris par son attitude, et tente de me défendre :

— Oh ! On se calme, je n'ai rien fait de mal et je n'ai rien demandé à personne !

— Ah ouais ?! Alors c'est quoi ce sang sur tes manches ?

Je jette un œil à mes vêtements et remarque effectivement le liquide vermeil qui macule les manches de ma veste. Merde ! Dans le genre, on fait plus discret quand même.

— J'ai peut-être croisé leur route, mais toujours est-il que je n'avais ni besoin d'aide ni que tu empires les choses !

La petite, mais non moins terrifiante, Daina, se rapproche de moi, enragée.

— Empirer ? J'ai empiré les choses ? Tu te fous de ma gueule ?! T'es pas en train de dire que c'est ma faute, quand même ?

— Ben quoi, c'est toi qui l'as dit, t'as fait ressentir à ces gens tes émotions ! C'est à cause de toi qu'ils m'ont sauté dessus !

— Parce que tu crois vraiment que c'est ce que j'ai ressenti en te voyant sortir de ce bâtiment ?!

— Apparemment !

Si ses yeux pouvaient tirer des balles, j'en serais criblé. Elle ne m'a jamais regardé de la sorte, elle n'a jamais exprimé une telle colère et je dois avouer qu'elle me fait un peu peur. Pourquoi réagit-elle ainsi ? Pourquoi semble-t-elle aussi excédée ? Je ne comprends pas...

Miguel tente de désamorcer la bombe qui menace de faire exploser notre amitié, mais Daina ne le laisse pas en placer une.

— J'étais inquiète pour toi, imbécile ! Quand on a découvert que t'étais au village je me suis imaginé le pire, alors te voir sortir de là avec ce chiffon plein de sang, imagine !

Elle est marrante, elle s'inquiète, mais pense-t-elle seulement à celle qu'elle me provoque en venant me retrouver avec deux de nos amis ?! A-t-elle conscience qu'elle se met en danger et que, comme souvent, je vais devoir l'en tirer ? Ce qu'il vient de se passer en est une preuve de plus !

— Toi, tu t'inquiètes ?! Si tu pouvais comprendre que c'est pas à toi de t'en faire et que ce sont les situations dans lesquelles tu te fourres qui me causent, à moi, du souci ! C'est qui qui doit encore te tirer de ce mauvais pas, hein ?! Merde, Daina ! Arrête de me materner !

Mes mots, et surtout l'intonation que j'emploie, dépassent mes pensées et mes sentiments, mais j'en ai strictement rien à foutre. Daina essaye de me protéger et j'en ai vraiment ma claque. Je ne suis pas un gosse et encore moins le sien. Il va falloir qu'elle le comprenne. Surtout que ce qu'elle fait pour me surveiller ou me venir soi-disant en aide ne fait que la placer elle-même en position de danger.

— Et toi, quand est-ce que tu comprendras que t'es pas invincible ? Hein ? Tu crois que j'ai envie de te voir crever comme la plupart des nôtres ? Comme mes parents ? Mon frère ?

— Ça n'arrivera pas, putain ! Arrête de vouloir me protéger et occupe-toi de ton cul !

J'ai conscience que ma colère empiète sur ma

raison et que je ne devrais pas lui parler ainsi. Mais c'est trop tard, c'est fait et je ne peux plus retirer ce que j'ai dit. En revanche, pour éviter de l'entendre me répondre de la même manière et d'aller moi-même plus loin, je tourne les talons et je me tire en coup de vent. Réellement.

Je la laisse pantoise, au milieu des autres enchanteurs bouche bée par notre altercation et je cours me réfugier dans un autre jardin d'éden que je me suis composé dans les alentours. Un endroit à l'abri des regards, couvert par les immenses arbres de la région. J'ai besoin d'évacuer ma colère, celle que j'avais réussi à occulter en tuant de sang-froid ces trois connards du *MOD*.

Daina a le don insupportable de me foutre hors de moi et de me faire bouillir le sang. Elle m'énerve bordel ! Ne peut-elle pas accepter que je sois assez grand pour veiller sur moi-même ? Ne peut-elle pas accepter de me foutre la paix ?

D'un coup de pied rageur, j'envoie un rocher assez énorme rouler au pied d'une des collines qui entourent l'endroit, un hurlement déchirant mes cordes vocales.

Cette femme me fait ressentir bien trop d'émotions contradictoires et je commence à être éprouvé par tout cela. Je ne veux m'attacher à personne et la colère ainsi que l'affection qu'elle me pousse à ressentir me conduisent sur une pente dangereuse. Une de celles que l'on ne remonte pas.

Satanée enchanteresse...

CHAPITRE 15

DAINA

Amador est parti depuis plus de trois heures et pourtant ma colère ne faiblit pas. J'ai beau tout tenter pour la faire taire, méditer, respirer calmement, boire un thé... Rien n'y fait ! Cet homme me contrarie à un point qu'il n'imagine sûrement pas !

Et son absence, qui devrait m'arranger, m'énerve encore plus. J'ai encore plus l'air de vouloir... le materner, comme il a dit, mais je ne supporte pas de ne pas savoir où il est et ce qu'il fait. Ça me fout en rogne ! Ne se rend-il pas compte du danger que nous encourrons tous ici ? Il croit quoi ? Qu'on est là pour profiter de l'air de la montagne, en colonie de vacances pour enchanteurs ?!

Énervée comme rarement je l'ai été, j'arpente la clairière en serrant les poings, le cœur battant à tout rompre. Je n'ai jamais été comme ça, j'ai toujours été du genre à maîtriser mes émotions, canaliser la colère pour ne pas faire ou dire des choses que l'on regrette plus tard fait partie de mon caractère. Pourtant, je suis vraiment hors de moi ! Les mots que nous avons échangés m'ont mis en colère, évidemment, mais ils ne sont rien en comparaison de ce que son départ m'a fait ressentir. Quand Amador a quitté la conversation et l'entrée de la grotte à la vitesse de l'éclair, j'ai cru incendier les alentours tant ma rage était forte. Je n'ai pas supporté qu'il se défile comme un gosse. Et même si les heures ont tourné, elle ne s'apaise pas, elle continue d'irradier la moindre de mes cellules et provoque en moi un bouillonnement rare. Inédit même.

Les autres enchanteurs, sous le choc de la violence de notre échange, ont pourtant su respecter mon besoin de solitude et n'ont pas posé de questions, même si j'imagine qu'ils en avaient un paquet. Nous avons une communauté respectueuse et nous n'avons jamais les uns pour les autres des mots qui surpassent les autres. En cas de désaccord, nous prenons le temps d'analyser les choses et nous réglons généralement le problème sans heurt. Pas cette fois-ci.

Et puis, le fait que notre échange ressemblait certainement à celui d'un couple a dû faire soulever pas mal d'interrogations, c'est compréhensible après tout. Je n'explique pas moi-même que nous puissions être si proches et si éloignés à la fois.

D'où provient la force de notre lien ? Pourquoi tout ce que je ressens pour lui semble être plus puissant qu'envers n'importe qui d'autre ? Que ce soit mon affection, ma colère ou mon inquiétude, mes sentiments pour lui sont décuplés sans que je puisse l'expliquer. Et ça m'énerve d'autant plus ! Qui est-il pour que je lui accorde autant d'importance, hein ?! Personne ! Certes, il m'a sauvé la vie, mais Sylvio et Esteban aussi, sans mentionner tous les enchanteurs ici qui œuvrent pour notre sécurité quotidienne ! Qu'a-t-il de plus qu'eux en dehors d'un physique à tomber et d'un ego qui crève le plafond ?

À force de faire les cent pas dans ce bout de paradis, cette nature sauvage que je me surprends à aimer chaque jour davantage, je vais finir par éroder le sol sous mes pieds. Sans parler de mes baskets. Tout ça pour Amador ! Que ça m'énerve !

À bout de tout, je me laisse choir sur un rocher, entre les fleurs et les buissons, les arbres et les pépiements d'oiseaux. Ma tête entre mes mains, les coudes posés sur mes genoux, je souffle bruyamment et tente pour la énième fois de reprendre mon calme. Rien ne fonctionne et je ne supporte plus cet état permanent de colère, je suis certaine que ce n'est ni bon pour le cœur ni pour les artères. C'est pas pour ce genre de raisons que les gens font des infarctus ? Je n'ai pas très envie d'y goûter.

Entre deux respirations, un bruissement me fait relever la tête et ma mâchoire se serre instinctivement lorsque je découvre Amador, qui revient comme une fleur. Il est assorti au reste de l'endroit.

— Daina, je peux te parler ?

La raison voudrait que je lui dise oui, qu'on apaise les tensions et qu'on retrouve une relation normale. Aussi normale qu'elle puisse l'être en tout cas. Après tout, ce n'était qu'un désaccord, qui n'en a pas ? Je ne suis pas rancunière, j'ai tendance même à pardonner trop vite et cela m'a souvent causé du tort, mais ça a aussi l'avantage de me montrer comment sont vraiment les gens. Ça aide à faire le tri en amitié comme en amour. Toutefois, face à Amador, je perds tout sens de la raison et laisse mes émotions prendre le dessus.

Je me lève d'un bond et m'avance vers lui l'index levé droit vers son visage. Il me faut évidemment lever la tête vu la taille qu'il fait. Je suis si petite face à lui !

— C'est maintenant que tu veux parler ?! Alors que t'es parti tout à l'heure comme un voleur ?! Hein ?! T'étais où encore ? Occupé à buter des gens ? Des agents du *MOD* ? Des humains ? Hein ?!

Je débite les mots à la vitesse de l'éclair, réduisant la distance entre Amador et moi d'un pas rageur. Très vite, je suis suffisamment proche pour tapoter son torse du bout de mon doigt et remarquer l'air choqué sur son visage. Il ne m'a jamais vue en colère, il ne va pas être déçu !

— Tu te rends compte que tu refais encore ce que je te reproche, tu te barres sans explication et moi je m'inquiète pour toi ! Tu ne réalises pas le danger qui nous entoure, tu ne t'imagines pas ce qu'on peut ressentir quand toi ou un autre disparaît sans explication ! Merde, Amador ! Tu devrais être bien placé pour le savoir pourtant !

Les larmes roulent le long de mes joues, elles ont un terrible goût de honte, que je préfère ignorer. Je ne sais pas de quoi je peux bien avoir honte, là tout de suite.

Amador, les yeux écarquillés, attrape mes avant-bras avec douceur, mais je suis trop énervée pour me rendre compte de ce qu'il cherche à faire. Je me débats, enragée.

— Lâche-moi ! Qu'est-ce que tu fais ? Laisse-moi !

— Daina, s'il te plaît ! Calme-toi !

— Ah ! Parce que tu crois que me maintenir comme ça, ça va aider ?! Non, alors laisse-moi !

Pourtant, il ne relâche pas sa prise sur moi et continue de me retenir, les yeux brillants et inquiets. Brillants ? Mais, qu'est-ce que c'est cette incandescence qui se reflète dans ses iris ? Serait-il en train d'utiliser son pouvoir sur moi ? Non, mais quel culot !

Avec plus de force, je me défais finalement de ses mains, lui arrachant un cri au passage. Cette fois-ci, ce n'est plus de l'inquiétude que je lis dans ses yeux, mais de la terreur. Mais qu'est-ce qu'il lui prend, bon sang ?!

— Pourquoi tu m'écoutes jamais quand je te demande quelque chose ? Pourquoi tu continues de me prendre comme la petite chose fragile que t'as sauvée à Albacete, hein ? Je ne suis plus cette femme ! J'ai changé ! J'ai évolué !

Je ne reconnais pas ma propre voix, elle semble sortir de mon cœur avec une tonalité qui ne lui appartient pas, elle me secoue de spasmes, elle m'étouffe de colère. Et Amador qui demeure immobile devant moi, les yeux prêts à sortir de leurs orbites tant ils sont écarquillés ! Pourquoi ne me répond-il pas comme je le souhaite ? Que ressent-il ?!

Contre ma volonté, je sonde son cœur à la recherche des réponses qu'il ne souhaite apparemment pas me donner.

Peur. Stupéfaction. Inquiétude.

De quoi a-t-il peur ? Pourquoi est-il stupéfait ? Et inquiet ? La peine et la douleur qui venaient en premier avant ont disparu pour laisser place à ce qui semble être la priorité dans sa tête et son cœur. D'où vient ce changement ?

Lentement, il lève les mains devant lui, dans ma direction, et effectue un pas, puis un autre, ses yeux plantés dans les miens. Il est si lent que ses mouvements sont à peine perceptibles.

— Écoute-moi, Daina. Je suis sincèrement désolé. Je venais justement pour te présenter mes excuses. S'il te plaît, tu dois te calmer...

Je ne l'ai jamais entendu parler ainsi, je ne l'ai jamais vu aussi calme et apeuré. C'est ma colère qui l'effraie ? Pourquoi ? Je ne suis pas une bombe qu'il faut désamorcer, je ne lui ferai rien de mal, pourquoi pense-t-il que ça puisse être le cas ?!

Je serre les poings et les mâchoires, déterminée à ne pas lui pardonner aussi facilement, surtout avec une telle réaction. Une chaleur irradie dans mes muscles, mes os, tout mon corps. Elle est là depuis quelques minutes, mais ce n'est que maintenant que je la remarque. Elle est similaire en tous points à celle qui compose mon pouvoir, celle que je gère très bien.

La colère me ferait-elle perdre le contrôle ?

— Pourquoi t'as peur de moi, Amador ? Pourquoi tu joues les dresseurs de fauves tout à coup, hein ?!

— Daina, s'il te plaît... Fais-moi confiance, laisse-moi t'aider.

M'aider ? M'aider à quoi, encore ? Il se croit si supérieur qu'il pense être le centre de tout et de tout le monde ? Le sauveur de la bande, mon cul !

— Pourquoi tu veux encore m'aider ? Je n'ai pas besoin de ton secours !

La lave bout entre mes reins, elle enflamme mon système nerveux et ce n'est que lorsque je lève les mains en face de moi, dans le but de repousser Amador, que je remarque que j'irradie.

Ma peau est comme éclairée par l'intérieur, comme si une lumière se répandait dans mes muscles et mes tendons, mes nerfs et mes os, illuminant au passage tout mon corps. Je tourne et retourne mes mains, subjuguée par cette aura chaude et réconfortante. D'où provient-elle ? Serait-ce mon pouvoir émotionnel qui me permet de briller ainsi ? C'est bien la première fois ! Alvaro l'avait fait, c'est vrai...

Profitant de mon inattention, Amador finit de réduire la distance entre nous et m'entoure de ses bras puissants, plaquant ma tête contre son torse.

Un petit gémissement, une faible complainte plutôt, s'échappe de sa bouche au moment où ma peau entre en contact avec lui. Étrangement, en me plaquant contre son torse musclé à la délicieuse odeur boisée, ma colère descend d'un cran.

La voix vrillée par la douleur, Amador tente de me rassurer.

— Tout ira bien, je suis là. Respire lentement et

calme-toi... Je ne te lâcherai pas.

Malgré l'altération de son intonation, je reconnais la voix rauque que j'apprécie tant, celle qui fait dresser mes cheveux sur ma tête et frissonner mon cœur. Je me laisse aller, respire lentement et finis par me relâcher complètement, mon rythme cardiaque retrouvant enfin une cadence convenable.

Après quelques minutes, et au prix d'un effort surhumain, je relâche Amador et me recule légèrement, plantant mes yeux dans les siens. Ils sont humides, remplis d'une émotion que je n'ai jamais vue chez lui.

— Merci, Amador... tu...

Mon regard est attiré par son torse, brûlé gravement et sur lequel son t-shirt semble s'être incrusté. Une odeur de chair carbonisée pénètre dans mes narines et je dois me retenir de ne pas vomir, c'est abject !

Putain, mais c'est quoi ça ?!

— Ça va ? Mais qu'est-ce que...

Malgré ma naïveté à toute épreuve, je comprends vite que c'est ma faute. J'irradiais de lumière, de chaleur, je l'ai brûlé en me plaquant contre lui ainsi. Mon Dieu, mais qu'est-ce que j'ai encore fait ?! Cet effet secondaire fait-il réellement partie de mon pouvoir ?

Éreinté par la douleur, Amador tombe à genoux sur le sol et serre les dents, pour ne pas hurler sa souffrance. Je m'échoue devant lui sur le sol humide et pose mes mains de part et d'autre de son visage.

— Amador ! Reste avec moi ! Je suis désolée, je ne savais pas... je ne voulais pas...

Sa main vient se plaquer sur ma joue avec douceur et tendresse, ses yeux verts dans lesquels j'adore me perdre se plantent dans les miens et un petit sourire se plaque sur sa bouche charnue.

— Tout va bien, t'inquiète pas. Va chercher Elvira, s'il te plaît.

Sa voix est enrouée, mais apaisante et calme. Douce... malgré les circonstances.

— Oui, j'y vais tout de suite !

Mue par un instinct que je ne m'explique pas, j'approche mon visage du sien et dépose un baiser sur son front, avec toute la tendresse et l'affection qui me frappent et m'étouffent à ce moment-là. Je recule et me mets en route en courant le plus vite possible.

La clairière n'est pas loin de la grotte, mais j'ai l'impression de devoir parcourir des kilomètres pour retrouver l'enchanteresse. Ma peur noue mes entrailles, pourvu qu'elle puisse lui venir en aide !

Elle n'a pas encore achevé son entraînement, elle ne réussit pas tout à fait à guérir les autres et je prie intérieurement un Dieu qui m'a laissé tomber pour qu'elle puisse sauver Amador.

Je ne pourrai survivre sans lui.

CHAPITRE 16

AMADOR

Je n'avais jamais vu une telle chose de mes yeux. Daina a irradié de la tête aux pieds, sans s'en rendre compte. Sa colère a alimenté son pouvoir et l'a transformé, enfin je pense. C'est mon analyse sur la situation, mais je peux me tromper puisque je ne suis pas un spécialiste de la magie. Si Daina ne l'a pas encore fait, il faudra que je discute avec Esteban pour tenter de trouver l'explication à cette évolution inattendue de son don.

En attendant, je récupère dans mon lit, entouré par Daina et sa culpabilité étouffante. Ça fait trois jours et elle ne se remet toujours pas de ce qui est arrivé alors qu'elle n'y est clairement pour rien. Elle me veille de jour comme de nuit, s'endort sur la chaise en bois qu'elle a ramené à côté de mon plumard et arbore des cernes marrons à longueur de temps.

Elvira a fait du bon boulot, malgré la panique lorsqu'elle m'a découvert, elle a réussi à soigner les brûlures les plus profondes et à apaiser cette douleur atroce. J'étais loin de me douter que cette affection était la souffrance la plus forte que j'allais ressentir dans ma vie.

Quand le corps irradiant de Daina s'est plaqué contre le mien, j'ai été saisi par sa forte chaleur. Comme une fièvre inexplicable qui bat tous les records. Elle m'a brûlé la peau, pour finir par la carboniser d'un simple contact. Et le tout sans s'en apercevoir évidemment. Si c'était à refaire, je le referais sans hésiter une seconde. Cette nana a quelque chose qui fait battre mon cœur plus vite, elle aide mes pieds à rester enracinés dans la réalité, elle me donne envie de recommencer à vivre. Pas à survivre, à vivre. À ressentir.

Je ne sais pas ce que j'ai avec elle, je ne sais d'ailleurs toujours pas si c'est son pouvoir qui interagit avec mes émotions, mais je commence à m'en foutre. À vrai dire, je m'en fous depuis que je suis revenu vers elle pour présenter des excuses. Je ne l'avais jamais fait avec personne, j'ai toujours été du genre à penser que dire pardon revient à montrer nos faiblesses. Je sais que c'est faux, j'en ai conscience, mais c'est quelque chose qui faisait ma vérité depuis des années. J'ai beaucoup changé, je prends conscience de mes erreurs désormais.

Le repos qui m'est imposé pour que mes blessures disparaissent totalement commence à me faire chier, je m'ennuie dans ce lit, malgré la présence constante de Daina. Elle parle plus que moi,

bien sûr, elle me raconte la vie du camp comme si cela faisait trois mois que j'étais *out*. Je ne veux pas entendre les histoires, je veux les vivre !

Je soulève mon t-shirt et les bandages pour remarquer que ma peau tire de moins en moins, elle retrouve peu à peu sa couleur et sa texture habituelle. Tant mieux, peut-être que l'enchanteresse m'autorisera à quitter le lit, retrouver une vie normale. Enfin, aussi normale qu'elle puisse l'être.

Doucement, je me redresse et tends le bras vers la petite table de chevet pour attraper mon verre d'eau. Je me déplace lentement pour ne pas réveiller Daina, qui s'est assoupie la tête posée sur le rebord du lit.

La mission est un échec, au moment où je porte le gobelet de bois à mes lèvres, elle se redresse d'un bond et cligne des paupières frénétiquement. Elle se lève de la chaise, tangue légèrement, puis se rapproche de moi.

— Attends, je vais t'aider.

— Non, ça va, je peux le faire.

Je lève une main devant elle pour lui montrer que je me débrouille, puis repose mon verre sur la tablette.

— Comment tu te sens ?

— Très bien, mes cicatrices ont presque disparu.

— C'est vrai ? Oh, c'est super ! Attends, je vais chercher Elvira !

Daina pivote, mais je la retiens en attrapant son poignet et en la tirant vers moi.

— Attends, reste un peu.

Depuis qu'elle m'a embrassé sur le front, ce moment étrange où j'ai bien cru que mon cœur allait sortir de ma poitrine, je ne pense qu'à réitérer l'expérience. Peut-être à un endroit plus attirant de son visage et du mien. Le front c'est bien, c'est charmant et rassurant, mais ses lèvres pleines m'attirent bien plus. Mais je ne me risquerai pas à aller trop vite en besogne, je veux apprendre à l'apprivoiser et je tiens plus que tout à ce que ça vienne d'elle. Qu'elle le veuille autant que moi.

— Tout va bien ? Tu as besoin de quelque chose ?

— Oui, de toi.

Ma déclaration, simple et sans détour, la fait frémir, elle n'ose ni bouger ni réagir. Ses yeux aux reflets dorés sont plantés dans les miens et me font frissonner. Je n'ai vraiment jamais ressenti cela pour qui que ce soit, c'est extrêmement perturbant. Néanmoins, j'ai envie d'explorer cela avec elle, voir où ça peut me mener. C'est si étrange... je m'étais promis de ne plus m'attacher à personne pourtant.

— De moi ? Comment ça ?

Son innocence me fait sourire. Je me décale un peu sur le lit et tapote le semblant de matelas pour lui faire comprendre de s'installer. Mon bras droit étendu au niveau de l'oreiller se moule automatiquement autour de son corps lorsqu'elle prend place. Elle se love contre moi, la respiration rapide et le cœur battant à tout rompre. J'enroule mes doigts naturellement autour de ses boucles brunes et apprécie le contact de son bras autour de mon ventre. Je n'aurais sûrement pas dit la même chose il y a quelques jours puisqu'il était lui aussi brûlé au troisième, voire quatrième degré.

Sans prononcer le moindre mot, nous restons là, dans les bras l'un de l'autre, nous délectant de cette affection que nous nous offrons. Je ferme les yeux, apprécie la chaleur de son corps contre le mien, de son cœur battant contre mes côtes. À quel moment suis-je devenu ce genre de mec ? Je n'ai jamais apprécié ces moments que je considérais d'un ennui mortel avec mes conquêtes. Je les enchaînais sans scrupule, me détachant d'une pour en prendre une autre. Sans amour ni attachement, juste du sexe et quelques rigolades.

Mais ça, c'était avant. Avant la disparition de Silene et l'arrivée fracassante de Daina dans ma vie. La belle brune au regard envoûtant a changé bien des choses en moi...

— Bonjour, les tourtereaux ! Désolée de vous déranger, mais je viens voir comment se porte notre patient.

Daina se lève d'un bond, le rouge aux joues tandis que je m'amuse de la situation.

— Pardon, Elvira, je vais te laisser l'examiner...

Avant que je puisse m'opposer à son départ, Daina se glisse hors de la chambre et je secoue la tête en souriant.

— Alors, comment tu te sens, Amador ?

— Très bien, je suis en mesure de quitter le lit, ou toujours pas ?

— Je vais regarder ça.

L'enchanteresse, au contraire de tous ces médecins que j'ai pu rencontrer dans ma vie, s'approche de moi sans aucun instrument de torture. Elle se contente de passer ses mains au-dessus de mon corps, analysant les informations qu'elle perçoit grâce à la magie.

Un sourire se dessine sur ses lèvres et je suis soulagé de le voir.

— Tu t'es superbement remis des brûlures. T'avais un rhume qui couvait, mais là aussi, tout va bien.

— T'es douée, Elvi'. Je peux quitter ma chambre, alors ?

— Oui, je peux regarder ta peau, s'il te plaît ?

— Bien sûr, Docteur.

Elvira souffle, elle n'aime pas que je l'appelle ainsi, persuadée qu'elle n'en a pas l'étoffe. Je suis pourtant la preuve vivante qu'elle en est un, et un sacrément doué en plus de ça !

Délicatement, elle soulève mon t-shirt et retire mes bandes, dévoilant mon buste dans son ensemble. Concentrée, elle regarde ma peau, puis donne très rapidement son avis.

— Je ne pensais pas réussir à atteindre un tel résultat... C'est incroyable.

— T'es douée, arrête de douter de toi.

— Plus facile à dire qu'à faire, hein.

— Ouais, je suis d'accord.

— Bon... je pense pouvoir te débarrasser totalement des cicatrices, tu veux qu'on tente ?

— Évidemment !

J'ai entièrement confiance en elle, elle maîtrise très bien son pouvoir et continue de s'entraîner dur pour continuer de le perfectionner. Je sais qu'elle va réussir.

Les mains au-dessus de mes cicatrices, elle laisse la lumière quitter ses mains et entourer mon corps. Ses volutes bleutées et lumineuses lèchent ma peau et me provoquent un léger picotement, très agréable d'ailleurs. Il a tout d'une caresse tendre, comme si une plume venait chatouiller mon épiderme, le régénérant au passage.

L'opération ne dure que quelques minutes et je suis ravi de découvrir que cette blessure n'est plus qu'un mauvais souvenir.

Je m'apprête à remercier l'enchanteresse quand une violente explosion secoue la grotte, faisant trembler murs, sols et plafonds.

— Merde ! C'était quoi ça ?!

J'enfile mon t-shirt en quatrième vitesse et me rue en dehors de la chambre qui m'a été allouée il y a quelques jours. Ce que je découvre dans la pièce commune me glace le sang, fait courir ma rage dans mon cœur. Les agents du *MOD* se déploient dans l'entrée de la grotte à la manière d'une toile d'araignée, ne nous laissant aucune échappatoire. La fumée s'échappe du petit coin salon sur le côté droit de l'entrée, les meubles étant explosés et carbonisés.

— Elvira, regroupe tout le monde dans le fond de la grotte, envoie-moi ceux qui peuvent se battre et… trouve Daina et mets-la en sécurité !

Sans attendre de réponse, je me précipite vers les agents à une vitesse ahurissante. Je distribue les coups de poing en hurlant, déterminé à tous les tuer pour cette intrusion. Et pour les dégâts qu'ils provoquent inévitablement. Ils sont très nombreux, je n'ai pas le temps de les compter, évidemment, mais je remarque qu'à mesure que je tue ceux sous ma main, d'autres arrivent.

Je suis rapidement rejoint par Rafael qui enflamme tout sur son passage, par Ana qui use de sa super vitesse pour les ligoter et par Marta et Paloma qui utilisent leurs pouvoirs pour les neutraliser. Une équipe qui se forme d'elle-même dans le but de défendre les enchanteurs, notre groupe, notre communauté, notre famille.

J'ai l'impression que plus je tue, plus ils sont nombreux et je me sens rapidement dépassé. Inquiet pour les autres, surtout. Un cri déchire mes tympans et ce n'est plus la peur qui me saisit, mais la rage.

Un des hommes en uniforme vient de planter sa lance dans la poitrine de Marta, mettant fin à la vie de la jeune télékinésique d'une manière horrible. Ana récupère la jeune femme avant que je puisse lui en donner l'instruction et la ramène auprès d'Elvira, du moins je l'imagine. Il faut agir vite si on veut la sauver et la jeune enchanteresse de vingt-trois ans l'a bien compris.

Dans le capharnaüm ambiant, je ne remarque pas tout de suite les quatre enchanteurs qui gisent sur le sol à côté de l'entrée, mais quand c'est chose faite, je redouble de haine. Je brise les nuques à la vitesse de la lumière et termine d'éradiquer la menace en un rien de temps.

Le calme retombe. Le silence de mort nous englobe.

Un cri déchirant le brise et je tourne la tête vers

ce dernier pour découvrir Pablo, tenant le corps sans vie de sa fille Pilar. Mon cœur se serre et j'ai beau chercher partout, je ne vois Daina nulle part.

Où est-elle passée ?!

La panique s'empare de moi et je laisse les miens s'occuper des cadavres tandis que je fonce à l'extérieur, voir si elle ne s'y est pas réfugiée. Pourvu qu'elle soit saine et sauve !

Mes pieds battent le sol avec ardeur et je rejoins très vite la clairière, où mon cœur s'arrête de battre.

Mais... qu'est-ce que... Oh putain de merde ! Qu'est-ce qu'il s'est passé ici ?!

CHAPITRE 17

DAINA

Je ne m'attendais pas à ce qu'Amador veuille me prendre dans ses bras, mais je dois dire que ce contact, en plus de réchauffer mon cœur, m'a fait du bien à l'âme. Je remonte vers la clairière d'entraînement le cœur léger et le sourire aux lèvres, laissant l'enchanteur aux mains d'Elvira. Elle l'aide si bien, je ne peux pas rivaliser avec elle, je n'en ai pas le pouvoir.

Et puis, je tiens à lui laisser l'intimité dont il a besoin, c'est essentiel pour moi, même si je rêve de passer la moindre seconde avec lui. Je m'en veux tellement de lui avoir infligé ça...

J'aimerais retirer le mal que je lui ai fait, j'aimerais tant réussir à effacer mes fautes. Je sais qu'il ne m'en veut pas, il m'a répété plusieurs fois que je n'avais aucune culpabilité à avoir, mais je n'arrive pas à me détacher de ce que je ressens. C'est entièrement ma faute.

Le pouvoir qui s'est développé en moi sans que je le sache est destructeur et peut aisément détruire tous ceux que je toucherai. Si je ne le maîtrise pas, évidemment.

C'est pour ça que, dès que l'occasion se présente, je monte dans la clairière afin de m'entraîner avec Esteban. Je ne reste jamais longtemps, je profite essentiellement des moments où Amador est endormi et de ceux où Elvira s'occupe de ses blessures.

Puisqu'elle vient d'arriver, c'est précisément là que je me rends pour les vingt prochaines minutes, au moins. Esteban est déjà en place ainsi que deux nouveaux enchanteurs, Celia et Leo. Je les salue poliment et m'approche de l'enchanteur qui mène l'entraînement.

— Tu as une place pour moi ?

— Évidemment, Daina ! J'étais en train de leur expliquer comment ressentir leur pouvoir.

Il tourne les yeux vers les jumeaux et leur demande :

— Ça vous va si vous commencez seuls ?

Synchronisés, le frère et la sœur hochent la tête et Esteban m'invite à m'éloigner un peu en plaçant sa main sur mes reins. Un contact tout à fait respectueux et que j'autorise sans problème.

— Tu as pu t'entraîner un peu ?

Je réponds en levant une main et en la faisant irradier de cette chaleur qui vit en moi.

— Oui, mais j'aimerais mieux le gérer en cas de contrariété. J'y ai beaucoup pensé et c'est ma colère qui a déclenché ce pouvoir la dernière fois, je ne veux pas qu'elle reprenne le dessus.

— Normal, écoute, l'important c'est que tu réussisses à compartimenter tes émotions. En gros... tu devrais essayer de les ranger dans différentes cases, de façon qu'elles n'interagissent pas avec ce don.

— Facile à dire...

— Je sais que tu peux réussir, Daina, tu évolues à une vitesse impressionnante, tu vas y arriver.

L'enchanteur me fait un sourire chaleureux et je le lui rends lorsqu'une violente déflagration nous secoue. Que se passe-t-il ?!

J'ai à peine le temps de me retourner que deux agents du *MOD* s'apprêtent à planter leurs insupportables lances dans la nuque de Celia et Leo. La peur, le besoin d'agir, l'inquiétude et la colère créent une énorme boule de puissance en moi et en levant les mains vers eux, sans me rapprocher, je réussis à les atteindre avec ce nouveau pouvoir.

Nous n'avons pas encore totalement déterminé sa provenance ni même l'essence de son champ d'action. Feu ? Lave ? Énergie pure ? Esteban et moi ne savons pas trop, tout ce dont il est sûr, c'est qu'il s'agit d'un deuxième don. Je suis chanceuse, dirons-nous.

Les jumeaux se lèvent, apeurés, et viennent se placer derrière moi, comme s'ils me prenaient pour leur *super héroïne*. Je ne suis même pas sûre de pouvoir les protéger...

Très vite, cinq autres agents débarquent dans notre clairière d'entraînement et leurs saloperies de rangers aux semelles larges détruisent sans pitié les fleurs et les buissons sur leur passage. Ces salauds !

De nouveau, je lève les mains et les neutralise sans sourciller une seule seconde. Ceux-là n'avaient pas de lances en main, mais des fusils d'assaut et je ne tiens pas à ce que nous soyons criblés de balles.

Une nouvelle escouade se ramène et je les mets hors d'état de nuire en hurlant, secouée par la puissance de ce don. Je sens mon corps qui chauffe, qui surchauffe même je devrais dire, et je remarque que mes bras sont totalement incandescents. Ce que je ne comprends pas, c'est comment mes fringues font pour ne pas brûler ? J'ai bien carbonisé celles d'Amador, alors comment est-ce possible que les miennes restent en aussi bon état ? Tout est si étrange avec la magie...

Esteban attire mon attention dans un hurlement qui me déchire le cœur et je me retourne vers lui pour le trouver, la pointe d'une lance plantée dans le ventre. Alors, là ! Je vais les massacrer !

L'homme qui tient la lance la retire en vitesse et la brandit de nouveau, prêt à toucher Celia, qui se trouve non loin de lui.

En un clignement de paupières, je me rue vers lui et l'empêche d'esquisser le moindre geste en me saisissant de sa gorge. Ma main le brûle, son cri de douleur me provoque une grande satisfaction, mais je ne m'attarde pas et règle son compte au deuxième homme. En le relâchant, sa tête se décroche de son corps et roule au sol en déversant une quantité de sang à faire saliver un vampire.

Encore trois et nous serons tranquilles...

Les trois derniers subissent le même sort, étrangement, j'ai adoré décapiter les deux premiers alors c'est avec une joie non dissimulée que je réitère l'expérience, faisant gicler le sang partout autour de moi.

Quand j'ai terminé, je me retourner vers les enchanteurs et les découvre saisis de tremblements et apeurés. Est-ce moi qui leur fais peur ? Lentement, je m'avance vers eux en levant les mains, restreignant mon nouveau pouvoir au sommeil.

— Tout va bien, c'est fini. Comment tu te sens ?

— Ça va, il m'a à peine touché.

Esteban se relève assez péniblement et dévoile son abdomen, troué sur le côté. Le sang s'écoule faiblement, il semble qu'aucun organe vital soit touché. Il est bien moins effrayé que les deux jeunes de quinze ans devant lesquels je viens de tuer une bonne vingtaine de personnes, mais il demeure tout de même un peu éprouvé par tout ça. Quand il est complètement debout, mon regard est attiré par une silhouette derrière lui. Amador.

Son regard est empli de crainte et je ne réalise pas tout de suite ce qui lui inspire une telle chose. Une seconde s'écoule où nous restons tous dans le silence le plus total, puis Esteban prend la parole, la voix chevrotante :

— Comment nous ont-ils trouvés ?

Amador s'approche sans détacher son regard inquisiteur de moi. Ses mains ainsi que ses vêtements sont tachés de sang et je comprends qu'une attaque a aussi eu lieu dans la grotte. Je n'ai pas le temps de m'en inquiéter qu'il répond à Esteban.

— Je ne sais pas, mais ils étaient nombreux.

Amador s'avance et prend mon bras dans sa

main, une proximité qui me fait frémir de joie.

— Tout va bien ? Qu'est-ce qu'il s'est passé ici ?

D'un coup d'œil, il désigne l'amoncellement de cadavres ensanglantés, carbonisés et décapités autour de nous, qui souillent ce petit coin de paradis. Là encore, j'ouvre la bouche pour parler, mais Esteban me devance malgré sa blessure qui devrait pourtant le clouer sur place et aussi lui clouer le bec, pourquoi pas. Les deux hommes vont-ils finir par me laisser en placer une ?

— Elle nous a sauvé la vie, Amador. Elle a été incroyable...

D'un geste lent et réconfortant, le sorcier blessé aide les deux adolescents à se relever. Amador ne leur adresse aucun regard, son attention complètement focalisée sur moi malgré la plaie béante de notre ami.

— Comment tu as fait ?

— Euh...

Encore une fois, Esteban trouve important de répondre à ma place. J'ai quoi, trois ans ?

— Elle a utilisé son nouveau pouvoir, c'était complètement...

— Este', si tu me coupes encore la parole, je vais te le faire goûter mon nouveau pouvoir, OK ?

Ma menace est fictive, jamais je ne le toucherai, mais je joue suffisamment bien pour qu'il déglutisse péniblement et s'excuse.

— Je vais descendre trouver Elvira...

— Fais donc ça !

Aidé de Leo et sa sœur, Esteban s'éloigne et rejoint la grotte tandis que je profite de ce moment d'intimité pour dévoiler à Amador ce que je lui cache depuis trois jours.

— Depuis que je t'ai blessé, j'ai demandé à Esteban de me sonder et de m'aider à contrôler ce pouvoir.

— Alors c'est un deuxième pouvoir, c'est ça ?

— Oui, apparemment. C'est la première fois qu'il voit ça. D'habitude, les nôtres n'ont qu'un seul don qu'ils peuvent amplifier comme toi avec ta vitesse et ta force.

Les mains d'Amador s'enchevêtrent aux miennes avec un naturel déconcertant, mais très agréable. Le sang de nos ennemis se mêle sur nos peaux chaudes et avides d'un contact moins violent.

— J'ai eu peur quand je ne t'ai pas vue en bas...

— Tout va bien, je vais bien.

— Je le vois, oui.

Une seconde, le silence s'installe. Nos yeux s'arriment et nos cœurs adoptent la même cadence. Malgré le sang qui macule nos vêtements, l'horreur de la situation et le nombre de corps qui nous entourent, dont certains sont carrément décapités, je n'ai qu'une seule envie, celle de l'embrasser. Je sais, c'est complètement dingue après ce que nous venons de vivre, mais c'est la seule chose à laquelle j'arrive à penser. Le seul *besoin* que j'éprouve.

— Daina, si tu savais l'effet que tu me fais.

Mon cœur s'emballe, je rêve de détruire cette distance entre nous d'un mouvement et d'abattre mes lèvres sur les siennes. Mais je ne le fais pas. Je demeure immobile, hypnotisée par ce Dieu vivant qui me fait face. Sa mâchoire carrée attire mes doigts comme un aimant attire le métal et je dépose avec tendresse une main dessus. Du bout du pouce, je caresse sa joue et apprécie la sensation de sa barbe sur ma peau.

Amador ferme les yeux une seconde, se mord la lèvre et jure entre ses dents avant d'enrouler ses bras autour de moi avec passion, écrasant ses lèvres sur les miennes.

Et la Terre se remet à tourner.

Mon cœur n'a jamais battu aussi fort, je n'ai jamais ressenti une telle passion, une telle envie. Un brasier ardent s'empare de moi, différent de celui qui carbonise tout sur son passage, mais tout aussi puissant. Ses lèvres charnues dévorent les miennes avec avidité, j'entrouvre les miennes pour permettre à sa langue de me toucher, de m'enflammer.

Ses mains me plaquent contre lui et je sens tout du désir qui l'habite aussi. J'en laisse même échapper un gémissement inhabituel. Je n'ai jamais rien vécu de tel.

Au milieu de ces corps sans vie, la menace imminente d'une deuxième attaque planant au-dessus de nos têtes, je ne rêve que de retirer mes vêtements et de m'offrir à cet homme incroyable.

Amador est beau, il n'y a aucun doute là-dessus, mais il est tellement plus que ça. En dépit de son côté lunatique, je trouve en lui tout ce qui rend l'existence plus forte, plus belle. Dans de telles circonstances, c'était inespéré.

À dire vrai, je n'ai jamais cherché l'amour, persuadée que je finirai par le trouver au moment opportun. Je ne suis pas certaine que ce moment soit vraiment venu, mais une chose est sûre : Amador est là et il réveille en moi des sentiments complètement inconnus.

À contrecœur, nous finissons par mettre un terme à notre baiser. Il le faut bien, nous avons pas mal de choses à faire pour mettre les enchanteurs en sécurité.

Son front collé contre le mien, nos lèvres gonflées de s'être dévorées, Amador murmure :

— Il faut qu'on rejoigne les autres, on a beaucoup à faire.

— Oui, tu as raison.

— Ne pourrions-nous pas juste fuir, toi et moi ?

Je ne sais pas si sa question est réelle ou s'il évoque une possibilité improbable qui réchaufferait nos âmes, mais je me dois de le ramener sur terre.

— Nous ne pouvons pas.

— Je sais.

Amador dépose un dernier baiser sur mes lèvres, un peu plus chaste cette fois, puis saisit ma main et m'entraîne à sa suite jusqu'à la grotte. Là où je découvre avec horreur l'étendue de nos pertes...

Mon adrénaline redescend, mon cœur se serre, mon souffle se coupe. Nom de Dieu, qu'est-ce qu'ils nous ont fait ?

Qu'est-ce que je leur ai fait ?

CHAPITRE 18

AMADOR

L'heure est grave, nos pertes sont lourdes et notre peine à tous est immense, mais nous devons rebondir vite. Si les agents du *MOD* nous ont trouvés, alors d'autres viendront. C'est sûr et certain. Ce n'est qu'une question de temps et cela nous force à fuir, à trouver en un temps record un endroit où nous réfugier.

Les enchanteurs vont et viennent dans tous les sens, réunissant le plus rapidement possible leurs effets personnels. Il n'y a pas une seconde à perdre. De mon côté, je ne me suis pas étalé, toutes mes affaires sont correctement rangées dans mon sac à dos et je n'ai qu'à y ajouter quelques vivres, que je récupère dans le coin cuisine.

Miguel débarque, un énorme sac à dos dans les mains.

— Tu peux le remplir de nourriture, s'il te plaît ?

— Bien sûr.

J'attrape le sac qu'il me tend et entreprends de le remplir comme je peux de tous ces fruits et légumes que nous avons la chance d'avoir en notre possession. L'enchanteur de son côté remplit un autre sac de viande séchée et des quelques morceaux que nous avons chassés.

— On part quand, Miguel ?

— Dès que tout le monde sera prêt et que Marta pourra être transportée.

— Comment va-t-elle ?

Touché, mon ami passe sa main gantée sur son visage et essuie des larmes qui semblent couler d'elles-mêmes.

— Pas bien du tout. Elvira fait tout son possible pour la soigner, mais ses poumons ont été touchés.

— Merde...

— Ouais, comme tu dis. Cette attaque n'aurait jamais dû avoir lieu.

Au fond de moi, je me sens coupable. Quelque chose me dit que ce que j'ai fait à Siles a attiré l'attention de ces agents qui nous ont attaqués. Je pensais être discret, je pensais que venir et repartir de la même manière n'aurait mené personne à notre refuge, mais je me suis planté. Évidemment, l'intervention de Rafael, Esteban et Daina y joue un rôle, mais le seul fautif dans cette histoire c'est moi. Je n'ai vraiment pas réfléchi...

— C'est bon, il est plein.

— Le mien aussi.

Miguel soulève tant bien que mal le sac qu'il a rempli de nourriture et je lui prends des mains.

— Laisse, je le prends.

— Merci, Amador.

J'aimerais lui faire part de ce que je ressens, m'excuser auprès de lui et des autres, auprès de Pablo qui a perdu sa fille, de Carmen qui a perdu son frère et de Joshua qui a perdu son fils... Un gosse de dix ans est mort aujourd'hui, tué de sang-froid par un salopard de mercenaire sous les ordres de notre gouvernement. Et c'est à cause de moi.

Je ravale ce besoin de soulager ma conscience et quitte la cuisine avec les sacs à dos, rejoignant l'entrée de la grotte où se trouvent les enchanteurs prêts à partir. Les visages sont fermés, attristés et fatigués. La boule de culpabilité ne cesse de grossir en moi et l'envie de gerber me prend aux tripes.

C'est ce moment précis que choisit Daina pour venir me trouver. Timidement, sa main trouve mon bras et m'apporte un réconfort que je n'étais même pas sûr de désirer.

— Tout va bien ?

— On fait aller. Et toi ?

— Pareil...

Son regard balaie le groupe et ses sourcils se froncent, heureusement pour elle qu'elle maîtrise mieux son pouvoir maintenant, car je n'ose même pas imaginer ce qu'elle aurait ressenti à cet instant précis. Tout ce concentré de tristesse et de peur, qui peut survivre à cela ?

Je l'observe le plus discrètement possible quand un cri violent retentit dans notre dos. Ses traits se crispent instantanément et nous nous retournons de concert vers l'origine de ce son.

De là où nous nous trouvons, nous ne voyons rien puisque les cloisons créées par Andres sont suffisamment hautes pour offrir de l'intimité à chaque *chambre*, mais nous devinons aisément à qui appartient cette voix.

Daina frémit, sa main se resserre sur mon avant-bras et je ne résiste pas au besoin de la prendre dans mes bras. Mes sacs posés sur le sol juste devant mes pieds, je l'attire contre moi et tente de la rassurer.

— Ça va aller, Elvira va l'aider.

— Et si elle n'y arrive pas ?

Ses yeux humides s'accrochent aux miens, l'espoir est en train de s'en échapper à une vitesse incontrôlable.

— Elle y arrivera, Daina, doute pas.

— On a perdu du monde aujourd'hui... Comment allons-nous survivre encore ?

— En nous battant pour notre vie et notre liberté. On réussira.

— J'espère que tu as raison, je ne tiens pas à devoir enterrer une personne de plus.

Comme seule réponse, je la resserre un peu plus contre moi et profite de sa proximité pour reprendre mon souffle. La tension est à son maximum et je me sens comprimé par toute cette angoisse.

Se cacher, c'était simple, même si nous avons fini par être repérés. La vie ici était évidente, facile. Grâce aux différents dons, nous nous sommes englués pendant des semaines dans un certain confort, rudimentaire, certes, mais sécuritaire. Nous n'avions pas à fuir ici, seulement à établir un campement, à nous entraîner et à vivre. Pendant le temps qu'a duré ce petit interlude, nous avons oublié le danger qui planait au-dessus de nos têtes. En parler n'a rien changé.

Mais il nous a rattrapés avec violence, étreignant nos cœurs, développant nos peurs. Le danger est partout, il nous guette tapi dans l'ombre et sous la lumière. Les mercenaires, les fidèles, n'attendent que le moment le plus propice pour frapper et nous anéantir jusqu'au dernier.

Nous devons répliquer. L'heure n'est plus à la cachette ni à la fuite. L'heure est venue de leur montrer qui nous sommes, de leur montrer que nous ne nous laisserons plus faire, même si ça dessert notre image. En avons-nous encore quelque chose à foutre ?

Sans nous connaître, sans savoir ce que nous étions, ils nous ont jugés et exécutés sans chercher à comprendre. Devons-nous encore nous préoccuper de ce qu'ils pensent de nous ? Devons-nous encore tenter de les dissuader de leurs pensées à notre encontre ? Devons-nous réellement tenter de les convaincre de notre bienveillance ?

Nous ne sommes pas dangereux pour eux, mais leurs comportements nous poussent à le devenir. Ils font de nous les monstres qu'ils dépeignent.

— Vous êtes tous prêts ?

La voix de Sylvio me tire brutalement de mes pensées et le petit sursaut de Daina me fait comprendre qu'elle aussi s'était perdue dans le flot de ses élucubrations.

En chœur, nous répondons à l'unisson que oui

et Miguel nous explique la marche à suivre.

— Il y a deux mini bus dissimulés non loin d'ici, nous allons établir deux groupes de vingt personnes et pour ceux qui restent... il faudra marcher un peu. Ça ne vous pose aucun problème ?

Une voix s'élève, celle de Rafael.

— De toute façon, on n'a pas le choix.

— C'est vrai. Mais on trouvera sûrement des véhicules sur la route. Sylvio fera partie des personnes qui partiront à pied et il pourra donc les faire démarrer sans problème.

Le concerné, bras croisés et yeux plissés, hoche la tête et pince les lèvres pour acquiescer.

Personne ne réagit, nous restons tous suspendus aux lèvres de Miguel et de ses instructions, qui tardent quand même à se clarifier. Où allons-nous ? C'est ça qui nous intéresse ! Nous voulons savoir où nous allons établir notre nouveau campement, pas comment nous allons nous y rendre. Marcher, courir, prendre une voiture, un bus, un train ou même voler sur le dos d'un dragon ou d'une licorne ne nous importe pas du tout.

Miguel poursuit son petit discours avec la répartition des groupes, je ne l'écoute que d'une oreille, je me fous de comment, je veux savoir où. De toute manière, je sais déjà que pour moi ce sera à pied.

Daina s'impatiente elle aussi, elle ne cesse de jouer avec la ficelle de son sweat et tire sur le fil qui en dépasse avec stress. Voudra-t-elle m'accompagner ? Supportera-t-elle de marcher ? La supporterai-je seulement ?

Lorsque nous sommes arrivés ici, j'en avais ma claque de son côté pipelette, mais les choses ont changé depuis. Supporterai-je seulement de me séparer d'elle ? De la savoir à des kilomètres de moi, sans pouvoir veiller sur sa sécurité ? Non. Mais je ne peux pas décider à sa place et il est hors de question de me conduire comme un égoïste, j'ai beaucoup de défauts, mais pas celui-là.

Enfin, Miguel en vient au sujet qui m'intéresse, il sort une tablette, probablement sécurisée par Sylvio, puis il nous annonce :

— Catalina et Rosa ont pensé à *Solanilla del Tamaral*, c'est un petit village situé dans les montagnes à environ cent quatre-vingts kilomètres d'ici.

Antonio demande :

— Et qu'est-ce qu'il a de spécial ce village ?

— On n'ira pas dans le village, mais à côté. Dans les montagnes, une cinquantaine des nôtres se sont établis, nous allons les rejoindre.

— Et après ?

La voix de Pablo est tombée comme un couperet. Cette phrase – composée d'uniquement deux mots et qui ne peut même pas être qualifiée comme telle –, fait frissonner tout le groupe. Nous comprenons tous de quoi il parle, pas besoin de précision, pas besoin d'aller plus loin.

— Après, Pablo, nous vengerons ta fille, nous vengerons les nôtres. Car ceci n'est que la première étape.

Je n'ai jamais entendu Miguel parler ainsi, il est toujours si prévenant et calme, si rassurant. Mais là, son intonation a changé. Pour autant, je me sens rassuré par ce qu'il dit et par la manière dont il le fait. Nous allons nous battre. Enfin.

— Une fois que les plus jeunes seront en sécurité, une fois que nous aurons établi un plan convenable, les plus forts et entraînés d'entre nous iront à Madrid. Nous ne laisserons aucune chance à l'*Opus Dei* et au *MOD*. Nous ferons tout ce qui sera en notre pouvoir pour tous les détruire et reprendre notre place. Nous ne devons plus nous cacher, ce temps est révolu.

Les souffles se coupent, je n'ai aucun moyen de m'en assurer, mais je suis presque sûr que les cœurs battent à l'unisson. *La Ligue des Enchanteurs* va reprendre ce qui lui appartient de droit : la liberté.

Une voix s'élève, puis une autre et très vite, tout le groupe scande à l'unisson :

— *Libertad ! Libertad ! Libertad !*

Les larmes me montent aux yeux, l'émotion est palpable, la révolution est en marche. Nous allons l'emporter.

CHAPITRE 19

DAINA

La vue d'ici est spectaculaire. L'air est frais, il chatouille mon visage et les flocons qui tourbillonnent autour de moi finissent de sublimer ce moment. Je m'imprègne de cette beauté naturelle, de ce court, mais non moins puissant, instant. Les cimes des sapins sont blanches, le sol est aussi gelé, recouvert de cette neige étincelante et le froid ne me dérange plus autant depuis que mon organisme s'est lié à une énergie solaire.

Et puis, il a bien fallu s'habituer aux basses températures vu la saison…

Ça fait déjà trois mois que nous avons rejoint *Solanilla del Tamaral*. Trois mois que notre groupe s'est installé dans plusieurs petits chalets de glaces, sculptées à la perfection par une jeune fille de seize ans qui faisait partie du groupe que nous avons rejoint.

Trois mois que je bouillonne de rage et que je

n'attends qu'un mot pour foncer détruire Madrid et ses alentours. Trois mois que nous avons continué à nous cacher comme des rats.

Je ne supporte plus d'être ici à attendre qu'une autre escouade nous tombe dessus et nous exécute sans pitié. J'en viens même à espérer que cela se produise tant je m'ennuie. Détruire des blocs de pierre à mains nues commence même à m'emmerder.

Mon pouvoir est puissant, terrifiant pour les autres, grisant pour moi. Je l'ai développé à un point tel que je suis même capable de léviter grâce à l'énergie mystérieuse qui vit en moi. Et tant d'autres choses fabuleuses. Il m'a suffi de savoir doser pour trouver le juste équilibre entre destruction massive et étincelle d'énergie. Je ne suis pas peu fière de moi, je me sens puissante et même si je garde les pieds sur terre, je suis une femme différente maintenant.

Un bruit de pas derrière moi me fait tendre l'oreille, la neige craque sous les mouvements rapides de celui qui vient perturber ma solitude. Mais je ne peux pas lui en vouloir, je l'attendais.

Les bras d'Amador s'enroulent autour de moi, me prodiguant à la fois amour et chaleur.

— Je t'ai cherchée partout...

— Je savais que tu me trouverais.

— Je te retrouverai toujours.

Amador enfouit son visage contre mon cou et m'arrache un léger frisson de plaisir, de bonheur. Ils se font si rares.

— Ça ne va pas, *amor* ?

Je me tourne vers cet homme incroyable dont

je suis tombée éperdument amoureuse et me mets sur la pointe des pieds pour déposer un baiser tendre sur ses lèvres.

— Petite baisse de moral, comme d'hab'.

— Ouais, je comprends. La réunion ne s'est pas bien passée ?

— Comme toujours, Miguel veut tempérer, Pablo veut tous les buter et Rosa et Catalina nous disent qu'il faut attendre, que pour le moment on n'a aucune chance.

— Et toi, tu en penses quoi ?

— On devrait arrêter de se poser des questions et foncer tête baissée.

Amador me regarde les yeux complètement écarquillés, surpris par ma déclaration, j'en suis sûre. Je hausse une épaule et arque un sourcil.

— Ben quoi ? Ce n'est pas ce que tu penses ?

— Que moi je le pense, ça me ressemble, mais toi ? T'es plutôt du genre réfléchi, non ?

— Mouais... je l'étais sûrement. C'est en train de changer. J'en ai marre qu'on reste là à rien foutre, on dirait qu'on attend juste que ça recommence pour fuir de nouveau dans une autre montagne. J'en ai ma claque de me planquer.

— Je comprends, je ressens la même chose. On se satisfait de ce petit confort alors qu'on avait la hargne il y a encore quelques mois. Je ne comprends pas ce qui a changé.

Je ne sais pas plus que lui ce qu'il s'est passé. Où est passée la détermination des autres enchanteurs, leur envie de tout démolir, de renverser le gouvernement et de retrouver notre liberté ? On dirait qu'ils ont tous décidé d'accepter leur sort, d'accepter qu'au pas de la porte se trouve la mort.

Je ne suis pas d'accord, je ne l'accepterai jamais. Je veux me battre, je veux retrouver une vie normale, je veux vivre au grand jour, travailler, me promener sans regarder par-dessus mon épaule. Est-ce trop demandé ?

— Ils ont peur. Je ne sais même pas si on doit leur en vouloir...

— La peur devrait justement leur servir de moteur.

— Tout le monde n'a pas notre niaque, *querido*.

Notre périple jusqu'au nouveau campement ne fut pas sans embûches, nous avons évité de peu les pertes et avons maculé nos mains de sang pour nous en tirer. J'admets que ça peut facilement refroidir les plus faibles, mais Miguel ? Sans déconner ? Avec le discours qu'il nous a sorti à notre départ, je m'attendais vraiment à ce qu'il tienne ses engagements. Qu'il se ravise ainsi, servant excuse après excuse pour justifier sa lâcheté, j'étais loin de m'y attendre.

J'adore cet homme, il est d'une gentillesse et d'un altruisme inégalable, je ne le nierai jamais. Mais, merde ! Quand se réveillera-t-il ? Quand prendra-t-il conscience que vivre dans la montagne comme des hommes préhistoriques ou presque n'est pas normal ?

Nous nous cachons du peuple, des drones qui affluent dans le pays et des patrouilles qui descendent même dans les plus petits villages. Nous vivons comme nos ancêtres des milliers d'années avant nous, entourés par la forêt, dissimulés par la nature.

Nous dépendons même intégralement d'elle.

Pablo, qui peine à se remettre de la mort de Pilar, continue ses cultures avec trois autres enchanteurs aux pouvoirs similaires. Malgré le deuil qu'il porte, il continue de subvenir à nos besoins, à cette communauté immense que nous formons désormais. Tout ça parce qu'il croit encore que nous allons venger sa fille. Il a foi en Miguel, il lui fait totalement confiance et boit ses paroles comme celles d'un gourou.

Le conseil s'est agrandi, nous avons bien été obligés puisque nous avons rejoint un autre groupe. Je ne me sens pas forcément à ma place au milieu de ces vingt personnes. Pour moi, c'est trop. Les avis divergent trop souvent, nous mettons un temps infini à trouver un terrain d'entente et nous finissons souvent pas ne trouver aucune solution. J'en ai vraiment ma claque.

L'envie qui brûle mes entrailles – celle qui m'empêche de dormir la nuit malgré la bombe humaine qui partage mon lit –, c'est de partir avec un petit groupe, sans attendre l'accord des autres. Partir, rejoindre la capitale et y foutre le feu. Les brûler, tous, jusqu'au dernier. Amador me suivrait, je le sais. Mais les autres ? Qui accepterait cela ?

Beaucoup d'entre nous, j'en suis sûre.

Lovée entre les bras puissants et réconfortants de l'homme que j'aime, je ne peux m'empêcher de penser que ce plan est réalisable. Que nous pouvons essayer et réussir.

— Amador ?

— Oui ?

— Si je te dis que j'ai un plan, mais qu'il est potentiellement très dangereux. Tu me dis quoi ?

— Que je te suivrai jusqu'au bout du monde.

— On ira pas aussi loin, rassure-toi.

Dans le plus grand secret, puisque cet endroit n'est connu que de nous deux, je dévoile à l'homme qui m'a sauvé la vie de bien des façons le plan qui prend de plus en plus de place dans ma tête.

Il m'écoute avec attention, plissant parfois les yeux pour réfléchir, me demandant plus de détails sur certaines étapes. Après un monologue qui m'a semblé durer une éternité, je laisse planer le silence pour lui laisser le temps de réfléchir. Tout quitter, convaincre des enchanteurs de prendre le risque de nous accompagner, risquer nos propres vies pour la liberté, ça mérite qu'on s'y attarde.

Je ne suis même pas sûre que ça marchera, je ne suis même pas sûre de vouloir réellement essayer. Quitter notre communauté, les seuls qui nous acceptent tels que nous sommes, qui que nous soyons, ça me dérange. Surtout si nous le faisons dans leur dos, à leur insu. Certes, si l'issue est favorable, si nous renversons l'*Opus Dei* et détruisons le *MOD*, alors tout le monde sera gagnant. Mais à quel prix ?

Il ne faut pas oublier que si les plus puissants du groupe acceptent de venir avec nous, il n'en restera pas beaucoup ici pour veiller sur les plus faibles, les enfants, les grands-parents... Qui s'occupera de ceux qui peuvent à peine s'occuper d'eux-mêmes ? S'il y a une attaque, qui les défendra ? Sans parler du fait que beaucoup ici sont pacifiques et croyants, ils n'accepteront jamais de blesser ou tuer qui que ce soit. Tendront-ils l'autre joue ? Jésus l'a dit, mais avait-il raison ? J'en doute... Surtout que la gifle prend la forme d'une lance à la lame tranchante et sans pitié.

J'arrive à me faire douter moi-même à force de retourner la question dans ma tête. Tous les scenarios possibles et imaginables prennent vie dans mon esprit, heureusement qu'Amador met fin à cette torture interne.

— Tu as raison. On va organiser ça. Je sais déjà que Rafael et Antonio seront de la partie.

— Ana et Marta aussi. Elles ont la haine.

— Marta sera assez en forme ?

— Elle est complètement remise, tu la verrais à l'entraînement, c'est un truc de fou ! Et Esteban ?

— Oui, lui aussi sera avec nous.

— Alors... allons-y.

— Préparons l'offensive. *Por la libertad*[4]...

Main dans la main, nos corps et nos cœurs liés par l'amour qui nous unit ainsi que par notre volonté d'éradiquer nos ennemis, Amador et moi lévitons jusqu'à notre demeure de glace. Un endroit où nous vivons en compagnie de Rafael, Antonio, Esteban, Paloma et Ana.

Comme un signe du destin, quand nous arrivons, seuls Rafael, Antonio et Esteban se trouvent là. Il est temps de commencer à parler de notre plan...

---

[4] Pour la liberté, en espagnol.

CHAPITRE 20

AMADOR

J'ouvre les yeux sur notre chambre, le coin que nous nous sommes octroyé après de longues négociations. Situé dans l'une des extrémités de la grotte glacée, celle dont Daina et moi bénéficions est la plus à l'écart des autres, derrière la kitchenette. Notre lit est donc entouré du mur extérieur – par mur j'entends des briques sculptées dans la glace – et fait face à un second qui nous isole du reste du groupe. Nous sommes vraiment à l'abri des regards et – on l'espère – des oreilles.

La grotte a l'allure d'un igloo, les lumières proviennent directement de la magie et sont incrustées dans de petites cavités creusées à même la glace. La magie préserve cet environnement et nous permet de jouir d'un certain confort dans nos petites cahutes. Même si j'en ai strictement rien à foutre, il faut avouer que ce n'est pas non plus désagréable de dormir dans un lit confortable.

Mes pensées sont obnubilées par les évènements à venir. Le plan de Daina est simple, il ne devrait pas nous poser plus de problèmes que ça. Recruter un petit groupe d'enchanteurs puissants, puis rejoindre Madrid et décimer le *MOD*, l'*Opus Dei* et tous ceux qui oseront se mettre en travers de notre chemin. Simple, efficace. Radical.

Alors pourquoi j'ai l'impression que tout va nous exploser à la gueule ? Plus nous avançons, plus nous grossissons nos rangs et plus j'ai cette sensation désagréable que ça va foirer. Le problème, c'est que je n'ai aucune idée de ce que je dois dire ou faire. Dois-je écouter cet instinct qui me hurle de reculer ? Dois-je l'ignorer ?

Je suis presque certain que c'est la peur que quelque chose de terrible se produise qui me fait réagir ainsi. Cette mission est dangereuse pour nous tous, ceux qui partent et ceux qui restent. Si les plus puissants quittent le camp, qui défendra ceux qui sont restés là en cas d'attaque ? Et on ne va pas se mentir, il y en aura forcément. Ce n'est qu'une question de temps avant que le *MOD* mette la main sur nous, ils nous traquent comme des bêtes, ils finiront bien par nous trouver...

Alors que faire ? Continuer d'aller contre notre volonté et rester ici, à attendre que l'inévitable se produise sans tenter de lutter ? Non, je ne peux encore moins m'y résoudre.

Je n'ai jamais été un révolutionnaire. Je n'ai jamais participé à des manifestations pour lutter pour les libertés. Je n'ai jamais cherché à contester. Je me suis toujours placé à l'écart de tout ça, glissant sur la vague de la vie, prenant ce dont j'avais besoin pour survivre sans penser à demain.

J'étais loin de me douter que demain serait une fuite constante, une épée de Damoclès au-dessus de ma tête, un cercueil estampillé à mon nom, qui n'attend que mon cadavre. Si encore ils prenaient la peine de nous y foutre...

Cette simple pensée me glace le sang, je me tourne dans le lit et passe mon bras autour du corps chaud de Daina, qui se love contre moi. Sa chaleur m'aide à reprendre pied, je ne suis pas mort, elle ne l'est pas non plus, nous pouvons encore lutter. Mon moteur, c'est elle.

Il n'y a qu'elle et sa détermination qui me poussent à rester ici, à continuer la lutte, à maintenir la cohésion du groupe. Si je n'étais pas tombé raide dingue d'elle, je crois bien que j'aurais mis les voiles depuis un moment. Demeurer ici, à nous tourner les pouces, à nous satisfaire d'un confort rudimentaire et d'une peur viscérale qui s'accroche à nous comme les tentacules d'une pieuvre déterminée à nous faire couler. Je n'aurais pas supporté tout ça.

Le plan initial était de fuir, même s'ils ne veulent plus se battre, pourquoi laissent-ils aussi tomber cette idée d'évasion ? Je ne comprends plus rien à leurs décisions et je suis vraiment emmerdé. À tel point que je passe le plus clair de mon temps avec Daina, Antonio et Rafael, ou encore avec Esteban. Eux ont encore la niaque, l'envie de se battre, le besoin irrépressible de tout donner pour nos libertés. Pour notre vie. Mon besoin de solitude des débuts se transforme peu à peu en une envie d'appartenance.

— Tu es contrarié ?

Que j'aime cette femme, sans même user de magie ou me poser une multitude de questions, elle met le doigt précisément sur ce que je ressens.

— Un peu, mais ça va passer.

— Tu as des doutes ?

— Quelques-uns.

— Moi aussi...

Lentement, elle se tourne pour me faire face et plante son regard magnétique dans le mien, posant sa main délicate sur ma joue.

— Tu crois qu'on doit renoncer ? me demande-t-elle.

— Non. Ce serait une erreur stupide.

— Alors on va jusqu'au bout ?

— Oui.

Daina approche ses lèvres des miennes et m'offre un baiser tendre, mais puissant. Je discerne son amour dans chaque parcelle de mon corps, je ressens l'attirance et l'affection qui nous lient de la pointe de mes pieds à celle de mon crâne. Rien dans ma vie n'a jamais pris autant d'ampleur, je n'ai jamais été aussi intimement et profondément lié à quelqu'un de cette façon.

Parfois, je continue de me dire que ça a un lien avec ses pouvoirs, mais je me ravise bien vite. Elle les maîtrise à la perfection maintenant et est même passée au rang de professeur pour les novices. Elle a accepté sa magie, l'a embrassée et en a fait un prolongement d'elle-même. Comme si ses pouvoirs étaient un membre à part entière de son corps. Elle est impressionnante.

Avec elle, je sais que la mission suicide dans laquelle nous nous lançons peut réussir. J'en suis certain. Personne ici n'a montré de telles capacités. Il y a bien sûr des enchanteurs extrêmement forts, dont les pouvoirs sont incroyables, mais nul n'atteint sa cheville. Nul n'a développé deux dons à exploiter à fond, tous se contentent d'un seul et, malgré les recherches menées, personne ne réussit à l'expliquer.

D'ailleurs, nous ne savons toujours pas non plus d'où provient notre magie. Il est vrai que nous avons mis du temps à nous en préoccuper, notre survie étant plus importante que la façon dont les pouvoirs sont apparus. Cependant, après avoir rencontré d'autres mages ici, nous avons commencé à en parler.

Avons-nous été en contact avec des radiations ? Aurions-nous été contaminés par d'autres enchanteurs ? Avons-nous obtenu nos pouvoirs de Dieu ? Comment sont-ils arrivés là ? Et pourquoi ?

Nous avons tous des questions, nous souhaitons tous trouver des réponses, certains avec plus ou moins d'intérêt d'ailleurs. Pour ma part, je dois admettre que je m'en fous un peu. Savoir ne m'apportera rien de plus, même s'ils venaient à trouver une solution pour nous les retirer, je ne serais pas d'accord.

Vivre libre, oui, mais tel que je suis ou rien. J'ai accepté et embrassé mes dons à la minute où ils se sont manifestés. À aucun moment je n'ai douté de ces pouvoirs, j'ai complètement étreint ma nouvelle condition et c'est sûrement pour ça que j'ai très vite réussi à doser ma force. Les premières fois, j'ouvrais une porte et brisais la poignée. J'attrapais une fourchette, une assiette, un couteau et je l'émiettais. C'était marrant, mais problématique et j'ai très vite tout mis en œuvre pour maîtriser ma force et l'utiliser uniquement lorsque j'en avais besoin. Et ça passe par l'acceptation.

À partir du moment où l'on accepte son pouvoir, qu'on accepte de l'utiliser, de le laisser grandir en nous, alors on peut tout faire avec. Je l'ai très vite compris, je n'ai pas eu besoin que l'on me dise d'où venait ma magie ni même comment elle était arrivée là. Alors, le savoir maintenant inutile aussi.

Dans les bras de Daina, je me délecte de ce moment de calme, celui qui précède le début de la journée, quand celle-ci commence plus vite que prévu. Pablo, affolé, débarque dans notre antre sans prévenir et nous remue en criant :

— Vite ! Venez tous ! Il y a des disparitions sur le camp !

Ni une ni deux, je me rue sur mes vêtements et les enfile en quatrième vitesse, tandis que Daina et les autres en font de même. Bien évidemment, je suis le premier à sortir de la grotte glacée.

— Où ça, Pablo ?

— Dans les habitations situées plus au Nord.

— OK, j'y vais.

En un coup de vent, je rejoins l'endroit et y trouve Miguel, Rosa, Catalina et d'autres dont je ne retiens pas bien les prénoms.

— Qui a disparu ?

— Nina, Amaya, Paco et Manuel.

De mémoire, je ne sais pas qui sont ces personnes, mais Catalina qui perçoit mon trouble s'empresse de m'informer de leur identité.

— Ce sont des enfants, les télékinésiques et le pyromane. Seul Manuel est majeur.

— Merde.

Daina nous rejoint en lévitant, accompagnée de tous ceux qui partagent notre tente et notre plan secret. Sa magie est si puissante qu'au-delà de s'élancer dans les airs seule, elle peut aussi emmener les autres avec elle.

— Qu'est-ce qu'il s'est passé ?

Miguel explique au petit groupe qui s'est désormais formé autour de la grotte des jeunes ce qu'il en est, puis Rosa prend la parole.

— J'ai eu une vision qui m'a tiré du sommeil, mais quand nous sommes arrivés c'était trop tard.

Rafael s'avance et demande :

— Tu n'as pas vu qui les a emmenés ?

— Non, la prémonition en elle-même était trop floue.

Catalina rassure son amie d'une main tendre sur l'épaule.

— Ce n'est pas ta faute, Rosa.

— Si, j'aurais dû avoir cette vision bien plus tôt et surtout bien plus précise ! Je devrais être en mesure d'anticiper n'importe quelle menace, peu importe sa nature !

C'est bien la première fois que je vois Rosa dans un tel état de nerfs. Elle est toujours si calme et réservée, même lors de l'attaque à Siles, elle est restée presque stoïque. Triste et touchée, évidemment, mais jamais elle n'a réagi avec une telle hargne. Je la comprends tellement, ce sont des gosses que nous venons de perdre. Si je ne me trompe pas, le plus jeune d'entre eux, Amaya, a six ans. Six ans, putain de merde !

Il faut agir, se tourner les pouces et trouver un responsable ne sert à rien, il faut les retrouver à eux.

— Esteban, tu peux les localiser ?

Je me tourne vers mon ami, qui hoche la tête et ferme les yeux, plaçant un doigt sur sa tempe à la manière du *Professeur Xavier*[5]. En quelques secondes, il semble trouver la réponse et, vu sa tête, elle ne va pas nous plaire.

— J'ai trouvé Manuel, mais... je crois qu'il est en très mauvaise posture.

— Donne-nous sa localisation !

Esteban nous indique l'endroit où il se trouve possiblement et sans nous concerter, sans même réfléchir, Daina, Ana et moi usons de notre magie pour le retrouver.

En quelques minutes, nous rejoignons un endroit isolé dans la montagne, à proximité d'une rivière. Nous ne mettons pas longtemps à retrouver le jeune homme.

Daina se rue sur lui et plaque ses mains sur ses blessures, une à la gorge, une dans le flanc. Le sang s'écoule, il se mêle à la neige, la souillant de sa teinte si particulière, si chaude. Le contraste est frappant, glaçant.

---

[5] Personnage de l'univers Marvel, puissant télépathe de X-Men.

Une boule se forme dans ma gorge, Ana tente de venir en aide à Daina, mais j'ai déjà compris qu'il est trop tard. Il a déjà perdu trop de sang et en perd encore trop rapidement. Il va mourir ici.

— Manuel ! Reste avec nous ! On va t'emmener voir Elvira !

Daina est pleine d'espoir, mais la déception le remplacera bien assez vite. Comme je demeure immobile, elle me hurle dessus :

— Aide-nous, Amador ! On ne va pas le laisser comme ça !

Ses mains sont pleines de sang, les points de compression qu'elle applique n'ont aucun effet et le jeune télékinésique continue de se vider. Sa peau est blanche, elle ressemble à la neige sur laquelle il est posé, je suis certain qu'elles ont la même température.

— Daina... c'est trop tard. On ne peut pas le bouger.

— Non ! Va chercher Elvi' !

— Daina, s'il te plaît...

Avec rage, elle s'adresse à Ana, dont les larmes inondent les joues.

— Va chercher Elvira, dépêche-toi !

La jeune femme sanglote, elle secoue la tête au moment où Manuel tente de parler. Il tousse, crache du sang et plante son regard dans celui de la femme que j'aime.

— Les... enfants... J'ai tout... tenté. Ils les ont... pris.

— Qui ça, Manuel ? Dis-moi qui est venu ?

— Le...

Une quinte de toux le secoue et Daina redresse à peine sa tête pour l'aider à s'en remettre, tout en hurlant sur Ana et moi.

— Allez la chercher, nom d'un chien ! Vous ne voyez pas qu'il va mourir !

Sa voix est vrillée par l'émotion, ses joues mouillées et elle tremble de toutes parts. Je lève les yeux vers Ana et hoche doucement la tête pour lui faire comprendre d'aller chercher Elvira. Manuel est déjà trop amoché pour survivre à ça, l'enchanteresse est douée, mais elle ne peut pas ressusciter un mort et Manuel l'est presque.

Ana s'éclipse en un coup de vent et je me rapproche lentement de Daina.

— Princesse, c'est trop tard... Il faut que tu le laisses partir en paix. Elvira ne pourra pas l'aider...

— Non ! Je refuse de l'abandonner !

Elle est recouverte de sang, elle appuie de toutes ses forces sur les blessures, mais le liquide vermeil ne cesse de s'écouler.

Manuel lève avec une extrême difficulté sa main et la pose sur le poignet de Daina, l'incitant à la regarder.

— Le *MOD*... Ils ont les enfants... Ils ne les ont... pas... tué...

Une toux s'empare de lui, il crache une quantité énorme de sang qui atterrit en partie sur Daina, lui donnant l'air d'une tueuse sortie tout droit d'un film d'horreur. Et puis, d'un coup ou presque, il relâche ses efforts, comme s'il avait attendu de nous livrer cette information avant de succomber.

Sa main retombe mollement sur le sol enneigé

et ensanglanté, puis ses yeux se ferment et le flot de sang se tarit peu à peu.

Daina est effondrée. Elle hurle et pleure, s'abattant sur le corps sans vie de Manuel, qu'elle tente de réanimer à l'aide d'un massage cardiaque.

Elvira arrive, portée par Ana, et pousse un cri de stupéfaction face à la scène qui se joue sous ses yeux.

Elle se jette face à Daina et tente de lui faire retirer ses mains, en vain. Ma copine ne veut plus rien entendre, elle nous hurle dessus, brisée par cette nouvelle perte.

Apparemment, elle s'était attachée à cet adolescent perdu et j'imagine très bien le temps qu'elle a dû passer à lui enseigner deux trois trucs comme à plusieurs autres gamins du camp. Elle avait tissé un lien fort avec lui, je le ressens sans avoir besoin de magie.

En m'approchant d'elle pour la prendre dans mes bras, je remarque qu'autour de ses jambes, la neige a fondu. L'herbe commence à fumer, à cramer.

Merde. Ça va péter...

CHAPITRE 21

DAINA

La haine tourbillonne dans mes veines, elle alimente le feu en moi, elle nourrit la destruction qui fait battre mon cœur. Je vois rouge. Et je ne parle pas du sang qui macule mes mains et une partie de mes vêtements. Je parle d'une rage que peu connaissent, je parle d'une colère qui prend de l'ampleur et qui ronge la moindre de mes cellules, d'une fureur qui alimente mon cœur, le pliant à sa volonté.

J'abdique. Je ne cherche plus à lutter.

Mon hurlement déchire ma gorge, il fait trembler le sol, balaie les arbres les plus proches et fait tomber Amador, Ana et Elvira à la renverse. Je ne m'en préoccupe même pas. Une onde de choc vient de sortir de ma gorge, une véritable onde de pouvoir, une grenade à fragmentation dégoupillée.

Je vais tout décimer sur mon passage et je sais d'avance que ça va être un bain de sang. Un irréversible carnage.

Lentement, je me redresse et jette un œil à Amador, le seul que je distingue encore dans cette partie de la forêt.

— Daina, calme-toi, *amor*.

J'entends ses mots, je les comprends, je les refuse. Non, je ne me calmerai pas. Non, l'heure n'est plus au calme. L'heure est aux représailles.

Sans prêter plus d'attention à ce qu'il vient de me dire, je marche vers les émotions que je perçois, la peur, le dégoût, la détermination. Ce sont forcément les connards qui ont enlevé les enfants...

Je ne sais pas à quelle distance ils se trouvent, mais mon pouvoir s'est tellement décuplé que je peux les sentir d'ici.

— Daina ! Où tu vas ?

— Faire ce qu'il faut pour ramener les enfants.

— Tu vas y aller toute seule ?!

— Personne ne semble décidé à le faire. Alors oui.

— Non !

Il a crié. En temps normal, j'aurais sûrement sursauté, poussé moi-même un petit cri, mais là, rien. Je me contente de me tourner lentement vers lui et de l'observer, le visage fermé.

— Non, tu n'iras pas seule. Donne-moi deux minutes et on part avec toi. Comme on a dit.

Je souffle, je tourne la tête vers l'endroit d'où me viennent les émotions et inspire profondément. Un peu comme si je humais ce qu'ils ressentent, tel un prédateur qui chasse une proie.

— T'as trente secondes, après je suis leur piste.

— Leur piste ?

— Je les ressens, perds pas de temps où j'y vais maintenant.

Sans me répondre, Amador disparaît dans un nuage de poudreuse et Ana se relève, je ne l'avais même pas vue à côté de lui.

— Daina ? Tu es sûre de toi ?

— Oui.

— C'est dangereux, tu pourrais...

Ils commencent à me faire chier avec leur danger ! Que l'on reste ici ou qu'on décide de faire quelque chose, ça ne fait aucune différence, on nous attaque même jusque *chez nous*. Autant les en empêcher !

— Tout est dangereux, Ana ! Nous vivons une vie illusoire, nous nous croyons en sécurité ici dans la montagne, mais il n'en est rien ! La preuve, trois enfants ont été enlevés et un jeune a été tué ! Je ne l'accepterai plus !

Ma voix est tonitruante, elle redouble d'intensité sans même que je le contrôle, Ana en tremble.

— Oui, tu as raison... Je peux vous accompagner ?

— Fais ce que te dicte ta conscience.

Je ne veux imposer à personne de venir risquer sa vie avec moi, leurs choix doivent venir d'eux-mêmes, qu'ils fassent en leur âme et conscience.

Que fiche Amador ? Je serre les dents, agacée de ne pas le voir revenir, lorsque, enfin, il est là. Avec lui, Rafael, Pablo, Esteban, Paloma, Antonio et deux jeunes femmes que je ne connais pas bien. Je m'inquiéterai de leur identité plus tard.

— Qui peut courir et qui peut voler, ici ?

Les mains se lèvent, celles des deux femmes aussi et l'une d'elles se voit obligée de rajouter :

— Je suis télékinésique, je peux faire léviter ceux qui ne le peuvent.

— OK, alors c'est parti.

Sans m'encombrer de plus, je décolle du sol et me retrouve au-dessus des cimes enneigées, me dirigeant droit vers les émotions que je perçois. Une voix s'insinue dans mon crâne, une voix que je ne connais pas.

— *Je suis télépathe, je les repère à environ trois kilomètres au Nord.*

À voix haute, en criant même, je réponds à l'inconnue :

— Ouais ! Je les sens aussi !

— *Tu peux me répondre dans ta tête, nous sommes tous capables de communiquer comme ça tant que je reste dans le périmètre et que je nous y autorise.*

Je ne réponds pas, mais je dois avouer que cette façon de parler me plaît bien, si nous l'utilisons en combat, ça peut être utile. Je le garde dans un coin de mon esprit.

Nous volons à vive allure, si vite que l'air fouette mon visage et mon corps, séchant le sang qui me recouvre. Le froid n'est pas un problème pour moi, mais je pense qu'en dehors de Rafael, tous doivent être gelés. Je répands un peu de mon énergie sur eux et leur permets de se réchauffer, ils auront besoin d'être dans les meilleures conditions quand on arrivera à destination. Quelle est-elle d'ailleurs ?

— *Dis, la télépathe ! Où sont-ils exactement ?*

— *Sur une route au nord, ils sont en mouvement. Dans un... camion blindé.*

— *Et les enfants ? Je perçois leur peur, mais je n'arrive pas à les localiser précisément.*

— *Ils sont enfermés dans des caissons ! Dans le blindé !*

— *Dépêchons-nous !*

J'accélère le *pas*, entraînant avec moi tous les enchanteurs qui ont répondu présents. Vu le nombre impressionnant que nous sommes au camp, je me serais tout de même attendue à voir plus de personnes se joindre à nous pour se battre. Ont-ils à ce point peur ? En ont-ils seulement quelque chose à foutre de nos vies à tous ? Cette seule pensée fait vibrer ma colère un peu plus, mes rétines surchauffent et j'imagine très bien mon état : j'irradie de lumière de la tête aux pieds.

Enfin, une route se dévoile ainsi que deux camions blindés ornés du logo du *MOD*. Salopards, ils ne se cachent même pas en plus !

— *On fonce !*

Je ne sais pas s'ils m'entendent tous, mais peu importe, ce n'était pas une question. Nous fonçons tous vers les camions et, sans même établir de plan, j'atterris devant le premier blindé, que j'immobilise en contrôlant son énergie. Le second le percute de plein fouet. Je l'arrête aussi.

À travers le pare-brise, je vois le conducteur et le passager, ces inconscients sont à visage découvert, quelque chose qui me rend encore plus hargneuse.

Amador arrache la portière de ses gonds et sort le conducteur, Rafael l'ouvre simplement et arrache le passager de son siège avec une rare violence. Comme si je m'étais propulsée à la tête de ce petit groupe, les deux hommes conduisent les agents face à moi, les agenouillant devant mes yeux comme si j'étais une reine à qui prêter allégeance. J'aime bien cette sensation.

— Pourquoi avez-vous enlevé les enfants ?

Les agents échangent un regard, ils sont tétanisés de peur, dégoûtés par notre condition magique et déterminés à tous nous tuer. Leur intention quant aux gamins, en revanche, reste floue. Les deux ont très envie de les tuer, mais ils obéissent à un ordre. Je n'arrive pas à aller plus loin dans mes investigations.

Rafael, qui maintient le passager par la nuque, fait chauffer sa main et secoue l'homme.

— Elle t'a posé une question ! Réponds !

L'agent du *MOD*, que je trouve bien plus téméraire quand il s'agit de braquer des lances sur mes semblables, tremble de la tête aux pieds et scelle ses lèvres, il ne parlera pas.

— OK, si toi tu ne dis rien, alors...

D'un geste de la main, je fais exploser son cœur en l'irradiant d'énergie. Je ne sais pas très bien comment mon pouvoir fonctionne, mais je sais que je peux réaliser à peu près tous mes désirs. Je n'ai qu'à y penser, le visualiser et le tour se produit.

Son corps retombe sur le goudron glacé et son collègue laisse échapper un petit cri.

— Seras-tu plus loquace ?

Le conducteur ravale difficilement sa salive, les autres enchanteurs s'activent et la télépathe, Antonio et Esteban ramènent les autres agents devant moi. Je ne vois pas les gosses, où sont-ils ?

— *Où sont les enfants ?*

— *Lydia et Paloma essayent de les libérer.*

Essayent ? Que se passe-t-il ? Mon attention est détournée du chauffeur et ce dernier tente de se soustraire à la force d'Amador, mais en vain. Il se fait briser le bras en un claquement de doigts et son cri de douleur fait vibrer mes tympans.

— Tu crois pouvoir t'enfuir ?! N'essaye même pas d'y penser !

La haine dans les mots d'Amador ne me choque plus, elle m'imprègne aussi. On est loin de notre première rencontre, lorsque j'étais effrayée par lui et ses réactions.

— Tu les gères ? Je vais voir les enfants.

— Oui, vas-y, je m'occupe d'eux.

Je jette un regard noir au conducteur, insinue en lui une peur à la fois magique et naturelle, celle que j'inspire en étant recouverte de sang séché et après avoir tué son collègue d'une simple pensée.

Dans l'un des camions, je retrouve Paloma et la dénommée Lydia qui, je le devine, est la télékinésique.

— Vous n'arrivez pas à les sortir de là ?

— Non, il y a quelque chose qui nous en empêche.

Je monte dans le camion, m'approche du premier caisson en métal. Un cercueil en réalité, n'ayons pas peur des mots.

Je concentre mon énergie sur la poignée et la prends dans ma main, mais rien ne se produit.

— Qu'est-ce que c'est ce bordel ?!

— Nos pouvoirs sont... bloqués. Je n'arrive pas à utiliser ma télékinésie.

— Et je ne peux pas découper une ouverture. Je suis démunie.

— Putain. C'est ce qu'on va voir !

Toute la colère qui m'anime, je la dirige vers la boîte et hurle à pleins poumons, déchirant mes cordes vocales, irradiant de magie.

Mais rien. Le métal ne cède pas, mon pouvoir est complètement inutile. Nous ne pouvons pas sortir les enfants de ce piège mortel dans lequel ils sont enfermés.

Avec rage, je me rue à l'extérieur et me jette sur le premier agent du MOD que je trouve. Agenouillé face à Amador, comme tous les autres, je le renverse sur le dos et me positionne au-dessus de lui, mes mains entourant sa gorge.

— Qu'avez-vous fait aux enfants ?! C'est quoi ces cercueils impénétrables ?!

Alors que je m'attends à de la peur, à un tremblement et peut-être même à des sanglots, cette ordure se met à rire. Un rire qui secoue ses autres collègues et qui me broie les entrailles.

Je lui colle mon poing dans la mâchoire, son rire se tait.

— Réponds !

— Vous ne pouvez pas les sauver, c'est trop tard. Ils sont entre les mains de Dieu maintenant. Ils nous appartiennent.

Sa réponse me foudroie. Pour qui se prend-il ce dégénéré, là ?! Il croit encore être en position de force ? Il croit pouvoir lutter contre notre courroux ? Nous avons le pouvoir, nous sommes en position de force et rien ni personne ne pourra nous arrêter.

De nouveau, je le frappe au visage avec rage et puissance. Sa lèvre saigne, sa mâchoire est déjà bleue et je peux sentir sa douleur et sa peur. Bien. Il joue un rôle, il tente de me faire croire qu'il gère encore, mais il est perdu, tout comme ses collègues qui sont aux mains des miens.

— Dis-moi comment les faire sortir de là ! Tu as dix secondes avant que je te bute et que je m'adresse à un autre des tiens. Je vous tuerai tous jusqu'au dernier, mais je te jure que j'aurais la réponse et je sauverai ces enfants. Tu comprends ? Tu la sens ma détermination, là ?

— Vous ne pouvez rien faire. C'est trop tard, on a scellé les caissons, ils ne s'ouvriront qu'une fois à destination.

— Ah ouais ? Et elle est où ta destination ?

— Je ne dirai rien, sale païenne ! Sorcière !

Son dégoût, au-delà de me parvenir clairement en usant de mon don, se lit sur son visage. En quel siècle sommes-nous retournés ? Préparent-ils des bûchers pour nous ? Pour qui se prennent-ils ?!

— Païenne ? Sorcière ? Tu n'as pas idée !

J'attrape l'un de ses bras et en usant de mon énergie, je déploie assez de force pour lui péter l'os. Il se tortille de douleur, je l'immobilise et son cri me déchire les tympans. Une nouvelle gifle pour le faire taire et je reprends mon interrogatoire, musclé.

— Où allez-vous avec les enfants ?

— Ce ne sont pas des enfants, ce sont des montres, des créatures du diable !

Ma main se saisit de sa gorge et serre d'elle-même, dirigée par ma colère.

— Ce sont des gosses, salopard ! Dis-moi où vous comptez les amener !

Mais alors que je concentre encore tout mon pouvoir sur lui, je sens mes forces s'amoindrir. Ma gorge s'assèche, les émotions de l'agent ne me parviennent plus et ma puissance diminue. Précisément comme lorsque je la fais taire, sauf que là, ce n'est évidemment pas de mon fait.

Affaiblie, je m'effondre sur le côté et remarque que tous les miens subissent le même sort, ils sont au sol, étouffés par une force invisible.

Les agents se relèvent, sourire aux lèvres.

Ma vision se trouble, je lutte, mais retombe inexorablement sur le sol froid. J'ai froid. Moi, j'ai froid ?

Qu'est-ce qu'il se passe ?

CHAPITRE 22

AMADOR

J'ai la tête dans un étau qui se resserre, mon corps est secoué de toutes parts et ma tête cogne contre quelque chose de dur, me provoquant une douleur supplémentaire. J'ai l'impression de me réveiller un lendemain de cuite, la sensation d'engourdissement des membres en plus. C'est comme si j'avais des millions de fourmis qui parcouraient mes membres, me donnant la sensation de ne pas être au contrôle de mon propre corps.

Je tente d'ouvrir les paupières, mais j'ai du mal, comme si une fatigue écrasante prenait le dessus sur moi. Des relents écœurants remontent dans mes narines, de l'essence. Putain, mais où je suis, là ? Que s'est-il passé déjà ? Où est Daina ?

Mes souvenirs me sont difficiles d'accès, mais quelques flashs m'assaillent. Les camions, les agents du *MOD*… ils nous emmènent où ?

J'esquisse un mouvement du bras, mais ce dernier est maintenu par un truc froid, sûrement une menotte. Je tire dessus et mon coude tape contre quelque chose.

— Aïe !

Quelqu'un.

Allez, Amador, ouvre tes putains de paupières. T'es en situation de danger, là !

À force d'efforts, je réussis à enfin ouvrir les yeux et le spectacle qui se dévoile sous mes rétines me glace le sang. Non, il le fait bouillir de haine, me donne soif de vengeance. Je vais tous les dégommer !

Je suis étendu contre l'intérieur du camion, menotté à sa paroi interne, en compagnie des miens. Ils sont tous dans un sacré état... Je tente de libérer mes poignets avec ma force, mais ça ne fonctionne pas. Ma magie m'a-t-elle quitté ?

La panique me gagne, mais je demeure statique, un des agents se trouve dans l'angle et serre les mâchoires en gardant un œil sur nous. Qui sait ce qu'il me fera s'il s'aperçoit que je suis réveillé ?

À ma droite, la personne à qui j'ai fait mal sans le faire exprès se trouve être Esteban. Le pauvre, il prend toujours cher. Sa lèvre inférieure est ouverte, un filet de sang séché orne son menton. Il est réveillé, mais il semble avoir du mal à sortir de cet état étrange dans lequel nous avons été plongés.

D'ailleurs, c'était quoi ce délire ? Qu'est-ce qu'ils nous ont fait pour qu'on s'effondre comme ça ?

— *Amador ? Tu m'entends ?*

La voix de Daina me fait presque sursauter, j'ai encore assez de bon sens pour me retenir et je tourne doucement, très lentement, la tête vers elle.

Putain, mais qu'est-ce qu'ils lui ont fait ?! Mes poings se serrent instinctivement quand je découvre l'œil au beurre noir sur son beau visage. La trace de sang au coin de sa jolie bouche me donne la rage.

— *Je t'entends, amor. Ça va ? Qu'est-ce qu'ils t'ont fait ?*

— *J'en sais rien, je me suis réveillée là, avec une douleur atroce sur le visage.*

— *Je crois qu'ils nous ont drogués.*

Paloma semble angoissée, elle est aussi amochée et je commence à me demander si je ne le suis pas également. Aucun moyen de m'en assurer, mais mon mal de tête provient peut-être des coups qui m'ont été distribués. Les lâches, ils ont profité du fait qu'on soit inconscients !

— *Comment auraient-ils pu nous droguer ? On a rien ingurgité venant d'eux !*

Rafael bouillonne de rage, je le lis dans ses yeux et l'entends à son intonation. Oh, mais ! Si je l'entends, c'est que Carla est réveillée aussi. Si elle a récupéré ses pouvoirs, nous aussi, non ? Pourquoi ne puis-je donc pas utiliser les miens ?

— *Carla ? Comment t'as récupéré tes pouvoirs ?*

— *Je ne suis pas sûre de savoir... Ils sont encore un peu faibles, mais je peux ouvrir la communication.*

— *T'arrives à sonder leurs esprits ?*

— *Oui, ils nous conduisent à Madrid. Ils*

obéissent à un certain Santo Lazaro.

— Tu sais pourquoi ils nous amènent là-bas ?

— Non, mais ils ne le savent pas eux-mêmes.

Des soldats qui obéissent à des ordres sans en savoir plus, classique. Toujours aussi dégueulasse.

— On doit s'enfuir.

— Je suis d'accord avec toi, amor. Tes pouvoirs sont revenus ?

— Oui. Ils sont prêts à tout détruire.

— Les miens peinent un peu... Et vous les amis ?

Un à un, les enchanteurs me répondent, ils sont tous de nouveau opérationnels et c'est au moment où je m'apprête à râler que je sens une chaleur se diffuser dans mes muscles. Ils reviennent.

— Ils sont de retour.

— Inspire profondément, pense à la sphère.

J'offre un clin d'œil discret à Daina et lui souris. Elle a raison, ça marche. Je n'ai même pas à forcer, ma magie revient presque toute seule et m'inonde de sa chaleur. Sa force.

— Je suis prêt.

— À trois !

En un clignement de paupières, et à la fin du décompte de Lydia, Daina et elle immobilisent les camions. Les menottes libèrent nos poignets sans que nous initiions quoi que ce soit et je me jette sur celui qui nous garde, il n'a même pas le temps d'esquisser le moindre geste.

D'un coup de poing, je lui enfonce le thorax et arrache son cœur, sans aucune pitié. J'entends quelques cris de douleur derrière moi, puis un agent s'exclame :

— C'est de la camelote leur truc ! Je savais que ça allait foirer !

— *Carla, de quoi parle-t-il ? Ne le tue pas avant de le savoir !*

— *Ils ont un... dispositif supposé nous mettre hors service ! Oh ! les salauds ! C'est un fichu truc électronique !*

Je le savais, putain ! Ils n'allaient pas se contenter de nous traquer et de nous tuer, il fallait bien qu'un jour ils passent à la vitesse supérieure et trouvent un moyen de nous mettre hors d'état de nuire. Hors d'état de fuir. Ça n'explique pas qu'ils nous kidnappent, mais là tout de suite, j'en ai rien à foutre !

Daina est survoltée, elle sort du camion et abat les autres agents en un rien de temps, je suis à peine à ses côtés qu'elle est déjà au-dessus de leurs corps encore chauds.

— Ces connards ! J'en reviens pas !

— Tout va bien, *amor* ?

Lentement, je m'approche d'elle et prends sa main dans la mienne. Ce simple contact me permet de refaire tourner la terre dans le bon sens, celui où elle et moi ne faisons qu'un. Je l'attire dans mes bras, la serre avec soulagement et amour.

— Daina ! Amador ! On a de la visite !

Affolé, Antonio pointe un escadron de véhicules blindés portant le logo du *MOD*. Ce n'est qu'à ce moment que je remarque le lieu où nous sommes. Une vaste étendue de béton, face à une immense cathédrale, des hangars et tout un tas d'infrastructures.

Sur les murs gris, partout, ce putain de logo qui hante mes cauchemars. L'entrelacs de lettre et la croix de leur foutu Christ !

On est tombés dans la gueule du loup, on doit se tirer d'ici au plus vite.

— Prenez les gamins, on se tire ! Lydia, fais voler les caissons, Ana et Amador courrez et moi, je me charge des autres.

Daina prend la tête de cette expédition de fuite et nous obéissons tous sans poser de questions. Nous n'en avons d'ailleurs pas le temps. Par réflexe, j'embarque Rafael avec moi et me mets à courir, le plus vite possible, le plus loin possible.

Je tourne fugacement la tête, dans mon dos, Daina survole la zone avec Paloma, Pablo, Esteban, Carla et Antonio. Lydia a les quatre caissons et lévite aussi dans notre direction. Parfait, on va s'en tirer.

Tout à coup, je suis éjecté en arrière, je me prends dans la gueule un grillage électrique qui me tétanise et me fait trembler de tout mon long. Putain de merde ! Je l'avais pas vu ce truc à la con !

Rafael est dans le même état, nous avons du mal à nous relever. Ça fait un mal de chien ! Mes muscles se contractent d'eux-mêmes, ils serrent et tirent, c'est vraiment l'enfer cette barrière ! Je me redresse difficilement, mais réussis tout de même à me remettre sur pied.

— Ça va, Raf ?

— Merde ! Ils commencent à me foutre en rogne !

Rafael se tourne vers nos assaillants, qui ont rapidement réduit la distance entre nous, et lève ses mains en avant en hurlant. Des jets de flammes sortent de ses paumes, embrasant l'asphalte d'une chaleur incandescente. Avec son pouvoir de retour à pleine puissance, il atteint aisément les blindés et y fout le feu avec une facilité déconcertante. Ses yeux sont deux flammes, ses cheveux aussi, c'est la première fois que je le vois ainsi. Il doit vraiment être très en colère.

Daina nous fait léviter et nous sauve les fesses *in extremis* d'un barbecue improvisé. Rafael est en pleine crise de nerfs et continue de balancer du feu sur toute la zone. Il manque parfois ses cibles et touche la forêt qui entoure leur quartier général, il va tout détruire !

— Rafael ! Arrête ça ! On doit se mettre en sécurité !

— Non ! Laisse-moi, Daina, je vais tous les buter !

La concernée ne lui prête même pas un regard, elle est concentrée et continue de nous faire avancer le plus vite possible, nous étreignant de chaleur.

— Pas tout seul ! On ramène les enfants et on revient armés de toute notre puissance !

Je jette un coup d'œil à Lydia qui continue de faire léviter les caissons derrière elle et je remarque qu'elle commence à ralentir le rythme.

— Daina ! Lydia va mal !

Ma belle enchanteresse tourne le regard et prend le relais, semblant avoir retrouvé toute sa puissance et même plus. Esteban s'en inquiète :

— Daina, t'es sûre que ça va aller ?

— Une fois que tout le monde sera en sécurité

et que ces connards seront morts, oui ça ira.

— Non, mais, ton pouvoir ? Tu te sens assez forte ?

— Je ne l'ai jamais autant été.

D'un clignement de paupières, elle s'illumine de la tête aux pieds d'une aura argentée impressionnante. Nous prenons encore de la vitesse, si bien que, très vite, je ne discerne plus les paysages autour de nous. Pour autant, le vent frais n'atteint pas ma peau et je reste enveloppé de cette chaleur si particulière que Daina dégage.

Elle est incroyable, je me demande si elle se rend compte de la puissance de ses dons, si seulement elle a conscience de ce qu'elle fait.

En moins de temps qu'il ne faut pour le dire, elle nous sauve à tous la vie et nous ramène en lieu sûr, dans nos montagnes. Était-on déjà arrivés à Madrid ? Comment a-t-elle fait pour nous ramener ici aussi vite ? Si nous étions sur leur base, j'imagine que nous étions bel et bien dans la capitale. La destination finale.

Mais, nom d'un chien, elle nous a ramenés ici si vite ? On est à combien, trois cents bornes de Madrid ? Et elle vient de les parcourir en vingt minutes ? Non, mais c'est impossible, elle carbure à quoi, ma nana ?

Avec la plus grande délicatesse, elle nous pose sur le sol et je dois admettre que retrouver la terre ferme me fait un bien fou, même si je tangue un peu les premiers pas. Je me précipite vers Daina et l'enserre de mes bras, déposant ma bouche sur le haut de son crâne.

— Putain, *amor* ! T'es impressionnante ! Je crois que je ne me trompe pas si je dis que tu es vraiment la plus forte d'entre nous.

— J'ai fait ce qu'il fallait, *querido*.

Son corps se met à trembler, ses mains dans mon dos retombent et j'attrape son visage entre mes paumes.

— Ça ne va pas ? Qu'est-ce que tu as ?

— Je suis fatiguée...

Avant même qu'elle puisse rajouter un mot de plus, elle s'effondre dans mes bras et je l'empêche de s'écraser sur le sol. Sans réfléchir, je laisse notre groupe et tous ceux qui nous ont rejoints sur place avec leurs questions et je la conduis dans notre lit.

Sa peau est froide, elle est toute blanche et son visage est vraiment marqué par la fatigue. Elle est éreintée.

Je la couvre délicatement et dépose un baiser tendre sur son front, puis je sors de notre grotte.

Il est temps de préparer l'offensive, nous ne pouvons plus attendre, ils viennent de tenter de nous tuer, de nous kidnapper. Nous connaissons leur localisation, passons à l'attaque !

CHAPITRE 23

DAINA

Tous les muscles de mon corps me tirent, j'esquisse un mouvement simple, me tourner dans le lit, et pourtant j'ai l'impression de partir à l'assaut d'un sommet sans magie pour m'aider. Ça brûle, ça lance, comme si je venais d'effectuer un effort surhumain. C'est assez atroce. À cela se rajoute une faim qui me fait mal au ventre, une soif qui m'assèche la bouche.

Je me redresse comme je peux, sur les coudes, et observe ma chambre de cristal. De glace, mais c'est pareil, leur beauté est similaire, leurs couleurs se mêlent et ne font plus qu'une.

Amador n'est pas là, où est-il ? De la cuisine me parviennent des sons naturels, des sons de vie, de ceux que l'on chérit lorsqu'il ne reste plus que des cendres.

Je me lève et enfile ma paire de baskets qui traîne au pied du lit, puis rabats la capuche de mon hoodie sur ma tête. Je suis courbaturée, mais en vie.

Quand j'arrive dans ce coin repas que nous avons aménagé, une bonne partie des gens auquel je tiens le plus se trouve là, à manger en discutant, un léger sourire sur leurs visages fatigués. Esteban est le premier à me voir et ses lippes s'étirent de bonheur. Il a quoi ?

— Oh, putain, j'y crois pas ! La revenante !

Je souris à peine, je ne sais pas ce qui me vaut ce surnom et cette espèce de joie non dissimulée. Nous sommes en guerre, nous avons tous failli crever, qu'est-ce qu'il leur prend ? Ne sont-ils pas en train de préparer la riposte ?

Amador se lève et s'avance vers moi, m'enlaçant de ses bras réconfortants. Il me plaque contre lui, comme si nous nous retrouvions après des années de séparation. Qu'est-ce qu'il lui prend ? Ses mains encadrent mon visage et ses lèvres se posent sur les miennes avec une certaine émotion.

— Comment tu te sens ?

— Dans le flou...

— Ça ne m'étonne pas.

— Mais, que faites-vous tous ici ? Pourquoi vous semblez de si bonne humeur ? Vous avez établi un plan ? Y'a du café pour moi ?

— On doit impérativement te répondre dans l'ordre ou tu préfères le café en premier ?

— Tiens, on va commencer par ça.

Amador me relâche et je m'installe sur la chaise prévue pour moi et hoche la tête en direction d'Esteban, acceptant évidemment la tasse fumante qu'il me tend.

Amador reste à côté de moi, son bras posé sur le dossier de mon siège. Tous me regardent avec attention, leurs lèvres demeurant scellées et le silence enveloppant mon petit-déjeuner. Après quelques gorgées de liquide brun, j'attrape une tranche de melon et m'apprête à la manger, mais leur attention me gêne, m'agace.

— Bon, vous allez me parler, oui ? Qu'est-ce que vous avez tous ? On dirait que vous avez vu un fantôme !

— Ils sont impressionnés par toi, *amor*.

— Et pourquoi ?

— Ton exploit de tous nous ramener en vie, de nous avoir sauvés du *MOD* et de leurs griffes acérées...

— Oh, ça va ! Je ne l'ai pas fait seule, faut arrêter.

Rafael secoue la tête et pouffe de rire, accompagné par Ana, Pablo et Antonio. Ce dernier, qui ne s'exprime habituellement que par des monosyllabes à décrypter, prend la parole.

— Daina, tu ne te rends pas compte de ce que tu as fait pour nous. Nous étions voués à une mort certaine, nous n'avions pas retrouvé toute notre puissance et tu as puisé dans la tienne jusqu'à t'épuiser pour nous ramener ici en un temps record.

En parlant de record, ne serait-ce pas la plus longue phrase qui soit sortie de sa bouche ? Je suis plus impressionnée par cela que par ma magie.

Pablo appuie ces propos tout en me fixant de ses grands yeux bleus. Tristes.

— Antonio a raison, tu as accompli un exploit

et nous t'en sommes tous extrêmement reconnaissants.

— Vous faites dans le mélancolique, maintenant ? Qu'est-ce qu'on s'en fout de comment on est revenus ici, l'essentiel c'est que tout le monde va bien, non ?

La main d'Amador se pose sur mon dos et m'arrache un frisson et une chaleur que j'apprécie énormément. Son contact m'a manqué, me réveiller sans lui aussi. J'ai l'impression de ne pas m'être blottie contre lui depuis une éternité, étrange...

Je pivote la tête dans sa direction et plante mes yeux dans les siens. Le vert me frappe, m'inonde d'amour et de réconfort. J'aime cet homme. J'ai des millions de questions, ma mémoire semble me faire défaut et j'ai cette sensation étrange de ne plus savoir où je suis qui m'étreint. Précisément ce que vous fait ressentir une sieste de trois heures en plein milieu de l'après-midi. Je déteste ça. La première interrogation qui franchit mes lèvres ne me concerne pas vraiment, sans grand étonnement.

— Comment vont les enfants ?

— Très bien, grâce à toi, ils ont eu très peur, mais ils ne souffrent d'aucun mal. Elvira s'en est assurée.

— Arrête de dire que c'est grâce à moi, c'est grâce à nous tous. On a tous failli claquer, je ne suis pas la seule à avoir pris des risques !

Je ne supporte pas cette façon qu'ils ont tous de me mettre sur un piédestal, je ne suis rien ni personne. Je ne suis qu'une enchanteresse parmi tant d'autres qui a décidé de mettre à profit ses pouvoirs pour le bien de sa communauté. Rien de plus, rien de moins. Je n'ai fait que ce qui était juste, ce que tout le monde aurait fait à ma place.

Ana, timide et délicate jeune femme de vingt-trois ans à la longue chevelure dorée, relève la tête vers moi.

— Tu as été incroyable, Daina, je crois que tu ne te rends pas compte.

— Non, je crois pas non plus, pourquoi en faire des caisses ? Je vous ai fait léviter, fin de l'histoire.

— Non, tu n'as pas fait que ça.

Je tourne la tête vers Miguel, qui vient d'entrer dans la grotte, un regard énigmatique sur le visage. Si je devais le comparer à quelqu'un, ce serait au professeur Xavier, dans *X-men*, Este' n'en a que les gestes similaires, Miguel lui en est la copie conforme. Ou presque.

Ce mec est énigmatique, mystérieux et possède une prestance qui fait taire les voix lorsqu'il entre dans une pièce. Il n'a pas de fauteuil, mais ses gants et les tenues qui camouflent sa peau font l'affaire. Sans aucune concertation, sans décision prononcée à voix haute, il s'est imposé de lui-même comme notre chef, malgré le conseil que nous avons formé.

Évidemment, tous ceux présents dans la cuisine ont cessé de parler, tous les regards se sont tournés vers lui. Ils attendent son discours avec impatience. Moi, je veux des explications plus précises.

— Tu les as maintenus en vie, tu les as réchauffés avec ta magie et tu les as nourris d'énergie. Grâce à toi, non seulement ils sont revenus au camp en un seul morceau, mais ils sont revenus en pleine forme, complètement requinqués.

— Oui, ça fait partie du package, j'imagine. J'ai suffisamment entraîné mon pouvoir pour me prodiguer de l'énergie et de la chaleur à moi-même, je l'ai simplement étendu pour les autres.

Miguel prend place autour de la table, Paloma lui ayant cédé son siège, puis pose ses mains gantées à plat sur le bois.

— Et tu as épuisé tes propres ressources.

— Pardon ?

— Quand tu es tombée inanimée, Amador t'a immédiatement mise au lit, pensant que tu t'étais simplement endormie. Seulement, après douze heures passées à dormir sans te réveiller une seule fois, il s'est inquiété. Nous nous sommes tous fait beaucoup de soucis.

— Douze heures ? J'ai dormi douze heures ?

— À vrai dire, ça faisait douze heures il y a six jours.

Merde. Putain de merde. La terre tourne sous mes pieds, ou plutôt mes fesses puisque je suis assise, et tout semble flou autour de moi. Comment ai-je pu dormir aussi longtemps sans me réveiller ? Sans manger ? Non, mais c'est impossible, ils se foutent de ma gueule !

— Tu te moques de moi, personne ne peut survivre six jours en dormant seulement, il faut boire et manger.

— Et pourtant, tu l'as fait. Ton corps ne réagit pas comme les autres. Dormir te nourrit énergétiquement parlant et nous nous demandions sincèrement de combien de temps tu aurais besoin pour être de retour à ton plein potentiel. Six jours et douze heures semble être la réponse.

Je déglutis, péniblement. Je ne suis pas certaine que ce soit vraiment une bonne nouvelle, même si je suis d'accord pour dire que c'est très pratique de pouvoir se *recharger* de la sorte.

Mais qu'est-ce que ça signifie pour moi ? Qu'à chaque fois que ma puissance déclinera, je serais forcée de dormir aussi longtemps ? Comment mener cette guerre si je me transforme en Belle au bois dormant après chaque bataille ?

D'ailleurs, si j'ai dormi autant de temps, ils en ont eu pour préparer un plan normalement. L'ont-ils fait ? Ont-ils compris l'urgence de la situation ? Six jours se sont écoulés, le *MOD* a-t-il changé l'emplacement de son QG ?

— Vous avez préparé une offensive ? Gardé un œil sur la base du *Milites Opus Dei* ?

— Du calme, Daina, tu viens de te réveiller. Prends le temps d'apprécier ton retour parmi nous.

— Non, le temps n'est pas au repos. Ce qu'ils ont tenté de faire à ces enfants ainsi qu'à nous, c'est inhumain ! Ils ont tué Manuel ! Quelles preuves de plus te faut-il pour que tu te décides à bouger ?

Je sais que je m'énerve trop vite, que je suis trop véhémente dans mes propos et que je devrais prendre un peu sur moi, mais je ne peux pas. Nous sommes passés trop près de la mort, trop près de choses pires encore, nous ne devons pas nous reposer sur notre confort. C'est terminé, nous devons nous battre.

Amador pose sa main sur mon avant-bras,

calme et réconfortant, du bout du doigt il tapote trois fois. Il cherche à me dire quelque chose ?

Miguel me répond avec calme, malgré la rage qui bouillonne en moi. Je ne l'écoute pas. Seule la voix d'Amador qui résonne dans ma tête retient toute mon attention.

— Daina, reste calme. Nous avons un plan. Acquiesce, accepte celui de Miguel. Nous t'exposerons le nôtre juste après.

Suivre une conversation verbale et télépathique s'avère ultra compliqué, je n'ai pas écouté un traître mot de ce que vient de me dire Miguel et c'est sans aucune grâce que je m'exclame :

— Quoi ?!

L'enchanteur est un peu déstabilisé, je ne peux que le comprendre. Il se racle la gorge et répète :

— Je disais... Nous ne pouvons pas nous en prendre à un de front. Leur arme, celle qui a endormi vos pouvoirs et votre énergie, elle semble puissante. Nous devons attendre d'en savoir plus sur elle.

— Puissante, tu dis ? Elle a cessé de fonctionner quand nous étions encore dans les camions ! J'ai même entendu un des gars dire que c'était que de la camelote ! Ce n'est pas une arme, c'est un prototype.

— Un prototype puissant, d'après ce qu'il m'a été rapporté, vous avez tous sombré.

— On a été pris par surprise. Puissante, je le suis bien plus !

— Mais que feras-tu si tu es kidnappée à ton tour ?

— Je m'échapperai et je les étriperai.

— Amor, s'il te plaît… fais ce que je te dis.

Miguel a parlé, mais je ne l'ai pas écouté. Encore. Pour éviter qu'il se doute de quelque chose, je ne le fais pas répéter. Je me lève d'un bond et lui jette un regard furibond avant de quitter ma grotte.

J'ai besoin d'air, même si Amador me rassure en m'informant qu'ils ont un plan, les réflexions de Miguel m'agacent sévèrement. Si je ne veux pas le carboniser sur place, il vaut mieux que je m'éclipse.

D'une simple pensée, je m'envole et rejoins à la vitesse de l'éclair ou presque le flanc de montagne secret sur lequel je me retrouve souvent avec Amador. Notre petit coin de paradis.

Je m'échoue sur un rocher et inspire profondément, expire lentement, pour calmer le feu qui gronde en moi. Miguel est bien gentil, il aide notre communauté et je ne peux pas le nier, mais il est aussi aveuglé par ce besoin irrépressible de confort. Qu'est-ce qu'on en a à foutre ?! On veut retrouver notre liberté, éradiquer le *MOD*, l'*Opus Dei* et tous ceux qui chercheront à nous nuire d'une quelconque façon.

N'empêche, je pense qu'ils ont raison, ma puissance dépasse l'entendement. Je la sens pulser en moi, valser dans mon cœur et inonder mes veines. Ma magie est telle que je sais que rien ne peut l'entraver, je suis toute puissante, oui. D'une certaine manière, j'ai même la sensation que leur gadget défectueux ne peut rien contre moi. Pas si je les en empêche en tout cas.

Face au paysage à couper le souffle, je relève la tête, confiante. Je sais que j'y arriverai, avec ceux qui me suivront, nous les décimerons tous jusqu'au dernier. J'en suis persuadée.

Amador soulève la neige et se poste à mes côtés, sur le rocher froid que je réchauffe par ma présence.

— Il demeure aveuglé par ses idées. Ne lui en veux pas, il est comme ça.

— Ah oui, ça marche pour toi, ça ?

— Oui, je sais qu'il ne pense pas à mal, il ne s'y prend pas de la bonne façon, mais il ne veut que notre bien.

— Par le biais d'une sécurité temporaire et imaginaire. L'attaque des enfants l'a prouvé, ils savent où nous sommes et ne tarderont pas à répliquer.

— Je suis d'accord avec toi, je m'étonne même qu'ils ne l'aient pas encore fait pour être honnête.

Amador a raison, pourquoi nous laissent-ils tranquilles ? Pourquoi prendre les enfants et ne pas tous nous tuer ? Dans quel but nous épargner ? Cela ne leur ressemble absolument pas.

— Carla, qu'est-ce qu'elle a pu tirer d'eux dans le camion ?

— Pas grand-chose, ils devaient livrer les enfants, nous étions le bonus. Ils ne savaient rien de plus, si ce n'est qu'un certain Santo Lazaro avait commandité cette mission.

— Santo Lazaro ? C'est qui ?

— Sylvio a fait quelques recherches, c'est le *Capitán General* du *MOD*.

— C'est-à-dire ?

— Le plus haut gradé, leur chef suprême quoi.

— Pourquoi commanderait-il une telle mission ? Où est passée leur lubie de tous nous tuer sans exception ? Je croyais qu'on les dégoûtait et qu'ils voulaient nous éradiquer ?

Amador se pince les lèvres et hausse les épaules, il n'en sait pas plus. En un sens, cela ne m'étonne pas trop. Pourquoi le big boss du *MOD* irait donner à ses sous-fifres les tenants et les aboutissants de ses plans ?

Son nom résonne comme celui du grand méchant démon dans une œuvre de fiction, il me fait d'ailleurs frémir. Cet homme a une idée derrière la tête et quelque chose me dit qu'il ne suit pas forcément les directives de l'*Opus Dei*.

Le gouvernement souhaite nous éradiquer jusqu'au dernier, pas nous séquestrer. Qu'est-ce qui a changé ? L'ordre vient-il réellement de ce Lazaro ou tombe-t-il de plus haut ? Leur croyance inébranlable en Dieu ne leur permet pas d'accepter notre existence, c'est pour cela qu'ils nous tuent. Alors, pourquoi nous kidnapper ? Comptaient-ils nous étudier ? Nous disséquer comme les grenouilles d'un cours de SVT ?

Les questions s'accumulent dans ma tête, les réponses demeurent muettes. On a du pain sur la planche, du pain dur qu'il va falloir réduire en miettes.

CHAPITRE 24

AMADOR

J e serre Daina dans mes bras et profite de ce moment de calme, il risque d'être le dernier avant un long moment et je tiens plus que tout à en profiter. La bataille se profile et elle s'annonce destructrice, nos rares instants de sérénité seront bien vite remplacés par le feu et la mort.

Miguel tente encore de nous tempérer, il ne veut pas que nous partions risquer nos vies sans son consentement, il préfère attendre. Oui, mais combien de temps encore ? Combien de morts ? Il est doué en relations, je ne dirais jamais le contraire, il a su organiser cette communauté précisément comme elle devait l'être et, malgré notre nombre impressionnant, aucun incident n'est à déplorer.

Ce n'était pas gagné quand on regarde d'où nous venons tous. D'univers différents, de mondes opposés, de castes sociales variées. Qui aurait cru que nous nous retrouverions ici, œuvrant tous pour une cause commune : notre survie. Mais plus encore, qui aurait misé sur cette bienveillance et cette entente permanente ?

Certes, des liens se créent, des affinités aussi et des groupes évoluent plus soudés que d'autres, mais aucune animosité n'émerge, aucun désaccord. Le danger qui nous guette nous a tous soudés et ça, Miguel a su en tirer parti. Il se rapproche du chef de famille, du patriarche qui lie sa famille et la maintient en parfaite osmose. Il n'a rien d'un général de guerre, il ignore comment mener ces batailles et ne désire que notre confort. Il ne comprend pas que ce n'est plus possible, nous allons devoir creuser des tombes si nous demeurons ici à ne rien faire.

Nous avons suffisamment perdu, nous ne pouvons plus nous permettre de mettre les nôtres en danger, nos vies sont importantes, il n'est plus question d'attendre que la mort vienne nous emporter. Pas sans nous battre.

D'une main, je caresse le bras de Daina, il irradie d'une chaleur agréable qui, non seulement réchauffe mon corps las, mais aussi mon âme écorchée. Mon esprit vagabonde, sans que j'initie le moindre mouvement, il me conduit dans la plus belle et délicieuse des chimères.

Parce que cette vie d'enchanteur en cavale, c'était marrant deux minutes, mais ça ne l'est plus. En fait, non, ça n'a jamais été drôle. À mes yeux, ça n'a toujours été qu'une succession d'emmerdes et de peur, de danger et de mort.

Toujours est-il que dans mes songes, ce lit que

je partage avec Daina ne se trouve pas dans une grotte glacée, alimentée par la magie, mais dans une maison tout ce qu'il y a de plus classique. La télévision en fond sonore diffuserait une émission à la con, on se prendrait sûrement la tête sur le choix du programme, mais on finirait par régler ça sous les draps.

On prendrait tous nos repas dans le canapé, notre table ensevelie sous le bordel. L'évier serait souvent bouché, rempli de vaisselle sale. La salle de bain serait envahie par des produits de beauté dont je ne connais rien, je râlerais beaucoup après elle pour ça. Ses chaussures traîneraient, mes vêtements aussi, on s'engueulerait beaucoup, mais on serait heureux.

Heureux de se retrouver après le travail, heureux de s'embrasser, heureux de s'embrouiller.

Je ne sais pas pourquoi je m'évertue à y penser, les choses ne se passeront jamais comme ça. Notre rencontre ne serait d'ailleurs jamais arrivée sans la magie, le *MOD* et sa traque immonde. Je n'irais jamais jusqu'à dire que je les remercie d'avoir interféré dans ma vie, mais je reconnais que ma rencontre avec Daina est la seule chose positive que je retire de toute cette merde.

Alors qu'arrivera-t-il si, lors de cette putain de bataille que l'on prépare, je venais à la perdre ? Que se passera-t-il si on me l'enlève ? Ma réaction quand ils ont tué Silene m'a prouvé que j'étais capable du pire. Ma cousine, la moitié de moi-même, je l'aimais de toutes mes tripes, mais je ne partageais pas ce que j'ai avec Daina. La proximité et le danger rapprochent les âmes et les cœurs, les nôtres se sont trouvés pour ne plus jamais se lâcher. Pourvu qu'ils ne puissent jamais me l'arracher…

La tête brune de ma copine se soulève, elle plisse les yeux en me regardant, captant sûrement les pensées qui m'assaillent. Elle n'utilise jamais son pouvoir sur moi, elle ne cherche jamais à entrer dans ma tête ou mon cœur, mais elle n'en a pas besoin pour savoir quand je suis préoccupé. Elle me connaît mieux que moi-même, je crois.

— Tu t'inquiètes ?

— Ouais, évidemment. Pas toi ?

— Si, mais je sais qu'on va réussir.

Du bout des doigts, je caresse sa joue et grave cette image merveilleuse dans ma tête. Ses yeux d'or me fixent avec assurance, ses lèvres charnues sont légèrement entrouvertes – elles sont un appel au péché pour être franc –, l'une de ses mains est ouverte, son menton appuyé dessus.

La première fois que je l'ai vue, j'ai remarqué qu'elle était jolie, il faudrait être aveugle pour ne pas le voir, mais je n'avais pas saisi à quel point. Je n'ai pas pris le temps de m'attarder sur son physique, trop occupé à la sauver. Cette femme est une déesse et sa puissance en est une preuve.

Je sais que je ne peux arrêter le temps, il me faut accepter la course de l'horloge et lui répondre, sa phrase ayant attisé ma curiosité.

— Comment peux-tu en être aussi sûre ?

— Aucune idée, je le sens au plus profond de moi. Aussi clairement que mon pouvoir, je ne sais pas comment te l'expliquer. Tout ce qui nous arrive sera fini, un jour.

— Un jour ?

— Oui, ça prendra du temps, mais on aura une vie normale. Je le sais.

Mes rêves seraient-ils finalement accessibles ? Ai-je droit d'y croire ? Ai-je droit de l'espérer ? À la mort de Silene, j'ai enterré tous mes espoirs, j'ai refusé de m'attacher aux autres, j'ai essayé de toutes mes forces. Mais Daina a croisé mon chemin, elle m'a montré que je devais accepter l'amour, l'amitié.

Malgré tout, ma réticence à accepter ce qu'elle me dit est grande, j'ai du mal à lâcher du lest, tout simplement parce que le souvenir de la douleur est encore trop vivace. Elle me hante, me percute et tel une lame me plante. Je ne veux pas la revivre et je sais pourtant que c'est cela qui nous attend. Elle va de nouveau m'étouffer à m'en brûler les poumons, elle va faire exploser mon cœur. Si je crois ce que dit Daina, si je mets tous mes espoirs dans l'éventuelle vie normale qu'elle me promet, qui sait dans quel état je finirai ?

Comment survivrais-je à nos pertes ? Car dans cette guerre, nul n'est à l'abri, ça, nous l'avons bien compris.

— Daina, ce que tu me dis... C'est ce qui compose tous mes rêves les plus fous.

Son sourire s'étire, sa main passe dans mes cheveux et termine dans ma nuque, ce frisson qu'elle me provoque... putain, cette femme est une tentatrice née !

— Mais je ne peux pas me résoudre à y croire.

Sa bonne humeur s'éteint, elle demeure figée,

les yeux plantés dans les miens.

— Pourquoi cela ? Y croire, c'est avoir de l'espoir. Pourquoi le refuses-tu ?

— Je n'ai pas envie de me faire d'idées, cette bataille, cette guerre... On va subir des pertes, je ne sais pas si je le supporterai, si je ne m'y suis pas préparé.

Daina fronce les sourcils, se redresse sur ses coudes et s'assied complètement sur le lit. Face à moi, elle semble ne pas saisir mon point de vue, la bulle d'amour et de douceur vient d'éclater.

— Tu penses qu'on va mourir ? Tu penses qu'on ne gagnera pas cette guerre ?

— Je n'en sais rien, Daina, tout ce que je sais, c'est que si je commence à penser à l'après... la chute en cas de défaite sera trop brutale.

— N'importe quoi ! Y croire, y songer seulement, c'est se donner les moyens d'y arriver ! Si tu ne visualises pas ton but, comment penses-tu l'atteindre ?

— Mon but immédiat...

J'attrape sa main et la tire, forçant gentiment Daina à s'allonger contre moi. J'ai besoin de la sentir contre ma peau, j'ai besoin de chaque seconde.

— ... c'est que tu restes en vie, que tous les enchanteurs survivent. Ensuite, on passera au but suivant. Une étape après l'autre.

Je comprends son point de vue, elle se concentre sur le final sans s'encombrer réellement des haltes que nous aurons à effectuer. Seulement, à mes yeux, ce qui compte c'est de se concentrer sur chaque étape. Une bataille après l'autre. J'ai peur qu'en se focalisant sur ce qu'elle désire pour nous, sur ce à quoi elle croit, elle se détourne de sa tâche, de celle qui nous attend dans l'immédiat.

— Mais... vivre avec moi, après tout ça, c'est quand même quelque chose auquel tu crois ?

— Cette vie-là, *amor*, c'est celle qui hante mes nuits et peuple mes songes. Si un jour tout se termine...

Elle me coupe la parole, haussant légèrement la voix, mais toujours avec gentillesse.

— Quand ! Quand tout se terminera.

— Oui, quand tout se terminera... alors je sais que je ne te lâcherai pas. On s'engueulera, on traînera sous les draps, on aura un chien, ou même un chat... Les détails n'importent pas, tout ce qui compte, c'est qu'on sera ensemble, Daina.

Une larme roule sur sa joue, l'émotion qui émane d'elle est si forte qu'elle m'atteint. Je la ressens au plus profond de mon cœur. De la pulpe du pouce, j'essuie cette perle salée qui trace un sillon sur sa jolie peau de poupée.

— Je ne crois pas qu'on m'ait un jour dit quelque chose d'aussi beau, Amador.

— J'espère bien être le premier à te faire ce genre de promesse.

— C'en est une ?

— Évidemment, *amor*.

Son sourire ne pourrait être plus lumineux qu'à cet instant. Je n'aurais jamais imaginé en voir un de cette envergure, surtout ici, dans ces circonstances.

— Je t'aime, Amador.

Ces petits mots qui me paralysaient dans ma vie d'avant, ces petits mots si forts, si rapides à prononcer et impossibles à retirer. Ces mots si forts qui font battre les cœurs plus vite, qui rendent la vie plus belle et donnent un but à l'existence.

Ça a beau faire plus de trois mois maintenant qu'elle et moi vivons cette histoire, nous ne nous les étions jamais échangés. Ce n'est pas faute de les avoir ressentis, ce n'est pas faute de les avoir pensés.

— Je t'aime aussi, Daina.

Ses lèvres s'abattent sur les miennes, son corps se plaque contre le mien, notre passion m'étourdit et m'enivre. Mes mains sur ses reins, je dévore sa bouche, mordille ses lèvres et caresse sa langue de la mienne. Cette femme est une bombe, cette femme est puissante, cette femme est la mienne.

Profitant de ce moment de répit, de notre intimité et de cette chaleur qui irradie, nous retirons nos vêtements et nous laissons aller sous les draps. Son corps est d'une beauté à tomber, ses seins ronds et fermes semblent avoir été façonnés pour mes mains. Ses hanches généreuses et pulpeuses me font tourner la tête et je ne parle même pas du reste... Mon excitation est à son paroxysme, je n'en tiens plus et d'une main, je l'attrape par la taille et la retourne, me positionnant ainsi au-dessus d'elle.

Mes coudes encadrent son visage, son merveilleux visage, ses mains chaudes et habiles enserrent soudainement mon sexe, le caressent quelques secondes avant de le guider vers le sien, déjà moite de son excitation.

Quand je m'enfonce en elle, la terre cesse de tourner, le temps s'arrête et la bulle se crée autour de nous. Si seulement cela pouvait être réel. Si seulement le temps pouvait réellement interrompre sa course et nous laisser demeurer à jamais dans cet instant de bonheur.

Mais la réalité est atroce, elle me percute et me cogne en pleine gueule, comme le poing d'un boxeur lancé à toute vitesse. Sa petite voix, son sexe qui se resserre autour de moi, ses yeux d'or qui se plantent dans les miens, ses lèvres gonflées d'avoir été dévorées... tout ça... c'est peut-être la dernière fois.

CHAPITRE 25

NEREA

La forêt m'entoure, de ses longues griffes acérées et déployées comme un piège au-dessus de ma tête. Je cours, à bout de souffle. Vais-je m'en sortir un jour ? Mes poumons me brûlent, mon cœur cogne contre ma cage thoracique et me fait un mal de chien, j'ai un point de côté. Je ne suis pas sportive pour trois sous, ça craint quand on est en cavale !

La journée avait pourtant si bien commencé, j'étais même de bonne humeur, ce qui est extrêmement rare chez moi !

Le soleil s'était levé sur les collines que nous avons investies et pour la première fois depuis des mois, je l'avais trouvé beau, réconfortant. Habituellement, puisqu'il me tire toujours d'un sommeil haché, je le hais. Mais pas ce matin. C'est étrange, c'est comme si je m'étais libérée pour la première fois de toute cette colère et cette rage, pour laisser place à un sourire fugace.

J'avais rejoint les autres enchanteurs, autour d'une table rudimentaire, à avaler des fruits que je n'approchais même pas dans mon ancienne vie. On va dire que la cavale et tout ce danger qui plane au-dessus de nos têtes aura au moins servi à améliorer mon alimentation. Enfin, pour le corps pas le goût. Je déteste les légumes et les fruits, putain ! Mais quand il n'y a plus le choix, on mange ce qu'on a.

Et en l'occurrence, à part trois enchanteurs qui manipulent la nature à leur guise, on n'a personne ici qui fait apparaître des burgers dégoulinants de fromage et de graisse. Quelle tuile ! J'aurais bien plus apprécié de dévorer un burger à sept heures du mat' qu'une énorme tranche de pastèque. Berk !

Toujours est-il que, pour une fois, je m'étais levée du bon pied. J'étais presque contente d'être là. J'ai bien dit presque, parce que délaisser mon superbe appartement en plein cœur de *Málaga* ne fait pas partie des choses qui me rendent heureuse. Pas plus qu'abandonner tout le reste d'ailleurs. Mes fringues, mon confort, mon super taf de pierceuse, mes potes, les bars... tout ça me manque atrocement. Je ne peux décemment pas me réjouir de quoi que ce soit si je n'ai pas toutes ces choses dans ma vie.

Bref, tout allait à peu près bien et j'avais même dit bonjour à ceux qui étaient levés. Pour une nana comme moi, c'est un exploit. Je ne suis pas associable, mais j'ai beaucoup de mal à me faire à la vie en communauté. J'avais donc fourni un gros effort.

Et puis, tout s'est enchaîné, les tables ont volé,

les tipis en bois qu'ont façonnés certains enchanteurs ont commencé à brûler. Les gens ont crié. Je crois que c'est ça qui m'a fait comprendre qu'il y avait un problème. Les cris. La peur. La précipitation. Tout le monde s'est levé, a couru dans tous les sens en hurlant des phrases incompréhensibles. Personne ne savait où aller, où fuir.

J'ai rejoint mon tipi à la vitesse de l'éclair et j'ai récupéré mon sac à dos, que je ne défais jamais. Karen se moquait de moi parce que je ne sortais jamais mes fringues plus qu'il ne le fallait, mais au moins, moi j'ai toujours toutes mes affaires. Elle ? Il lui reste un sac à dos dans lequel se trouvent uniquement une paire de chaussures et un manteau. Hyper pratique les bottines à talon en pleine forêt.

Nous sommes sept. Sur les cinquante-trois personnes qui composaient notre groupe, nous ne sommes que sept à avoir réussi à prendre la tangente. Enfin, sauf si certains ont décidé de partir vers le sommet de la montagne, ce qui serait étrangement débile et contre-productif. S'épuiser à grimper pour finir par se faire rattraper et buter. Une brillante idée.

Enfin, celle que j'ai eu de descendre par la forêt n'était pas non plus la plus intelligente. Question fuite, on est bon, question sécurité… un peu moins. Les cailloux roulent sous mes baskets, je n'ai pas le temps de les anticiper, pas plus que les branches sur lesquelles je manque de me péter la cheville. Putain, on aurait l'air con si je me fracassais la gueule juste ici, au milieu des arbres et des rochers. Avec la chance que j'ai, je finirai ma course étalée sur l'un d'eux, le crâne ouvert et la cervelle à l'air.

À mes côtés, six incroyables enchanteurs avec des pouvoirs super utiles pour la survie et la bagarre, tout n'est peut-être pas perdu.

Karen, qui n'a plus de vêtements ni d'effets personnels, contrôle la nature et fait partie des gens qui nous nourrissent depuis plus de quatre mois. Alvaro, un mec avec un grand cœur, mais pas trop de jugeote, fait apparaître de l'eau et de la glace. Elio, un jeune garçon de dix-sept ans dont la maturité n'est plus à prouver, balance du deux cent mille volts du bout des doigts. Juan peut arrêter le temps, et ferait bien de le faire très vite vu les bruits qui se rapprochent de nos culs. Raquel quant à elle peut se rendre immatérielle et passer à travers les murs, les objets, tout en fait. Et enfin, Santana est notre arme secrète, notre outil le plus précieux, elle est une soigneuse. En plus de détecter les blessures ou les maladies, elle les traite en claquant des doigts.

Et moi, Nerea, je ne sers... eh bien, disons, à rien. Mon pouvoir est nul, je n'arrive pas à l'utiliser et me frustre bien souvent. Je ne vois même pas pourquoi on a essayé de me buter, après tout je suis loin d'être comme les autres sorciers qui maîtrisent à la perfection leurs dons.

Je suis censée être en mesure de contrôler les esprits, mais j'arrive tout au plus à les faire se marrer. De moquerie, évidemment. Valentina a le pouvoir – avait le pouvoir ? –, de comprendre et analyser le don des autres enchanteurs, elle m'a dit ce que j'étais supposée faire. Ça n'a rien changé. Malgré les heures d'entraînement qu'elle m'a infligées, je n'ai jamais été en mesure d'accéder à mon don. Saloperie de magie capricieuse !

Je me demande si Valentina est morte ou si elle a réussi à s'en sortir. Si c'est la deuxième option, je ne sais pas comment elle a réussi un tel exploit. D'ailleurs, je me demande toujours pourquoi les télékinésiques et les enchanteurs aux pouvoirs offensifs n'ont pas tenté de se battre. Pourquoi se sont-ils agités de la sorte sans chercher à abattre nos ennemis ? C'est ce que j'aurais fait, si j'avais eu un pouvoir à proposer.

Peu à peu, la forêt s'amenuise et les arbres se font de plus en plus rares. Le sol s'aplatit quelque peu, nous arrivons au niveau d'une route et d'une étendue plate. Merde, ça, ça pue !

Raquel est essoufflée, elle jette un œil autour de nous et demande :

— Où on va, bordel ?! Ils sont sur nos pas !

— Aucune idée, il nous faut une voiture, vite !

Elio est sympa, mais trouver une bagnole dans ce patelin relève du miracle, où compte-t-il en trouver une assez grande pour nous sept ?

— OK, mais y'a rien ici ! Il faut descendre vers le village !

— Par la route ? T'es complètement fou, Alvaro, ils vont nous repérer et nous rattraper sans forcer ! On doit se cacher.

Je ne suis pas tout à fait d'accord avec Santana, mais je dois avouer que, là tout de suite, je n'ai rien de mieux à proposer. Et puis demeurer à l'abri des arbres et de la végétation n'est pas totalement con. Si on est à découvert, c'est toujours plus difficile de se cacher. Logique.

En tout cas, peu importe la décision, il faut la prendre vite et bien. Pas question d'y laisser la peau !

Les autres y vont tous de leur petit commentaire, moi, je reprends mon souffle et m'avance sur la route en leur lançant :

— On va trouver une bagnole, vite ! On n'a pas de temps à perdre !

Sans prendre une seconde pour y penser, tous me suivent sans discuter et nous courrons le long de la route, jetant toujours un œil par-dessus notre épaule. Dans les bois, il me semblait que le MOD était plus proche de nous, mais nous ne les voyons toujours pas derrière nous. Tant mieux.

Rapidement, nous arrivons à l'endroit rêvé pour nous : un parking. Putain, mais oui ! Il y a des chemins de randonnée de l'autre côté de la montagne, à l'opposé de là où se trouve notre camp. Trouvait.

Nous dégotons deux SUV et Elio les met en marche à l'aide de sa magie, nous évitant ainsi la longue agonie d'un vol classique. Je suis sûre que cette histoire de fil n'existe que dans les films en plus, qui peut démarrer une bagnole en frottant deux câbles ? Ridicule.

Deux groupes se forment, Alvaro au volant de la première voiture et Santana pour la deuxième. Nous nous mettons d'accord sur une destination un peu floue, le campement d'enchanteurs le plus proche.

Nous ne sommes pas les seuls, évidemment ce

serait trop bizarre sinon. La Ligue des Enchanteurs est établie partout à travers le pays, dans les montagnes, dans les villages abandonnés, sur des péniches en bord de mer... partout où le gouvernement ne fourre pas son nez. Grâce aux sorciers qui possèdent des dons d'électronique et électricité, nous restons en contact à l'aide de téléphone intraçables, de leur composition.

Ainsi, nous savons qu'au Nord, en dessous de *Ciudad Real* se trouve un campement dans les montagnes. Nous allons les rejoindre, peu importe le temps que ça prendra et ce qu'il faudra faire pour y arriver. Nous ne pouvons pas rester en constant mouvement, ça n'est pas possible nous allons nous épuiser. Et puis, merde ! Un peu de répit, non ?!

OK, j'abuse, je le sais, on vient de passer des mois dans le calme et la sérénité. On vivait dans un confort, rudimentaire certes, mais assez tranquille. Nous n'avions pas à nous inquiéter de quoi que ce soit, nous vivions en harmonie avec la nature – tout ce que je déteste –, mais nous n'étions clairement pas en danger.

Est-ce d'ailleurs pour cela qu'ils nous ont retrouvés ? Notre relâchement aurait-il provoqué notre perte ? Il est vrai que nous avons cessé les rondes, celles que nous faisions en relais au début, en auraient-ils profité ? Oui, sûrement. Nous pensions être à l'abri, mais ce n'est pas le cas. Ce n'est jamais le cas depuis que le gouvernement a juré notre perte.

Saloperie de fanatiques religieux !

Pour qui se prennent-ils à disposer de la vie des

gens de cette manière ? Dieu n'est pas supposé être amour, paix et lumière ? Non, ils n'en font qu'à leur tête et suivent leurs propres règles, les arrangeant à leur sauce et faisant clairement ce qui leur convient.

Pathétique gouvernement et milice de suiveurs sans cervelle. Il ne faut pas en avoir beaucoup pour accepter de décimer la moitié de la population pour une différence que nul ne comprend. N'ont-ils pas été les premiers à s'offusquer du génocide de la Seconde Guerre mondiale ? Un gros tas d'hypocrites !

Certes, cette fois-ci, la différence entre les humains et les sorciers est flagrante, nos dons nous confèrent une force supplémentaire, mais pourquoi avoir peur de nous au point de passer à l'offensive sans même chercher à comprendre ? Ce n'est pas comme si les enchanteurs qui s'étaient manifestés avaient agi avec cruauté, ils ne s'en sont jamais pris à personne, ont toujours respecté les autres. Alors d'où leur vient la haine qui les pousse à nous éradiquer ?

Je crois que nous ne le comprendrons jamais, même en retournant le problème dans tous les sens, nous n'aurons jamais la réponse.

Installée dans le SUV, j'expire longuement en laissant tomber ma tête sur l'appui-tête et relâche un peu la pression. Pour quelques secondes seulement, hors de question de reproduire les mêmes erreurs qu'au campement.

Mes yeux figés sur le paysage qui défile, j'ai une pensée spéciale à toutes ces personnes qui ont partagé ma vie pendant quelques mois et qui viennent subitement de disparaître de mon horizon.

Puissent-ils reposer en paix, ou au mieux s'être échappés. J'espère sincèrement qu'ils vont bien, tous autant qu'ils sont.

Je suis solitaire et silencieuse, mais ça ne veut pas dire que je m'en cogne, au contraire.

CHAPITRE 26

DAINA

Nous sommes tous en rond, regroupés dans une partie de la forêt, prêts à décamper. La tension est palpable, mon cœur fait des bonds dans ma poitrine et mon ventre pourrait tout à fait s'échapper par ma bouche d'une seconde à l'autre. Je m'attends à le voir ramper à mes pieds, refuser de partir au front avec le reste de mon corps. N'importe quoi, je suis complètement ravagée.

Une dernière fois, nous faisons le point, tous les détails comptent et pour une raison que j'ignore, le reste du groupe a placé sa confiance en moi. Ils s'attendent tous à un mot d'encouragement, un discours plein d'enthousiasme et de foi. En vérité, je ne sais pas quoi leur dire.

Je m'avance d'un pas vers l'intérieur du cercle et me racle la gorge. Tous les regards sont rivés sur moi, Daina, la jeune femme qui n'a jamais aimé l'attention et qui n'a jamais fait partie d'un groupe, encore moins été à sa tête.

— L'heure est venue de nous battre pour nos libertés. Êtes-vous prêts ?

À l'unisson, la trentaine de personnes devant et autour de moi me répondent oui et ce simple mot utilisé une infinité de fois dans une journée, encore plus dans une année, a un goût différent tout à coup. Cette fois-ci, il prend des allures de cri de guerre, il résonne dans mes entrailles et fait vibrer mon cœur et mes tympans.

— Chacun sait ce qu'il a à faire, je n'ai aucun souci à me faire pour ça, mais je vais quand même vous répéter le plan. Si qui que ce soit a un doute qu'il le dise immédiatement. Hors de question d'emmener quelqu'un qui ne souhaite pas se battre jusqu'au plus profond de ses entrailles, qui n'est pas prêt à mourir pour notre cause.

Je laisse planer un court silence, laissant ainsi l'opportunité aux lâches de déserter, puis je reprends la parole :

— En premier lieu, nous allons nous téléporter jusqu'à la base du *MOD* grâce à Adele.

Tous les regards se tournent vers la trentenaire stressée qui ose à peine lever les pupilles vers ses congénères. La jeune femme n'était pas d'accord pour entrer en guerre, jusqu'à ce que les enfants soient kidnappés. Là, elle a changé d'avis et nous a proposé son aide, contre l'avis de Miguel. Évidemment, nous l'avons surentraînée en très peu de temps afin qu'elle maîtrise mieux son pouvoir, sur de longues distances et avec des passagers. Le moment venu, je décuplerai ma puissance et la lierai à la sienne pour que nous arrivions tous au bon endroit, en un seul morceau. On ne sait jamais.

— Une fois là-bas, nous encerclerons la base militaire et y pénétrerons tous au même moment, coordonnés par Carla, qui nous donnera le signal par télépathie. Grâce à son don, nous serons en constante liaison, si quoi que ce soit vous arrive, je tiens par-dessus tout à ce que vous nous en fassiez part. L'un de nous viendra vous sauver les fesses.

Tous les enchanteurs hochent la tête silencieusement, presque religieusement.

— Nous attaquerons d'abord les soldats qui montent la garde et irons crescendo. Nous ne savons absolument pas ce qui nous attend là-bas, aucune des recherches de Sylvio n'a abouti. On s'attend donc à tomber sur tout et n'importe quoi, des geôles, des laboratoires top secret, des salles d'exécutions...

Les miens frémissent, ils savent déjà tout ça, mais le répéter une nouvelle fois est essentiel à mon sens, ils doivent se préparer au pire. Nous ne savons pas où nous allons mettre les pieds et risquons de tomber sur les pires horreurs de l'humanité. Sylvio a tout tenté, pirater les serveurs, se connecter à leur réseau, faire disjoncter leur centrale électrique — oui, les mecs ont carrément leur propre centrale, ce qui veut dire qu'ils sont super bien équipés —, mais rien n'a fonctionné. Nous ne savons pas ce que renferment ces murs austères et sans vie, nous ignorons ce que trament ces soldats sans cœur et sans âme. Ils obéissent aux ordres de ce *Santo Lazaro*, oui, mais lesquels ?

— On détruit tout et tout le monde, on les met hors d'état de nuire et on sauve tous ceux qui peuvent l'être. On ne reste pas plus que nécessaire, on les ampute de cette base, mais mettons-nous en tête qu'elle n'est certainement pas la seule dont ils disposent.

Le groupe acquiesce, ils connaissent déjà le plan, ils savent précisément ce que nous allons faire, nous en avons discuté à de nombreuses reprises.

— Tout le monde est prêt ? Il y a des questions ?

Timidement, la jeune Elena lève la main et s'avance dans le cercle d'un pas lent.

— Je n'ai pas de question, mais je voulais proposer quelque chose...

Elle est intimidée, elle danse d'un pied à l'autre en torturant ses pauvres doigts qui n'ont rien demandé. Je m'avance vers elle et attrape sa main, à l'aide de ma magie, je dissipe cet état de stress dans lequel elle se plonge. Apaisée, elle me remercie d'une petite voix, puis elle annonce avec plus d'assurance :

— Mon pouvoir est de créer des choses, je peux faire apparaître tout et n'importe quoi. J'ai pensé que nous pourrions peut-être avoir des tenues ?

— Des tenues ? Style super héros ?

Rafael semble euphorique, son sourire illumine son visage et il frotte ses mains entre elles avec vigueur.

— Oui, enfin surtout des tenues qui résistent à l'assaut de nos pouvoirs, qui soient confortables pour nous battre et qui tiennent chaud. Qu'en pensez-vous ?

— C'est une idée géniale !

— Ouais, carrément !

— J'ai toujours rêvé d'avoir un costume de personnage de ciné !

Nous sommes unanimes, chacun veut de cette tenue qu'elle nous propose et moi la première. J'avoue que ça fait cliché, une tenue de super héros, un uniforme en quelque sorte, mais merde, c'est tellement cool !

Évidemment, on évitera de choisir des couleurs criardes, nous ne sommes pas là pour nous faire remarquer. Je souris à la jeune femme, qui semble bien soulagée tout à coup.

— Qu'as-tu à nous proposer comme modèle, Elena ?

— Quelque chose de simple ? Sombre ? On doit se faire discret alors... autant faire dans la sobriété.

— Tu as raison. Nous partons dans trente minutes, ça te semble réalisable en si peu de temps ?

— Bien sûr !

Exaltée, Elena prend quelques secondes pour réfléchir, puis elle se met à l'œuvre, commençant par Rafael, dont l'euphorie gagne en ampleur.

De ses mains fines et habiles, elle crée le tissu, façonne les jambes, le torse et les manches. Les volutes illuminent la végétation environnante, tous les regards sont tournés vers la création de la jeune femme. Nous retenons nos souffles, nous approchons sans même nous en apercevoir, hypnotisés par la magie d'Elena.

Et en un claquement de doigts, elle arbore

fièrement une combinaison noire aux liserés argent et bleu. Une merveille.

— C'est quoi comme tissu ?

— Celui qui est apparent c'est de la moleskine, un tissu solide et qui tient chaud, il est doublé par l'intérieur avec du kevlar. Normalement, ça devrait être pas mal.

Rafael est subjugué. Il attrape la tenue et la serre dans ses mains avec admiration.

— Wouaw, t'es impressionnante ! Et si je m'enflamme, ça ne va pas brûler ?

— Normalement, non, mais peut-être que quelqu'un a un pouvoir de protection à rajouter sur la combinaison ?

Emilio lève la main et s'avance :

— Moi ! Je peux créer des boucliers protecteurs, je n'ai jamais essayé sur des objets ou des vêtements, mais pourquoi pas ?

Parfait, nous avons les enchanteurs qu'il faut pour cette mission, je ne regrette absolument pas d'avoir désobéi à Miguel ! Assez clairement, je m'exclame :

— Bien, passez par Elena pour votre tenue, puis par Emilio pour la protection ! Ensuite, vous les enfilez et on décolle !

Tout le monde acquiesce et nous formons naturellement une sorte de file d'attente, dans le calme et la concentration. Car oui, enfiler cette tenue signifiera que nous serons prêts à partir et alors, les choses sérieuses commenceront.

Amador passe son bras autour de ma taille et m'enlace tendrement, sa tête posée sur mon épaule.

— T'es prête ?

— Plus que jamais et toi ?

— Déterminé. Ces tenues font faire leur petit effet, on devrait peut-être penser à un logo, non ?

— Un logo ?

Je me tourne pour lui faire face et l'enlace, mes yeux plantés dans les siens.

— Oui, quelque chose qui nous représente, un symbole de liberté et de courage. Si la haine et la souffrance ont un signe distinctif, pourquoi pas l'espoir et la magie ?

— Tu as tellement raison, nous en avons besoin.

— J'ai toujours raison, *amor*.

Je souris, dépose mes lèvres sur les siennes en guise de réponse et me colle un peu plus contre son corps. Son idée est géniale, nous avons besoin de ce symbole, nous avons besoin de quelque chose qui nous représente et qui fasse savoir que nous ne renonçons pas à nous battre. Nous n'avons pas lâché les armes.

Quand arrive mon tour, j'ai l'idée parfaite pour ce symbole et je me penche vers Elena pour lui murmurer à l'oreille. La surprise n'en sera que plus grande pour le reste de la bande.

— Oh oui ! J'adore l'idée !

Elle s'active à créer ma tenue et y rajoute ce symbole que je lui ai décrit comme j'ai pu. Une provocation qui fera, j'en suis persuadée, son petit effet auprès de tous ces fanatiques de l'Église.

Quand mon uniforme est prêt, le sourire ne quitte plus mes lèvres, il est parfait ! Le symbole cousu sur la poitrine est magnifique, simple, mais parfait pour faire passer le message.

Je le montre aux autres en expliquant l'idée d'Amador, ils sont enthousiastes et demandent à Elena de vite rajouter ce logo sur leurs tenues, impatients de l'arborer.

J'avoue avoir pris un risque en le choisissant, il n'y a pas que les fanatiques qui croient en Dieu, nous aussi étions croyants avant toute cette histoire et certains le sont encore. Mais personne ne trouve rien à redire sur le choix du motif et je suis plutôt contente qu'ils l'approuvent. Ils ont compris que ça allait faire du bruit.

En une vingtaine de minutes, nous sommes tous prêts, affublés de ces tenues incroyables, l'alliance parfaite entre style et confort. Bon, avec nos baskets, rangers, bottines et autres souliers dépareillés, c'est clair que nous sommes loin des super-héros aux tenues de folie, mais on s'en rapproche !

Amador à ma droite admire le symbole sur sa poitrine et sourit de toutes ses dents, ce qui est extrêmement rare.

— Il te plaît ?

— Oh oui ! Une provocation de ce genre… ça va les faire jaser !

— On devrait le faire circuler aux autres enchanteurs, en dessiner partout où nous passerons, reprendre la place qui nous est due.

— Je suis d'accord, il faut qu'ils le voient et pas seulement avant de crever.

Avec douceur, ce qui contraste avec ses mots, Amador m'embrasse la joue et pose ses doigts sur les fils argentés qui composent le logo. Ce symbole devient dès aujourd'hui celui de notre communauté, celui de la liberté, celui de la *Ligue des Enchanteurs*.

Les lettres *LDE* sont placardées au-dessus de la croix du Léviathan. Cette croix est aussi appelée la croix de Satan, ça les fera réagir eux qui fuient le diable et tout ce qui s'en approche.

En réalité, et pour l'avoir étudié, il s'agit d'un symbole qui incarne l'idéologie *Sataniste*. Si à l'époque leurs idées me paraissaient farfelues, elles résonnent aujourd'hui comme une potentielle vérité.

D'après leurs croyances, les Hommes seraient leur propre centre d'équilibre et de vérité, ce qui ne me semble pas forcément faux. Le signe infini situé en bas du motif représenterait l'univers éternel tandis que la double croix évoquerait l'équilibre et la protection entre les personnes. Pas question de s'en remettre à un autre pour eux. Ça me parle beaucoup.

Et je sais qu'ils réagiront, qu'ils reconnaîtront ce symbole que l'on nous présente comme un infâme blasphème. Satan n'a pas très bonne réputation chez les chrétiens et souvent dépeint comme un être vil et inhumain. Précisément ce qu'ils pensent de nous les enchanteurs.

Et maintenant, nous allons leur montrer à quel point ils peuvent s'approcher de la vérité. Ils ont voulu nous tuer, nous éradiquer, nous faire souffrir, ils vont subir le courroux de notre vengeance.

Nous entrons dans leur jeu, j'en ai bien conscience, nous leur donnons raison d'une certaine façon, mais ils ne nous ont pas laissé le choix. C'est eux ou nous.

Hors de question de rester les bras croisés. Nous nous battrons quitte à y laisser nos vies.

CHAPITRE 27

AMADOR

Le départ est proche, nous sommes tous en position et Adele se trouve au centre de l'immense ronde que nous formons. Nous sommes trente-deux. J'espère que ça suffira. Combien sont nos opposants ? Nous l'ignorons, nous ignorons tout sauf l'emplacement de la bataille. Nous nous apprêtons à plonger dans la gueule du loup dont les crocs acérés se comptent peut-être par milliers.

— Vous êtes prêts ?

À l'unisson, nous acquiesçons. Adele ferme les yeux et tend les bras au-dessus de sa tête, libérant des volutes bleu ciel partout autour de nous. Leur chaleur nous étreint, elle est réconfortante et agréable. Sous nos yeux, le paysage change. Comme si nous étions pris dans un tourbillon de couleurs, mélangés sans douceur dans le mixeur des cieux. Ça ne dure pas longtemps, quelques secondes seulement, mais la sensation est puissante et je suis prise de nausées. Je ne vais quand même pas gerber ?!

La forêt qui nous entoure n'est pas la même, elle est plus sombre, plus froide. Ce n'est pas la nôtre.

— Tout le monde va bien ?

Les enchanteurs acquiescent et tout s'enchaîne si vite que j'ai du mal à me rendre compte de ce qu'il se passe réellement.

Des alarmes se déclenchent et hurlent dans tous les sens, d'énormes projecteurs de lumière sont dirigés vers nous et nous surprennent. Nous sommes à l'affût, pourtant, c'est à peine si nous percevons la troupe de soldats qui se rapproche de nous.

Daina est angoissée, énervée, je l'entends dans sa voix éraillée.

— Merde ! Qu'est-ce que c'est ça ?!

Apparemment, la façon dont nous sommes partis la dernière fois leur a fait craindre des représailles, ils étaient préparés à notre retour ici, ce qui semble logique quand on y pense. Ce qui ne l'est pas, c'est qu'ils soient déjà là, autour de nous.

La panique nous gagne, mais nous ne cédons pas à sa sournoiserie et gardons notre calme, notre sang-froid. Enfin, nous essayons.

Daina, en véritable reine, donne le signal que nous attendions inconsciemment et nous nous jetons tous dans la bataille. À l'aveuglette. Leur lumière nous éblouit, nous ne voyons pas plus loin que notre cercle réduit d'enchanteurs. Au-delà des arbres, c'est la pénombre absolue qui nous entoure.

En avançant vers eux, nous nous rendons compte de l'ampleur de la situation. Ils nous encerclent réellement, armes dans les mains et cagoules sur la tête.

J'en désarme une bonne dizaine dans le groupe qui me fait face, j'explose leurs fusils d'assaut avant qu'ils ne puissent tirer, mais j'entends dans mon dos quelques balles qui fusent. Pourvu qu'elles ne touchent aucun des miens.

De coups de boule en coups de poing, je frappe, je cogne, j'assomme et je recommence. Mais combien sont-ils ?! Ils ne cessent d'arriver, augmentant leurs rangs comme si leur nombre était inépuisable. Combien attendent encore avant de remplacer ceux tombés ?

Ce qui me tracasse, tandis que je les anéantis de frappes violentes, c'est qu'ils ont l'air organisés. Savaient-ils que nous allions venir et maintenant ?! Comment auraient-ils pu le prévoir ? C'est complètement tiré par les cheveux, j'en ai conscience, mais rien n'explique qu'ils soient arrivés ici aussi vite et qu'ils soient aussi bien préparés. Au mieux, ils auraient répliqué à notre attaque, mais passer à l'offensive avant nous ? Au cœur des bois, à deux bons kilomètres de leur base ? Il y a une couille quelque part là...

Les cris résonnent, la forêt qui était calme et silencieuse avant notre arrivée souffre du boucan de notre affrontement. Les branches craquent, les troncs se brisent, les feuilles sont arrachées... nous détruisons tout sur notre passage, n'étant désormais capable que de peu de pitié.

Le bruit des hélicoptères qui tournoient au-dessus de nos têtes pénètre enfin mon ouïe, ce sont donc eux qui déploient ces lumières aveuglantes et pénétrantes qui nous empêchent de voir correctement notre environnement. Comment j'ai pu les occulter ?

— Daina, Lydia, vous pouvez faire quelque chose pour les hélicos ?

— On s'en charge !

Les deux femmes s'envolent, se précipitent vers les appareils et les mettent hors service en une fraction de seconde. J'ai à peine le temps de voir ce spectacle ahurissant qu'une décharge électrique me foudroie. Je hurle de douleur, mon corps est pris de soubresauts et mes muscles se tétanisent sans que je puisse lutter. Mon cœur s'est-il arrêté ? Je ne le sens plus.

Je tombe par terre, sous les yeux rieurs d'un agent du *MOD*, ce sale fils de pute va me le payer !

Avec rage, je déchire mes poumons ainsi que mes cordes vocales à hurler comme un damné et me relève en utilisant toute la puissance qui m'anime. Celle qui n'est guidée que par le besoin désespéré de vengeance, la soif de sang. Celle qui est née le jour où ils m'ont enlevé Silene.

Mes muscles ne ressentent plus l'électricité qui parcourt mon corps, son taser ne sert à rien. Je suis plus fort que leurs engins, je suis plus fort qu'eux, je suis plus fort que ce qu'ils imaginent.

Je retire les sondes qui se sont plantées dans ma poitrine d'un geste vif et tire sur les câbles qui les relient à l'arme. Elle lui échappe des mains et malgré sa cagoule, je jurerais voir apparaître la peur sur son visage. Ses yeux sont visibles, ils me suffisent à m'en rendre compte.

J'avance comme un prédateur face à sa proie, avec lenteur, le regard fixé sur lui et les lèvres étirées. Je vais m'en donner à cœur joie avec cette ordure. J'irradie de colère et de magie, je vais lui montrer qui je suis.

D'un mouvement vif et violent, j'enserre sa gorge et le soulève au-dessus du sol.

— Sale pourriture !

Il se démène, tente de m'échapper, mais nul ne le peut désormais. Je suis entré dans cette phase dont on ne ressort jamais.

Je sens le sang qui circule à vive allure dans son corps de lâche sous mes doigts, sa gorge qui s'emplit de ce liquide vital dont je vais le délester. Je presse, je resserre ma main autour de sa trachée, je sens ses os craquer, son souffle se raréfier.

Il meurt vite, sans effusion et je le jette par terre comme s'il n'avait été qu'une vulgaire poupée de chiffon.

À qui le tour maintenant ?

Les enchanteurs se déchaînent autour de moi, les cris fusent, les éclairs de magie aussi. Toute la forêt est désormais illuminée de nos pouvoirs, c'est à la fois glaçant et beau à voir.

Je m'avance vers un autre groupe d'agents quand un sifflement strident vrille mes tympans. Ça me déchire, je tombe à terre, les mains plaquées contre mes oreilles. Qu'est-ce que c'est encore cette saloperie !

Ma magie s'éteint peu à peu, elle me quitte, elle m'immobilise en désertant mon corps. Je suis à bout de souffle, mon cœur ralentit, qu'est-ce qu'il m'arrive ? Lydia, qui était apparemment encore en lévitation, manque de tomber à quelques centimètres de moi, mais elle est miraculeusement rattrapée par une volute argentée. Daina.

Avec une extrême difficulté, je pivote et la cherche des yeux, elle est dans les airs, pas du tout atteinte par ce bruit qui nous plaque tous au sol. Elle jette des éclairs, transperce des poitrines et fait tomber les soldats les uns après les autres. Elle hurle à s'en fracasser la poitrine.

Quelle puissance !

La mienne me quitte, petit à petit, goutte après goutte. J'ai mal, c'est atroce, j'ai l'impression qu'on m'ampute d'un membre, comme si on me déchirait de l'intérieur. Ce qui me constitue m'échappe et je me sens de plus en plus faible. Je n'arrive même plus à remuer le petit doigt.

Ils ont certainement bossé sur leur arme, celle destinée à nous mettre hors d'état de nuire. On peut dire qu'elle est efficace, celle-ci.

Nous sommes trente et un à être allongés sur le sol, nous tordant de douleur et hurlant de terreur. Que comptent-ils nous faire maintenant ?

Daina crie encore, mais de rage, leur outil ne l'atteint pas et elle profite de sa pleine puissance pour les mettre au sol les uns après les autres. Mais elle demeure seule, elle n'a que deux yeux et ne peut clairement pas couvrir toute la partie de la forêt dans laquelle nous nous trouvons. Certains des nôtres sont emmenés, traînés par terre, tirés par les bras. Je crie, tente d'alerter Daina par la pensée, mais les pouvoirs de Carla l'ont quittée. Elle n'entend rien, elle se contente de décimer les appâts qui lui sont envoyés.

Rafael, Elena, Esteban, Pablo, Ana et Paloma sont tirés sur le sol recouvert de branches, traînés dans la terre comme de vulgaires sacs de patates.

Je me tourne et me retourne, tente par tous les moyens de me relever et d'ignorer ce bruit atroce qui me paralyse. En vain.

Je hurle le prénom de Daina, je tente d'attirer son attention, mais les soldats qui la mitraillent côté est l'accaparent tout entière. Elle ne me voit pas, elle ne m'entend pas.

Et quand deux bras passent sous mes aisselles, elle ne m'aperçoit pas. Quand on me tire en arrière, que je demeure de pierre, elle ne m'entend pas. Quand on me balance dans une cage, elle ne me sent pas. Daina, par pitié... regarde-moi...

À travers les barreaux, je distingue encore ses volutes magiques, je ne peux pas bouger, je suis paralysé, inanimé. Mon cerveau est le seul à encore fonctionner, mais je peine à trouver une idée. Je dois me sortir de là, je dois attirer l'attention de Daina, qu'elle nous aide, qu'elle ne nous laisse pas crever, qu'elle ne se fasse pas tuer...

Non, en fait la seule chose qui compte c'est qu'elle ne se fasse pas tuer. Rien ne doit lui arriver, pourvu qu'elle décide de s'échapper. Tant pis pour nous, il n'y a plus rien à faire, elle est seule contre tous ces soldats surentraînés, que lui feront-ils s'ils l'attrapent ? Je n'ose même pas l'imaginer, je m'y refuse.

Mon corps est engourdi, je tente encore et encore d'attirer son attention en criant, en tapant mes pieds contre les barreaux de la cage dans laquelle je suis enfermé, en vain. Son aura magique est si grande, si vive, qu'elle illumine toute la forêt, c'est la seule chose qui me permet d'affirmer qu'elle est encore là.

Mi amor, por favor...

Soudain, une décharge électrique me secoue, je lutte ardemment contre les mouvements désordonnés de mon corps. Je rejette la douleur de mon cœur qui se serre, mais elle est plus forte que je ne le suis et elle finit par m'emporter dans l'inconscience, je sombre dans la pénombre. Les ténèbres m'encerclent.

Je suis dans la merde. Nous le sommes tous.

CHAPITRE 28

NEREA

La route est longue, interminable, j'ai l'impression que nous sommes en mouvement depuis une éternité et je n'en peux plus. Je ne suis pas du genre à me plaindre, surtout dans ce genre de situation où il y a toujours pire, mais là, je suis au bout du rouleau. Les paysages se suivent et ne se ressemblent presque pas, la voiture nous a lâchés et nous sommes forcés de continuer à pied depuis des jours. Allons-nous enfin arriver ?

Je sais que ce n'est qu'une impression, un mélange de fatigue et de ras-le-bol, de faim et d'inconfort, mais je n'arrive plus à lutter. Je grelotte en permanence, je suis éreintée. La cavale n'a rien de drôle, surtout quand c'est la mort que l'on fuit.

Nos regards ne cessent de se porter par-dessus nos épaules, la peur tiraille nos ventres tout autant que la faim et le froid de ces nuits interminables termine de nous achever. Nous ne dormons presque pas, trop sur les dents pour ne serait-ce que réussir à trouver le sommeil. Pourtant la fatigue nous étreint, elle nous étouffe et nous emprisonne dans un comportement que nous ne contrôlons presque plus. Nous sommes à cran, tendus, irritables. Je me demande si nous nous en sortirons réellement un jour, à arpenter les montagnes et les dénivelés dangereux. Nous allons finir par crever ici et personne n'en saura jamais rien.

Notre destination ne m'a jamais semblé aussi loin, pourtant, nous continuons de réduire la distance un pas après l'autre.

Elio a tenté de les contacter avec son téléphone, mais personne n'a répondu. Le campement que l'on doit rejoindre se serait-il éteint ? Auraient-ils subi une attaque ? Ça ne serait pas étonnant, mais dans ce cas, où allons-nous nous rendre maintenant ?

Pour en avoir le cœur net, nous avons décidé, puisque nous y sommes presque à en croire les hommes, de nous rendre sur place. De vérifier par nous-mêmes. Et c'est ce que nous faisons, nous marchons, priant pour que cette destination soit la bonne, pour que nous trouvions en ces lieux des gens qui font partie de notre communauté.

— Oh, putain ! Regardez !

Santana pointe le ciel du doigt, à quelques centaines de mètres de nous, une flagrante lueur bleutée scintille. Des enchanteurs ! Que font-ils pour se rendre aussi visibles ? N'ont-ils pas peur de se faire repérer ?

— On y est ! Ils sont forcément là !

L'espoir renaît soudain, nous ne traînons plus

des pieds, nous les soulevons et battons sol avec rapidité. Notre impatience nous saisit à la gorge et nous n'avons pas besoin de nous le dire pour le deviner.

Mes poumons me font mal, mes pieds aussi et je crache la brûlure d'une vie passée à ne faire que fumer et picoler par ma bouche asséchée. La lumière s'est éteinte, la magie a disparu, mais aucun de nous sept ne peut oublier son emplacement. Nous savons précisément où aller.

Les branches sur le sol craquent, je manque de me tordre la cheville à de nombreuses reprises, mais je tiens bon. La neige recouvre la terre, cette montagne est bien plus haute que celle où nous étions et la météo est extrêmement fraîche pour la saison. Oui, mais d'ailleurs, nous sommes quand ? J'ai perdu le compte, ça ne m'intéresse plus de savoir quel mois, quel jour et même quelle année. Pour quoi faire ? Compter le nombre de jours ou d'heures qui me séparent de ce funeste jour ? De celui où tout a basculé ? Inutile, je ne veux pas m'encombrer de plus de tristesse que je ne porte déjà de mes frêles bras.

Essoufflés, nous nous arrêtons au milieu d'une clairière où l'aura de la magie est encore bien imprégnée. Wouaw, qu'est-ce qu'ils ont fait pour qu'il y ait autant de puissance ? Enfin, ma première question devrait être bien différente, d'ailleurs, Alvaro me l'enlève de la bouche.

— Où sont-ils passés ?

— J'en sais rien, mais leur magie est bien présente. Je la sens.

— Moi aussi !

Nous la sentons tous, nous sommes tous capables d'affirmer être au bon endroit, mais pourquoi n'y a-t-il personne alors ? Ont-ils... disparu ? Pour aller où ?

Merde, si quelqu'un a le pouvoir de se téléporter ici, je suis jalouse ! Ça nous aurait évité des jours de trajet, des plaies à panser et de nombreuses nuits d'insomnie.

— Halte-là ! Qui êtes-vous ?! Que voulez-vous ?!

Une grosse voix résonne, elle semble provenir tout droit des buissons et je ne peux m'empêcher de pouffer de rire. Halte-là ? Sérieusement ?

— Qu'est-ce qui vous fait marrer, vous, la nana avec les piercings sur la tronche ?!

Je contiens difficilement mon hilarité, tandis que mes alliés lèvent les mains en l'air, la panique déformant leurs traits. Ça va, on ne nous en a pas demandé tant. A-t-il seulement un flingue pour nous braquer ? Je n'en suis pas certaine. Et puis, s'il avait désiré nous tuer, nous serions déjà à terre. Il nous voit, nous non.

— C'est vous, de quelle époque vous venez ? « Halte-là » ? Qui dit ça de nos jours ?

Un silence me répond, mais je crois distinguer un bruit de frottement, la personne semble se déplacer. Merde, je l'ai peut-être froissé ! Mes amis — à vrai dire, je ne suis même pas sûre de pouvoir les nommer ainsi, mais dans le monde quand lequel on vit, j'imagine que ça n'a aucune espèce d'importance —, se tiennent prêts à attaquer. Leurs paumes levées dans toutes les directions visent les bois, moi je reste immobile, je n'ai de toute façon rien à apporter à mon équipe.

Et puis, un petit homme sort de derrière les buissons et s'avance, un petit sourire aux lèvres. Ses cheveux sont rasés de près, il a une barbe bien plus longue et ses yeux perçants se plantent dans les miens. Mais ce n'est pas ce qui me frappe en premier, non, ce que je remarque, c'est qu'il porte une tenue qui dissimule chaque bout de peau. Seule sa tête demeure découverte, et encore je pense qu'il vient de rejeter l'énorme capuche de sa veste en arrière.

— T'as raison, je sais pas pourquoi j'ai sorti ça. On peut reprendre depuis le début, peut-être ?

Derrière lui, quatre personnes s'avancent, trois hommes d'un certain âge et une jeune femme. Très jeune femme même à en croire ses traits enfantins. Tous nous scrutent, le visage dénué d'expressions. Avant que je puisse ouvrir la bouche pour nous présenter, Alvaro prend les devants et explique :

— Nous sommes des enchanteurs, nous venons d'un camp situé au sud et nous avons subi une attaque. Nous sommes les seuls rescapés à notre connaissance et cherchons le camp de cette région.

Mais il est con ou quoi ?! Et si ces types, et cette femme n'étaient pas des nôtres ? Il vient de nous griller et nous allons finir embrochés si c'est le cas ! Putain !

— Qui dirigeait votre camp ?

— Valentina.

Le chauve secoue la tête et pince les lèvres, il a

l'air affligé. Qu'est-ce qu'il a, il la connaissait ? C'est ce que ça me laisse imaginer, une telle réaction pour un inconnu ? Je n'en ai jamais vu.

— Elle a été tuée ?

— Nous ne le savons pas, s'avance Karen, nous n'avons pas pris le temps de nous en assurer. Les agents du *MOD* ont débarqué par surprise et c'est tout juste si nous avons eu le temps de nous enfuir.

— Combien étiez-vous ?

— Un peu plus de cinquante.

Le type échange un regard affligé avec les trois personnes qui l'entourent, puis il passe une main – gantée la main –, sur son crâne. Le silence s'étire, comme si les personnes en face de nous réfléchissaient à la meilleure manière de nous accueillir.

Je ne tiens plus, j'ai mal aux jambes et je suis crevée, j'ai besoin de me poser. Je me racle la gorge pour attirer leur attention, ce qui marche.

— Vous comptez nous laisser poireauter ici longtemps ? Vous vous rendez compte de toute la route qu'on a eu à faire ? Ça fait bien trois jours ou plus qu'on marche, j'en ai perdu le fil. Je suis claquée, mes potes aussi, alors : peut-on s'installer quelque part ou allez-vous nous demander de rebrousser chemin ?

Celui qui me semble être le chef du groupe s'avance vers moi, sur son visage je lis une compassion certaine, un intérêt pour notre sécurité, mais dans ses yeux... c'est le néant. Étrange... ce mec ne me dit rien qui vaille, bien que ses lèvres s'étirent en un sourire simulé.

— Évidemment, pardonnez notre réaction.

Nous sommes un peu sur les dents ces temps-ci.

— C'est rien.

Je suis froide, antipathique et je suis certaine que je leur donne envie de m'en coller une. Mais je suis ainsi, quand je suis méfiante, je suis sur la défensive. Et pour le coup, je ne le sens pas du tout ce mec. Quelques secondes – ou minutes – j'en sais trop rien, nous nous fixons, à quelques centimètres l'un de l'autre.

Il fait trop faux pour être vrai et les émotions qu'il tente de nous provoquer ne sont qu'un simulacre de bienveillance. Ses yeux sont éteints. Dans le plus grand des silences, nous nous observons, nous jaugeons.

Par chance, Karen et Alvaro sont bien plus à l'aise pour les relations sociales et d'un même pas, ils s'avancent vers le type et mettent fin à ce mutisme gênant.

— Je me présente, je suis Alvaro, voici Karen, Elio, Juan, Raquel, Santana et Nerea, indique-t-il en nous désignant tour à tour.

Les yeux du chauve passent des uns aux autres et quand il ouvre la bouche, je n'ai plus aucun doute. Ce mec cache quelque chose, il joue très bien la comédie, mais pas assez pour moi.

— Enchanté et bienvenue. Moi je m'appelle Miguel, je fais partie du conseil de ce campement. Voici mes amis, Luis, Carlos, Andres et la jeune Marta.

Les concernés hochent la tête avec un sourire, un vrai, qui nous est destiné. Je leur réponds du mieux possible, mais la peur que m'inspire Miguel ne me plaît pas. J'ai du mal à jouer la comédie et cela depuis toujours.

— Bien, venez, vous devez être affamés ! Je vais vous présenter au reste du camp et vous attribuer des grottes.

Nous les suivons lentement, traversant les bois qui nous séparent de leur lieu de vie. Je suis à la fois soulagée et inquiète, nous avons trouvé les nôtres et c'est une bonne chose, mais pourquoi ce Miguel semble-t-il si étrange ? Qu'a-t-il de particulier ?

— Des grottes ?

Karen frémit, elle avait déjà du mal à dormir dans un tipi alors une grotte, j'imagine d'ici ce que ça va donner pour elle. Madame aime son petit confort et rien dans notre nouvelle vie ne la prédestine à le retrouver.

— Oui, nous avons la chance de compter dans nos rangs une jeune fille incroyable qui a fabriqué des chalets de glace. Nous les appelons grottes, car ils sont placés près des roches de la montagne, mais vous pourrez les nommer comme il vous plaira.

— Oh, je manipule aussi la glace ! Je n'ai jamais pensé à faire ça ! Mais... vous n'avez pas froid ?

— Non, sourit Miguel, d'autres enchanteurs se sont chargés de la lumière et la chaleur, la magie permet à toute l'installation de subsister sans se faner.

— Wouaw, impressionnant.

La jeune Marta, qui marche devant moi et m'offre une vue imprenable sur son joli postérieur, se tourne vers Raquel, qui est subjuguée par leur organisation.

— Et encore, t'as pas vu la salle des repas, elle

est incroyable !

Mes potes — oui, j'ai définitivement abandonné l'idée de les appeler amis, ce mot ne signifie plus rien pour moi – s'extasient, mais je ne parviens pas à en faire autant.

Même lorsque l'on nous présente cette fameuse salle, digne des plus grands films d'animation, je ne suis pas sous le charme. Certes, c'est très beau et les sculptures dans la glace sont merveilleusement bien réalisées, mais ça s'arrête là. Je ne suis pas capable de me réjouir à cause de ce mystérieux chauve ganté. Déjà, pourquoi se dissimule-t-il à ce point, hein ? Si la chaleur est présente comme il l'a dit, et comme je la sens, alors pourquoi rester ainsi recouvert ? Qui mange avec des gants de cuir ? Qu'a-t-il à cacher ?

Face au bol de soupe que l'on m'a servi, je n'arrive même pas à manger, je suis obnubilée par ce mec étrange qui siège en bout de table. Mon instinct me crie qu'il y a un souci avec lui, pourtant tout le monde semble l'idolâtrer. Il prend des allures de *Charles Manson* dans ma tête, le célèbre gourou de secte. A-t-il placé tout le monde sous son joug ?

— Arrête donc de faire la gueule et mange ce qu'on nous a servi, Nerea.

Alvaro me tire de mes pensées, je secoue la tête et plonge mon regard aux reflets violets dans le sien.

— Hein ? Tu as dit quelque chose ?

— Joue pas les innocentes, j'ai bien vu comment tu les observes. S'il te plaît, ne fous pas tout en l'air. C'est une chance de les avoir trouvés, il faut qu'on s'intègre sans faire de vague.

Je me tâte à lui faire part de ce que je ressens, mais je crois que c'est ni le lieu ni le moment.

— Oui, pardon. Tu sais comment je suis, sur mes gardes tout le temps.

— Justement, cesse de sortir les armes et apprends à accepter l'instant.

— Bien, chef !

Je simule un salut militaire rapide en pouffant de rire comme une gamine et Alvaro secoue la tête, un léger rictus sur les lèvres.

— Je suis sérieux, Nerea, nous avons besoin de cet endroit.

— Je sais, je ferai pas de vagues. C'est promis.

Une promesse que je ne suis pas sûre de tenir, mais que je lui fais quand même. Après tout, je suis née pour foutre le bordel, je suis faite pour remuer la merde.

Bon, OK, j'attendrai quelques jours avant de leur montrer ce pan de ma personnalité. Après tout, ils ne sont pas si mauvais, ils nous ont servi une soupe de légumes avec de gros morceaux de viande, ce n'est pas si mal ici.

Ça ne veut pas dire que je ne vais pas garder un œil sur ce mec, mais je peux le faire tout en profitant de ces délicieux repas, non ?

Vu les sentiments que je ressens à mesure que nous progressons dans ce long corridor, je crois que nous sommes pile au bon endroit. Les geôles du *MOD*.

CHAPITRE 29

DAINA

Je ne les vois plus, ils ont disparu ! Où sont-ils passés ? Où est Amador ?! La fumée de leurs satanées grenades me cache tout, ma fureur me dissimule tout. Que s'est-il passé ? Je ne comprends rien, ils se sont tous effondrés les uns après les autres, pris de soubresauts et de faiblesse. Lydia a bien failli s'écraser sur le sol, par chance j'ai pu la rattraper *in extremis*. Est-ce une nouvelle arme qu'ils ont développée ? Mais alors, pourquoi n'ai-je pas été atteinte ? Je n'y comprends absolument rien !

Sans parler du traquenard dans lequel il semble que nous soyons tombés. Le *MOD* nous attendait, j'en suis persuadée. Les émotions principales qui me sont parvenues étaient de l'assurance, de la détermination, aucune surprise. Ils savaient. La question que je me pose c'est : comment ont-ils su ? Ont-ils des radars ? Peut-être ont-ils disséminé des caméras et des micros lors de leur passage dans notre montagne ? Mais Sylvio les aurait sûrement repérés si c'était le cas, non ?

Merde ! Tout ça me rend dingue ! Pas autant que le silence de mort qui flotte autour de moi dans la forêt, c'est évident. En dehors des cadavres des soldats, je ne repère aucun des miens. Les ont-ils tous embarqués ?

Il n'y a plus âme qui vive par ici, si toutefois ils en avaient une vu les atrocités qu'ils nous font subir. Et d'ailleurs, pourquoi ne viennent-ils pas m'attaquer ? Je suis seule, au milieu de la forêt et des corps inanimés, arpentant le champ de bataille à la recherche des miens. Mais nul ne m'approche, ils m'ont laissée seule ici avec des soldats que j'ai exterminés en un claquement de doigts ou presque. Pourquoi ?

Leurs choix sont étranges, je ne les comprends pas. Ont-ils réellement balancé les leurs en guise d'appât pour s'occuper des enchanteurs ? Où les ont-ils conduits ? Merde, ma tête me fait un mal de chien à tenter de démêler tous ces nœuds d'interrogations. C'est atroce.

Ma magie est la seule source de lumière, j'ai créé trois nébuleuses qui tournoient autour de moi, éclairant suffisamment les bois pour que je m'y repère. Les cadavres jonchent le sol, aucun ne respire et, heureusement, aucun ne fait partie du *LDE*. Mais... en sondant les environs, je ressens la peur de quelqu'un. Une peur viscérale qui étreint cette personne et qui l'empêche d'esquisser le moindre geste.

Je ferme les yeux et m'imprègne de cette émotion afin de trouver qui en est à l'origine. Son souffle se fait court, son cœur bat à une vitesse impressionnante, elle a une trouille pas possible.

J'ouvre les yeux et me précipite vers la source de toutes ces émotions torturantes. Sous les corps de quatre soldats se cache Elena, l'enchanteresse qui crée et fait apparaître toute sorte de choses. Je m'agenouille dans la terre souillée de sang et lui tends la main, mais elle sursaute et se recroqueville encore plus. Elle est tétanisée par la peur, recouverte de sang et de boue.

— Ne crains rien, Elena, c'est moi, Daina. Viens, prends ma main.

Elle cligne plusieurs fois des paupières, puis finit par me tendre une main tremblante, son corps secoué de terreur.

— Daina... ils ont... je n'ai... comment ?

— Je me pose les mêmes questions, tu as vu où sont allés les autres ?

— Ils les ont...

Elle est incapable de prononcer plus de mots, elle se met à sangloter et sa réaction fait grossir une boule d'angoisse dans ma gorge. Qu'ont-ils fait à Amador, nom d'un chien ?!

— Tu me permets de t'aider ?

Frénétiquement, elle hoche la tête et je caresse sa peau de ma main, infiltrant en elle un sentiment de sérénité. Il faut qu'elle reprenne ses esprits pour pouvoir me dire ce qu'il s'est passé. Ce que j'ai manqué en détruisant tous ces connards sur mon passage.

La chaleur de ma magie passe par mes mains, elle traverse son corps qui s'apaise peu à peu et elle finit par respirer de nouveau à un rythme normal. Son cœur aussi a repris une cadence classique.

— Tout va bien, Elena. Maintenant, dis-moi ce que tu as vu, s'il te plaît.

— Ils nous ont immobilisés avec une sorte de bruit strident, ça m'a fait un mal de chien, je ne pouvais plus rien faire. Quand on était tous au sol, ils ont profité que tu sois distraite par leurs collègues pour nous foutre dans des cages. J'ai réussi à me faufiler sous les corps pour ne pas être embarquée, mais j'ai tout vu... Mon dieu, Daina, ce n'est pas possible, ils vont leur faire quoi ?!

— Je l'ignore, mais je ne vais pas tarder à le découvrir.

— Tu vas aller là-bas ? Toute seule ?

— Tu te sens assez forte pour m'accompagner ?

— Je... je ne sais pas. J'ai eu si peur, c'était horrible ces cris, cette souffrance. Je ne suis pas aussi forte que toi, je n'ai pas résisté et leur arme m'a réellement affectée. Comment tu as fait ?

La vérité, c'est que je n'ai rien entendu, je n'ai rien eu à faire pour contrer leur arme puisque je n'en ai pas subi les effets. Ce qui est réellement très étrange. Ma puissance aurait-elle réussi à me protéger de cela ? Me place-t-elle en position de force ?

— Je n'ai rien fait, c'est sûrement ma magie qui m'a protégé. Je ne comprends pas tout à mon pouvoir, il n'a rien en commun avec les autres enchanteurs... Même Este' a du mal à l'analyser.

— Si tu arrives encore à lutter, peut-être alors aurons-nous une chance ? On devrait aller les libérer, hein ?

— Oui. C'est ce qu'on va faire et tout de suite même.

Je me relève et attrape la main d'Elena qui se redresse avec un peu de difficulté. Si je veux qu'elle m'accompagne, et qu'elle soit utile, alors je vais devoir la requinquer. Lui transmettre un peu de mon énergie devrait pouvoir l'aider à en avoir suffisamment pour se sentir mieux. Je ne suis sûre de rien, mais vu notre situation, nous n'avons pas trop le choix.

— Écoute, je vais te donner un peu de puissance. Ça va te faire du bien et en plus, tu seras plus forte. Ensuite, on ira les buter un par un et je démonterai cette base pierre après pierre pour retrouver Amador et les autres.

— Ta puissance ? Tu peux faire ça ?

Je hoche la tête, mais je dois admettre que je n'ai jamais tenté une telle chose. Seulement, comme je l'ai découvert avec ce don, tout ce que visualise est réalisable. C'est étrange, mais c'est comme ça.

Quand j'ai tendu la main vers Lydia pour l'empêcher de se fracasser sur le sol, je n'étais pas sûre que c'était possible, pourtant je l'ai fait. Je l'ai vu, je l'ai imaginé, je l'ai fait.

— Je pense, on va essayer.

Je prends les mains d'Elena dans les miennes et inspire un grand coup avant d'expirer lentement. Avant toute chose, il faut que je calme mon stress. Ils détiennent Amador et Dieu seul sait ce qu'ils sont en train de lui faire. Je ne peux pas l'accepter.

— Allez, c'est parti.

Les yeux fermés, je visualise ma sphère d'énergie et en crée une plus petite que je laisse sortir de ma poitrine. J'ouvre les yeux pour découvrir cette sphère imaginaire qui est devenue réelle. Elle se déplace lentement jusqu'à celle de la jeune femme et l'irradie de pouvoir.

Elena est lumineuse, dans le sens littéral du terme, ses iris noirs rayonnent et elle semble tout de suite en bien meilleur état que lorsque je l'ai découverte sous les cadavres.

— Comment tu te sens ?

— Je... wouaw ! C'est ça que tu ressens, alors ?

— Ça quoi ?

— Ta magie, elle est incroyable. Je la sens circuler dans mon corps, dans mes veines, je la sens en moi avec une telle intensité. C'est dingue !

— Oui, c'est ça que je ressens. Allez, viens, on va sauver nos amis.

Elena hoche la tête avec un petit sourire et avance en même temps que moi, faisant apparaître dans ses mains une paire de saïs[6], l'arme fétiche d'une héroïne Marvel.

— Les armes d'*Elektra*, sérieusement ?

— Je suis une vraie geek, elle est tellement cool cette nana !

— Tu me parles de quelle version ? Comics ou audiovisuel ?

— À l'écran, je suis pas branchée lecture franchement.

— Alors, quelle *Elektra* tu préfères ?

— Jennifer Garner était pas mal, mais elle ne vaut pas Élodie Yung dans *Daredevil* ou *The Defenders* !

Je pouffe de rire, nous avons une discussion légère, même ultra cool, au beau milieu des bois, juste avant de partir à l'assaut de la base du *MOD*. Il y a un truc qui tourne pas rond chez nous, je crois. Enfin, c'est toujours mieux que se lamenter sur notre sort, non ?

En revanche, puisque nous nous rapprochons dangereusement des murs d'enceinte, il va falloir qu'on la boucle et qu'on décide de la marche à suivre. Quelque chose me dit qu'ils ne m'ont pas laissée seule, à seulement quelques kilomètres de leur précieux QG, sans avoir prévu quelque chose de fou pour moi. Ils se

---

6 Arme traditionnelle asiatique.

doutent bien que je vais passer à l'offensive, la peur ne fait pas partie de mes sentiments pour le moment.

— Bon, comment on s'y prend ? me demande Elena la voix grave.

— J'en sais rien, je t'avoue que je pensais aller foutre le feu partout jusqu'à les retrouver. T'as une meilleure idée ?

D'un claquement de doigts, Elena fait disparaître sa paire de saïs et agite un bidon rempli de ce que je suppose être de l'essence ou un autre liquide hautement inflammable.

— Tu sais qu'on n'a pas besoin de ça, mon pouvoir peut réduire toute la base en cendres.

— Oh, mais il est vraiment génial ton pouvoir, c'est dingue !

Elle fait disparaître l'objet entre ses mains et récupère sa paire de saïs. J'ai dû forcer sur la peur que je lui ai enlevée, elle est hyper enjouée et pas du tout paniquée. On s'apprête quand même à risquer nos vies, là, elle s'en rend compte ou pas ?

Est-ce que je devrais lui remettre une légère dose de peur ou pas ? La peur est un sentiment étrange, il nous transforme en tous points, mais je suis sûre qu'au fond, à petite dose, il peut être utile. Il nous évite sûrement de foncer dans le tas tête baissée sans prendre le temps de réfléchir. Précisément ce que nous nous apprêtons à faire en fait.

— Daina, on va se décider, ou quoi ?!

— Oui, oui, pardon. Je réfléchissais à une idée. Si t'en as une, je suis preneuse.

— On pourrait entrer par cette porte, non ?

Je jette un œil dans la direction qu'elle pointe de son doigt et distingue une porte qui a l'air isolée. Elle se situe à une bonne centaine de mètres de nous, derrière les grillages électrifiés.

— Regarde, il n'y a que trois gardes qui surveillent ce côté, on peut les mettre hors d'état de nuire assez facilement, je pense.

— Oui, on va faire comme ça, tu as raison.

Elena hoche la tête et je nous soulève de terre toutes les deux, en priant de toutes mes forces pour qu'il n'y ait aucune caméra, aucun capteur qui nous repère. Une utopie, oui.

Nous atterrissons derrière les gardes et les neutralisons toutes les deux à notre façon. Elena tranche la gorge du premier tandis que je liquéfie la cervelle du second. Rapide et efficace.

Le troisième se trouvait un peu à l'écart, il se tourne vers nous et avant même de pouvoir saisir son arme ou son talkie-walkie, Elena lui plante son arme dans le cœur.

— Bien joué. Allons-y !

Aucune alarme ne résonne, nous ne sommes pas assaillies par une horde de soldats, profitons-en avec que ça ne change.

D'une attaque d'énergie, je détruis la poignée de la porte et nous l'ouvrons, pénétrant dans un très couloir de béton, sombre et austère. L'ambiance ici est abominable, en ouvrant mon pouvoir lié aux émotions, je ressens tout un tas de souffrance, de douleur, de peine, de peur. Mon dieu... que font-ils ici ?

Dans quelle aile du bâtiment sommes-nous tombés ? De l'extérieur, j'avais l'impression que ça ressemblait à un hangar, j'ai même pensé qu'on ne tomberait que sur un arsenal militaire. Je crois que je me suis lourdement trompée.

Vu les sentiments que je ressens à mesure que nous progressons dans ce long corridor, je crois que nous sommes pile au bon endroit. Les geôles du *MOD*.

CHAPITRE 30

AMADOR

J'ai froid. Mon corps est tout engourdi, un fourmillement atroce me secoue de tous les côtés, j'ai mal. Je suis allongé à même le sol et sa dureté amplifie ma douleur. Mes os me font mal, mes muscles me font mal, tout mon corps n'est qu'un hématome géant. Je ne sais plus où je commence et où je termine...

Qu'est-ce qu'ils nous ont fait, putain de merde ? Ma mémoire vacille, dans cette pièce sombre et froide, je n'arrive pas à me souvenir de mon arrivée ici. Depuis combien de temps suis-je ici ? J'ai l'impression d'avoir atterri dans cet enfer depuis des siècles, mais quelque chose en moi me dit que ce n'est pas le cas. J'ai perdu tout sens de la raison et je n'arrive même pas à me repérer dans le temps.

Leur arme s'est améliorée, nul doute là-dessus, sinon comment auraient-ils réussi à nous paralyser de la sorte, allant jusqu'à ralentir notre rythme cardiaque. Je ne suis pas mort, je ne crois pas que les miens le soient, mais je suis à la limite. Mon cœur bat très lentement, trop lentement pour que je puisse esquisser le moindre geste. Comment je vais pouvoir nous sortir de là ?

Allongé sur le dos, les yeux rivés vers le ciel, j'imagine qu'il se trouve un plafond au-dessus de ma tête, mais je ne peux même pas en être sûr puisque tout est atrocement noir autour de moi. Ou alors, suis-je encore dans cette cage ?

Ah oui, la cage, c'est vrai ! Suis-je encore enfermé dedans ? Difficile à dire, à part la douleur, je ne distingue plus les contours de mon corps. Suis-je réellement allongé sur le dos ?

Putain, ça va me rendre dingue ! Ils m'ont complètement paralysé, déstabilisé, j'ai envie de hurler, mais mon corps ne répond à rien. Seul mon cerveau réagit et fonctionne encore, à peu près.

J'ai du mal à renouer les liens entre eux, le déroulé des évènements n'est pas très clair, je n'ai pas accès à toute ma mémoire ou alors c'est simplement sa chronologie qui s'emmêle dans ma tête. Quelle angoisse ! En plus d'être à la merci de soldats surentraînés qui ne désirent que nous massacrer, je me retrouve privé en partie de ma tête.

Dans les ténèbres de la pièce où je me trouve, seul un son constant d'eau qui s'écoule me parvient et chatouille mes tympans presque autant que mes nerfs. Je ne vois rien, je suis plongé dans le noir le plus total, mais ce bruit désagréable au possible, lui, me parvient très clairement.

Quel est ce poison qui nous plonge dans cet

état ? Ma vision est-elle réellement altérée ou est-ce la pièce dans laquelle je me situe qui est complètement plongée dans le noir ? Je doute. Est-ce possible d'être à ce point hermétique à la clarté ? Ne devrait-il pas y avoir ne serait-ce qu'un rai de lumière ?

Voilà, la seule chose que je peux faire c'est me poser une multitude de questions sans trouver de réponse, retourner en boucle dans ma tête les élucubrations de mon cerveau sur le déroulé des évènements. Je ne peux même pas parler, je ne peux même pas tenter d'appeler les autres, ma voix et ma bouche ne réagissent pas aux mouvements.

Mon cœur devrait s'accélérer sous l'effet de la peur, elle me saisit à la gorge et me donne de grandes difficultés à respirer, pourtant il demeure au ralenti. Une catastrophe, vais-je mourir ici et maintenant ? Vais-je mourir à vingt-neuf ans de l'arrêt complet de mon organe vital ? Merde ! Ce n'est pas possible, je ne peux pas crever, pas maintenant, pas comme ça.

J'ai encore tant de choses à vivre, une bataille à mener et une guerre à remporter, de beaux moments d'amour avec Daina. Je n'en reviens pas de penser à une telle chose dans un moment pareil, mais... c'est plus fort que moi.

Daina... Putain, mais Daina ! Où est-elle ? Est-elle aussi prisonnière de cet endroit maudit ? A-t-elle réussi à fuir ? L'a-t-elle seulement tenté ?

La connaissant, elle n'a pas pu se résoudre à nous abandonner pour sauver sa peau, elle est trop altruiste pour faire une telle chose. Merde, que j'aimerais qu'elle soit égoïste pour une fois ! Je n'ai pas envie qu'elle risque sa peau, je n'ai pas envie qu'elle prenne de risques, je l'aime trop pour désirer qu'elle se mette en danger pour moi, pour nous.

Nous trouverons forcément une solution, même si nous devons subir la torture de ces gens ou demeurer ici un long moment. Peu importe. Je veux qu'elle survive et qu'elle soit en sécurité, c'est non négociable.

Alors que mes élucubrations obnubilent mon esprit, une violente lumière s'allume et m'éblouit. Je ne suis donc pas aveuglé par un quelconque dispositif, non, ils m'ont juste flanqué dans une pièce totalement hermétique à la lumière. J'ai besoin de quelques secondes pour appréhender mon environnement et me rendre compte de l'endroit dans lequel je suis.

Putain. C'est... Oh, putain de merde...

Disposés en une sorte de cercle, des lits, ou plutôt des tables d'autopsie en métal. Nos têtes sont légèrement surélevées, mais pas d'oreiller moelleux, non bien au contraire. Il semblerait que ce soit un bac ? Une boîte ? Aucune idée, mais c'est en métal donc très inconfortable. Nous sommes cinq dans cette pièce étrange remplie de placards et de tablettes à roulettes. Une véritable salle d'autopsie, ça je l'ai bien compris. Nous sommes enchaînés, entravés de nos libertés plus qu'auparavant et... nous sommes entièrement nus.

Le froid me saisit, mais ce n'est que l'effet provoqué par mon cerveau qui découvre ainsi ma nudité et le métal froid sur lequel mon corps repose. Oui, car ce dernier demeure toujours endormi, je ne *sens* donc pas vraiment... à vrai dire, je ne sens rien en dehors de ces désagréables fourmillements.

Dans mon champ de vision, somme toute limité, quatre soldats apparaissent, accompagnés d'un savant fou vêtu d'une blouse blanche. Ils ont décidé de faire de nous des cobayes, c'est ça ?!

— On va commencer par lui.

Le doigt de ce type immonde désigne Rafael, qui est installé sur la table à côté de la mienne. Ses yeux s'emplissent de terreur, ils se fixent dans les miens, m'implorant d'agir, je le suppose. Mais je ne peux pas bouger, j'en suis incapable et même parler est complètement impossible.

Je vois donc deux soldats attraper Rafael et l'asseoir sur la table en relevant ce qui s'avère être un dossier mobile. Mon ami est sanglé au niveau de la tête, du torse, des bras et de la taille ainsi que des jambes. Il ne risque pas de se faire la malle, encore que ça me semble impossible vu la paralysie dont nous sommes victimes.

De faibles sons s'échappent de sa gorge, ses cordes vocales vibrent et émettent une sorte de cri, mais ses lèvres demeurent closes. Il ne peut pas parler. C'est inhumain comme traitement, comment osent-ils nous faire subir cela ?

Le savant fou s'approche de mon ami avec une seringue entre les mains, que va-t-il lui faire ? Nom de dieu ! Il faut que je l'aide, il faut que je le sorte de là, que je nous sorte tous de là !

De toutes mes forces, je tente de bouger mon corps, mais je n'arrive à aucun résultat. La douleur s'est éteinte pour laisser place à une sensation bien plus atroce : je ne sens absolument plus rien.

Je ne sais pas ce qu'ils nous ont fait, s'ils ont utilisé un quelconque produit anesthésiant sur nous ou pas, mais une chose est sûre, je commence sérieusement à paniquer. Et si je ne retrouvais plus jamais l'usage de mon corps ? Je ne supporterais pas d'être privé ainsi de ma liberté de mouvements, que m'arrivera-t-il si j'arrive à sortir de là et que je reste paralysé ? Tétraplégique ou quelque chose comme ça, je crois... Non, je ne le supporterai jamais.

Je dois redoubler d'efforts, je dois impérativement faire revenir ma magie et l'utiliser, je sais que je suis plus fort que n'importe quelle arme chimique. Je suis Amador Dominguez, je suis un enchanteur surentraîné et je ne crèverai pas ici !

J'aimerais fermer les yeux pour me concentrer plus aisément, mais même mes paupières ne réagissent pas à mes appels. Alors, les yeux exorbités, les seuls qui se meuvent sous mes impulsions cérébrales, je visualise ma sphère d'énergie.

Elle est minuscule, ridicule, je ne la sens pas comme d'habitude à l'intérieur de mon corps, mais je me force à la voir. Je vais la faire apparaître, je vais réussir !

Les gémissements de Rafael me brisent le cœur, il a l'air effrayé comme jamais, que sont-ils en train de lui faire, nom de Dieu ?!

Allez, Amador, ne te laisse pas déconcentrer et balance tous ces connards contre un mur ! Fais-leur payer !

Je retente le coup, une fois, deux fois, trois fois, j'ai l'impression que je ne réussirais jamais à retrouver ma magie, j'ai l'impression qu'elle s'est cachée dans un endroit que je ne peux pas atteindre.

Et soudain, Rafael hurle à pleins poumons et ce cri de douleur, cette souffrance qui pénètre mes tympans me donne l'impulsion qui me manquait.

La sphère est là, la chaleur de mon pouvoir m'envahit, je retrouve les sensations dans mon corps, celles qui me faisaient cruellement défaut.

L'engourdissement disparaît, le froid du métal sous mon corps et de l'air humide me saisit pour de vrai cette fois-ci, mais je n'en ai cure. Je veux sauver mon ami.

D'un geste, je me libère des liens qui entravent mon corps et les arrache sous les yeux ébahis des soldats et du scientifique. Ce dernier se retourne une fiole de sang entre les mains. D'un coup d'œil, je remarque les autres qui sont posées sur une tablette en métal et balance un coup de pied dedans avant de repousser le premier soldat qui me saute dessus. Je lui brise la nuque d'une seule main.

La colère et la magie m'enivrent, je suis fou de rage et cela décuple ma puissance. Je m'occupe très rapidement de tous les soldats et termine par le savant fou que j'attrape par le cou.

— Qu'est-ce que vous nous voulez ?!

Le petit homme aux cheveux blancs dont le bouc est taillé au millimètre près me regarde avec des yeux apeurés à travers ses lunettes à la monture fine. Il lève difficilement les mains en l'air et peine à prononcer un mot, normal, je lui comprime la trachée. Je relâche un peu ma prise, sans pour autant le poser sur le sol.

— Réponds, dépêche-toi !

— Rien, rien, du tout... ce n'est pas ce que vous croyez !

— Ce que je crois ? On se réveille à poil, dans le noir, on finit par découvrir qu'on est dans une sorte de laboratoire et tu prends du sang à mon pote, y'a beaucoup de différence entre ce que je peux supposer et la réalité ?!

— Oui, ce n'est pas pour... pour vous faire... faire du mal. Je ne suis qu'un... qu'un médecin.

— Qu'un médecin ? Tu te fous de ma gueule, je crois !

J'abats mon poing avec violence sur sa mâchoire, mais pas assez pour le tuer, j'ai encore besoin de réponses.

— Parle ! Dis-moi ce que tu comptes faire avec ce sang !

— Rien, nous voulons juste... juste l'étudier !

— Pourquoi faire, hein ?!

Au moment où sa bouche s'ouvre, une flopée de soldats débarque dans la pièce et je me fais taser si vite que je n'ai pas le temps de réagir. L'électricité parcourt mes muscles et secoue mon corps de douleur. Je suis allongé sur le carrelage gelé de cette pièce des horreurs et je peine à retrouver le contrôle de moi-même.

Le « docteur » tousse et s'étouffe, il retrouve néanmoins très vite la parole et l'emploie à gueuler tant bien que mal sur les soldats.

— Administrez-lui une quantité plus forte, il n'aurait jamais dû pouvoir se libérer. C'est inadmissible ! Et vous avez mis beaucoup trop de temps à arriver, il aurait pu me tuer !

— Excusez-nous, docteur, nous avons fait le plus vite possible.

— Ne laissez plus jamais une telle chose se reproduire ! Vous devez veiller à ma sécurité ! Sinon j'arrête tout !

Il a l'air en colère, mais la sienne n'est rien en comparaison de la mienne et malgré le voltage qui traverse toujours mon corps frigorifié, je réussis à me libérer et attrape le soldat qui maintenait l'arme. En un mouvement rapide et contrôlé, je le place devant moi, une main sur le menton, l'autre sur le front.

— Au moindre mouvement de l'un de vous, je lui brise la nuque !

Les autres soldats, au nombre de huit, me regardent avec attention, leurs tasers déjà en main. Ils sont rapides, mais pas plus que moi.

— Qu'est-ce que vous nous avez fait pour nous paralyser ? De quelle quantité parliez-vous ?

Le médecin – ce mot m'écorche la bouche, il n'a rien d'un docteur ce gars-là, il pourrait tout aussi bien s'appeler *Frankenstein*[7] ! –, est livide, aussi blanc que les carreaux qui recouvrent sol et murs.

Je resserre ma prise et tourne légèrement la tête du soldat qui tremble entre mes doigts.

— Répondez ou je lui arrache la tête !

— Une injection qui annihile votre... *magie.*

Il a prononcé le mot avec un si grand dégoût, un

---

[7] Victor Frankenstein, jeune savant, créateur d'un monstre dans le roman de Mary Shelley ainsi que dans de nombreuses adaptations.

si grand dédain, que j'ai envie de lui arracher les organes un par un. Ce connard, on dirait qu'il contemple la merde d'un animal malade, là ! Ils ont donc réellement l'impression d'être supérieurs à nous ? Ils pensent sincèrement valoir mieux que nous parce que nous avons développé des pouvoirs ? Est-ce que ce salopard d'Hitler pensait la même chose des juifs ? Est-ce que c'est ça que ces gens ont ressenti ? Putain de merde, j'ai la bile au bord des lèvres rien qu'à regarder le dégoût se peindre sur ses traits.

— Comment vous faites pour l'enlever ? Pour réveiller mes amis ?

— Il y a...

— Non, doc', ne lui dites rien !

— Toi ferme ta gueule ! Sinon c'est ta tête que j'arrache !

— Vas-y, viens, tu me fais pas peur espèce d'erreur de la nature !

Le gars qui me provoque ne porte pas de cagoule, il est chauve, grand et semble croire qu'il peut venir à bout de tout le monde, il doit penser qu'il peut me buter avec ses armes. Grossière erreur.

— Fais pas le malin, j'aurais le temps de jeter ton pote en l'air et de t'exploser le crâne qu'il aurait même pas touché le sol. Tu fais pas le poids contre moi.

— Fais un geste et je te tire une balle dans la tête.

Le soldat ne manque pas d'air, il sort son arme et la pointe sur moi en disant ces mots, le doc' est horrifié et pose sa main sur son avant-bras en bégayant.

— Non, non, vous ne pou-pouvez pas fai-faire cela ! Nous avons besoin d'eux !

— Pourquoi vous avez besoin de nous, hein ?!

— Doc', laissez-moi faire. Un de moins, ce n'est pas si grave.

Le chauve retire le cran de sûreté, un sourire au coin des lèvres. Il pense vraiment pouvoir m'atteindre avec son truc ? C'est une blague ou quoi ?

Allez, la récré est terminée.

En moins d'une seconde, je brise la nuque du soldat que je maintenais entre mes mains, explose le crâne d'un autre sur mon passage et récupère le flingue dans les mains de celui qui me provoquait. Le tout, à poil et complètement gelé.

Son regard change, il a peur, il est surpris. Non, mais il s'attendait à quoi franchement ?

— Alors ? Tu veux toujours jouer avec moi ? T'es pas à la hauteur, fils de pute.

Un bruit assourdissant retentit derrière moi et me déconcentre suffisamment pour que ce connard ait le temps de me prendre l'arme des mains et tirer une balle. Par chance, je me décale à temps et elle termine sa course dans la poitrine de son collègue. Ouais, je ne suis pas si con pour tourner le dos à un ennemi sans tendre l'oreille.

Le boucan continue dans le couloir, je dois me hâter de libérer mes amis, si une autre escouade de soldats débarque ici, je vais vite me retrouver comme un con.

J'assène au provocateur un violent coup de genou dans le ventre, ce qui le pousse à se plier, puis un coup de coude dans le crâne, brisant ses os au passage. Il tombe raide mort sur le sol et je me hâte de briser la nuque de tous les soldats déjà présents avant de retourner menacer le *docteur*.

— Allez, donne-moi le remède pour mes potes, sinon je vais te faire souffrir mille morts !

Je lève mon poing ensanglanté devant ses yeux et serre sa gorge de mon autre main. Une odeur d'urine me parvient, je baisse les yeux et ne peux retenir mon rire quand je me rends compte qu'il s'est pissé dessus. La peur est bien présente, il va sûrement enfin parler.

— Dans le… le plateau, juste… là… sur le plan…

Je ne le laisse pas terminer sa phrase, j'ai repéré le plateau en question, je n'ai plus besoin de lui. Je lui arrache la tête et le laisse retomber sur le sol quand une voix familière résonne enfin dans mes oreilles.

— *Querido* ?

CHAPITRE 31

Les enchanteurs du campement sont sur les dents, ils ont beau tenter de nous le cacher, ça ne prend pas avec moi. Il se passe quelque chose ici et je veux savoir de quoi il est question, surtout comprendre si nous sommes en danger ou pas. Après tout, nous ne sommes pas venus ici pour rejouer la scène de notre ancien lieu de vie. Nous sommes venus chercher la sécurité.

Tandis que je déambule entre les grottes glacées, véritables merveilles d'architecture magique, à la recherche d'indices, je tombe sur Marta, la jeune femme qui faisait partie du comité d'accueil. Les lumières magiques qui flottent aux quatre coins des chalets se reflètent dans ses yeux, la nuit est noire maintenant et je ne sais toujours pas ce que je fous debout, mais ma curiosité est si forte que je ne parviens pas à la faire taire. Mon corps me gueule dessus par la douleur, il veut que je dorme et je sais que c'est précisément ce que je devrais faire, mais j'en suis incapable.

La jeune femme veille à ce que les gens aillent se mettre à l'abri dans leurs maisonnettes, elle semble sacrément inquiète.

Je l'intercepte, elle pourra sûrement m'en dire plus sur cet état et les évènements qui semblent se dérouler ici.

— Eh ! Qu'est-ce qu'il se passe ici, Marta, c'est ça ?

— Nerea ? Tu n'es pas couchée ? me demande-t-elle surprise.

— Je n'avais pas vraiment sommeil.

Gros mensonge, je suis éreintée, mais mon esprit me maintient éveillée. Néanmoins, nous ne sommes pas là pour parler de moi, je veux des réponses et je ne lui laisse donc pas le temps de me répondre que j'enchaîne :

— Il y a un problème ici ?

— Oui, euh... je ne sais pas si je peux te le dire... c'est assez... disons, particulier.

— Je croyais que vous étiez comme une grande famille ? Pas de secret en famille, non ?

— Oui, mais...

Ses yeux clairs me regardent, allant aussi se poser partout autour de moi, sur le chemin où passent d'autres enchanteurs. Elle hésite à me parler, je le sens bien, mais je ne lâcherai pas l'affaire.

— Tu peux me parler, Marta, je garderai le secret si c'est ce que tu souhaites.

La jeune femme se pince les lèvres, puis prend ma main et me conduit à l'abri des regards, entre deux chalets de glace. Ce n'était pas difficile de la convaincre, ça, c'est assez cool et je me dois de m'en souvenir.

À voix basse, elle me raconte ce qui tracasse tout le monde.

— Il y a un groupe d'enchanteurs qui est parti attaquer une base du *MOD* il y a environ six heures. Nous n'étions pas tous d'accord avec cette offensive et Miguel leur a interdit de partir, mais ils n'ont pas écouté.

Malgré moi, je laisse échapper un cri de surprise, accompagné comme souvent d'un juron.

— Oh putain !

— Chut ! Pas si fort !

Décidément, elle veut vraiment pas que ça s'ébruite. Pourquoi ?

— Il ne faut pas le dire, il ne faut surtout pas inquiéter les gens ! Nous avons déjà subi de nombreuses pertes, nous ne voulons pas que la panique se répande !

— Mais attends, si vous avez subi des pertes, pourquoi ils sont partis alors ? Et si Miguel l'a interdit, je comprends encore moins. C'est pas lui le chef ici ?

Marta torture ses doigts, jette un œil encore plus anxieux autour d'elle, je crois qu'il y a vraiment quelque chose d'étrange qui se passe ici et je suis bien déterminée à savoir quoi. Même si je dois lui tirer les vers du nez, ou plutôt les informations de la bouche.

— Bon, tu vas me dire ce qu'il se passe ? J'ai l'impression que c'est le bordel dans votre camp, là.

— Non, ce n'est pas vraiment ça… c'est juste qu'il y a eu quelques différences d'opinions entre les membres du conseil et voilà, le groupe qui est parti n'en a fait qu'à sa tête…

— Le conseil ? Vous avez un conseil ?

— Oui, pourquoi ? Vous n'en aviez pas, vous ?

— Non, Valentina décidait, c'est tout. Mais attends, ça veut dire que Miguel n'est pas le chef ?

— Disons que nous l'acceptons tous comme tel, il a fait tellement pour nous tous… Le conseil, c'est pour prendre les décisions, donner aux autres enchanteurs la possibilité de donner leur avis. Un seul chef ne peut pas diriger une telle communauté.

OK, je comprends ça et je trouve que c'est d'ailleurs une bonne idée, mais alors c'était quoi son histoire de « *Miguel l'a interdit* » ? Si ce n'est pas le chef et qu'il y a tout un conseil en place, il n'est pas le seul à avoir son mot à dire, si ?

— S'il y a un conseil, pourquoi tu me dis que Miguel a interdit une intervention ?

— Parce que, je te l'ai expliqué, on l'accepte comme dirigent, c'est comme ça, c'est lui qui a le dernier mot. Il est le mieux placé.

— Mais pourquoi ?

— Parce qu'il nous a tous sauvés ! On est tous en vie grâce à lui, il a toujours tout fait pour nous, il lutte avec force, il nous aide, il nous a rassemblés, donné un endroit plus ou moins sûr… Le conseil parle et donne son avis, mais Miguel sera toujours celui qui prendra les meilleures décisions pour le groupe.

— Les meilleures décisions ? Comme celle de

laisser tomber ce groupe qui est parti lutter pour vous ?

Je ne sais pas pourquoi j'ai dit cela, je n'ai fait que suivre mon instinct et laisser les mots sortir de ma bouche. Sans réfléchir.

— Oui... En quelque sorte.

— Attends quoi, oui ?! Parce qu'ils ont désobéi, votre chef décide de les laisser crever ? On est loin du délire « *grande famille* », là !

— Nerea... s'il te plaît, ne le juge pas sévèrement, il fait de son mieux et il a toujours tout fait pour notre propre intérêt. Il ne peut décemment pas laisser tomber les autres juste pour sauver ceux qui ont décidé de se jeter dans la gueule du loup...

Je dois avouer que ses mots ne m'atteignent pas, mais je ne trouve rien à répondre. Elle a une telle conviction que je n'ose même pas lui péter son délire. Même si je n'en pense pas moins. Ce mec a peut-être sauvé tout le monde ici, mais il n'en demeure pas moins bizarre et suspect. En clair ? Un connard.

Il y a quelque chose chez lui qui n'inspire pas confiance, vraiment pas confiance même. Son regard est fuyant, son sourire est faux, mais très bien travaillé, et son attitude est trop étrange.

Pour ne pas froisser Marta, qui pourrait bien devenir ma seule source d'informations ici, je préfère ne rien dire. Ça n'empêche pas que je vais jeter un œil à ce type, un œil plus attentif à ses mouvements et ses comportements. À vrai dire, je crois que je vais même le surveiller de façon accrue.

N'empêche, cette histoire de groupe en danger

que nul ne va sauver me chiffonne un peu, vont-ils les laisser se faire buter juste parce qu'ils n'ont pas obéi au chef ?

— Je comprends, oui... Mais du coup, ce groupe, vous n'allez vraiment pas tenter d'aller les chercher ? Vous savez où ils sont, c'est ça ?

— Oui, on sait à peu près, mais... non, on ne peut pas y aller. On ne peut pas laisser les enfants et les personnes âgées sans surveillance, si les plus puissants s'en vont, comment ils feront en cas d'attaque ?

— C'est vrai, tu n'as pas tort. Mais quand même, vous n'allez pas les laisser tomber ? J'imagine que s'ils sont partis là-bas... c'est pour la sécurité de tous ? Non ?

Marta plante ses yeux dans les miens, des larmes s'y trouvent désormais, mais ne quittent pas ses paupières. Elle est plutôt pas mal cette nana, même si elle est triste à souhait et bien trop jeune pour moi, je la trouve assez mignonne. Ses cheveux bouclés entourent son visage et lui donnent un air sauvage que j'aime beaucoup. Mais elle n'a que dix-huit ans, c'est donc impossible pour moi de penser ne serait-ce qu'à tenter quelque chose.

— Oui... ils voulaient...

La peine enserre sa gorge, elle a du mal à parler, je sens d'ici le tiraillement qui la secoue. Obéir au chef ou désobéir et sauver un groupe entier.

— Combien sont-ils ?

— Qui ça ?

— Ben le groupe, Marta !

— Ah ! Euh... trente-deux, je crois.

Trente-deux personnes... Ils vont réellement laisser tomber trente-deux personnes, juste parce qu'ils ont désobéi au gourou de la secte ? OK, j'exagère, mais par pitié, que quelqu'un me trouve une différence entre lui et *Jim Jones*[8], en dehors des bassines de soda au cyanure, évidemment. Il garde tout le monde suspendu à ses lèvres, il arrive à leur faire croire qu'il œuvre pour eux, mais quelque chose en moi me hurle que ce n'est pas le cas. Pas vraiment en tout cas.

Serait-ce mon con de pouvoir qui commencerait à m'envoyer des signes ? Je suis supposée pouvoir contrôler les esprits, les déchiffrer ne devrait être qu'une formalité, non ?

Alors que je m'apprête à ouvrir la bouche pour poser d'autres questions, et peut-être tenter de convaincre Marta d'organiser une mission de secours, la voix de Miguel résonne derrière nous.

— Marta ? Nerea ? Que faites-vous ici ?

Marta sursaute presque, elle pose sa main contre son cœur et je remarque le tremblement de ses membres. Ouais, il y a un truc qui cloche avec *Manson* et je compte bien découvrir quoi. En attendant, et puisque Marta ne réagit pas, je trouve l'excuse la plus conne qui me vient.

— J'avais des questions concernant ces... chalets ! Je suis super frileuse et je comprenais pas trop comment ils pouvaient dégager cette chaleur étrange.

---

[8] Cet homme a organisé le suicide collectif de 909 personnes, dont 300 enfants par empoisonnement. Son emprise sur ses fidèles était à ce point-là.

Je pose ma main sur la glace, qui est effectivement tiède, pas gelée.

— C'est impressionnant cette magie !

— Oui, nous avons de la chance d'être entourés d'enchanteurs incroyables. Tu as fait le tour des chalets de nettoyage ? Ils sont aussi impressionnants !

Je souris amèrement au gourou en secouant la tête, tandis que Marta reprend un peu contenance et s'avance vers lui.

— Tu as besoin de moi, Miguel ?

— Oui, on va organiser une réunion du conseil, tu peux venir ?

Marta semble comme euphorique, terminés les tremblements, elle sautille juste comme une gamine impatiente d'ouvrir ses présents. Elle hoche la tête avec frénésie, ce qui me pousse à croire qu'elle ne fait pas partie du conseil habituel. Oui, elle ne serait pas dans un tel état sinon, ce serait juste une formalité.

Elle se retourne vers moi et, en souriant sincèrement, s'excuse de son départ.

— Je suis désolée, je vais devoir y aller. On reparlera de ces... chalets, à un autre moment si ça te va ?

Elle m'envoie un regard appuyé en prononçant ce mot et je comprends qu'elle m'en dira probablement plus. Bingo, elle est dans ma poche !

— Bien sûr, allez faire ce que vous avez à faire. Je vais aller me reposer de toute façon, je suis assez fatiguée.

— Bonne idée, Nerea n'oublie pas d'aller voir Amelia à l'intendance, c'est elle qui te donnera des provisions pour ton chalet ainsi que des produits d'hygiène. Elle est adorable et se fera un plaisir de vous aider, toi et les tiens.

— Merci, Miguel, c'est très généreux de votre part.

Je lui souris sans aucune sincérité, il me répond de la même façon. Enfin, son entraînement est plus rodé que le mien, moi je ne suis pas douée pour l'hypocrisie, mais lui le fait à merveille.

Sans me quitter des yeux, il commence à s'éloigner en passant son bras sur les épaules de Marta et un frisson m'englobe tout à coup.

Ce mec est un monstre, l'alerte bat des records dans ma tête et la certitude me prend jusque dans mes tripes. Il a un air de fou furieux, de serial killer dérangeant se cachant sous des airs de gendre idéal. Saloperie, je ne le sens vraiment pas, putain !

Déterminée, je m'éloigne et rejoins à pas rapides le chalet qui nous a été attribué. Mes potes s'y trouvent et dorment tous à poings fermés, pas étonnant vu le trajet qu'on a effectué...

Moi ? Je ne suis pas près de dormir, j'ai encore trop d'interrogations que je ne laisserai certainement pas en suspens. Un conseil doit se tenir ? Parfait, je vais tendre l'oreille et chopper un max d'infos sur tout ce qu'ils diront. Avec un peu de chance, j'en apprendrai plus sur ce Miguel.

J'ai l'impression qu'un truc énorme se cache sous la surface et le danger semble n'avoir jamais été aussi proche.

CHAPITRE 32

DAINA

Les couloirs se suivent et se ressemblent, si à première vue j'ai pu croire qu'on retrouverait les nôtres avec facilité, je me suis bien plantée. Nous avons dû neutraliser un nombre incalculable de gardes, le tout dans la plus grande discrétion, désactivant toutes les caméras à la fois. Autant dire que notre patience a déjà atteint ses limites et qu'il est de plus en plus difficile pour nous d'avancer dans ce dédale de corridors qui nous fait nous enfoncer plus profondément encore dans les entrailles de la Terre.

D'escaliers en ascenseurs, nous ne cessons de descendre, ce qui commence sérieusement à me peser. Je ne suis habituellement pas claustrophobe, mais tout me pousse à le devenir dans cet enfer humide et austère. Elena est très positive et même enjouée, j'ai peut-être mal dosé ma magie lorsque je l'ai apaisée dans la forêt...

— Arrête d'angoisser, Daina, on va les trouver ! T'inquiète pas.

— Ouais, dans deux siècles sûrement.

— Arrête d'être de mauvais poil, aie confiance un peu !

Cette idiote ne se rend même pas compte que son agaçante joie de vivre et son espoir insupportable proviennent de moi. Elle était à la limite de la folie dans les bois, elle n'aurait clairement pas pu mener cette mission si je n'avais pas influé sur ses émotions. Mais merde, je ne voulais pas qu'elle se la joue *Ned Flanders*[9] quand même, si ? Un sourire béat et une propension au bonheur que nul ne comprend.

Et si je lui rajoutais une dose de peur ? Juste pour qu'elle arrête de balancer des arcs-en-ciel dans tous les sens, quoi...

Je saute de la dernière marche de l'escalier et découvre le **niveau -6**. Putain, six étages sous terre, non, mais franchement ! L'architecte était complètement dingue, non ?

Un bataillon de soldats s'engouffre dans une pièce sans nous apercevoir, laissant le champ libre à notre exploration. Des cris, de la rage et mon cœur qui tourbillonne de peur et d'angoisse. Nous sommes au bon endroit.

— Je crois qu'ils sont ici.

— Ah ! Tu vois ! Je te l'avais dit qu'on allait les trouver !

---

[9] Personnage de la série télévisée Les Simpsons.

— La ferme, Elena, ou je te colle ta bonne humeur là où je pense.

La jeune femme, qui sourit toujours malgré les circonstances, mime une clé verrouillant une serrure devant sa bouche et jette l'objet imaginaire par-dessus son épaule. Qu'elle m'agace ! Je suis vraiment trop conne, j'aurais dû la laisser là-bas !

Je secoue la tête et avance lentement dans le couloir, pas après pas. Une première porte se trouve sur ma gauche, dois-je l'ouvrir ? Celle par laquelle sont entrés les soldats me semble être la priorité, mais une étrange sensation me pousse à croire que je dois ouvrir celle-ci.

Je pose ma main sur la poignée, la serrure est évidemment verrouillée. Pas de clé classique, mais un badge à présenter devant un boîtier situé sur le mur. J'ouvre à peine la bouche pour demander à Elena d'en faire apparaître un, qu'elle me tend l'objet toujours en souriant.

— Merci.

Je le plaque contre le lecteur, la porte s'ouvre, je la pousse, mon cœur s'arrête.

Installés dans des sortes de tubes remplis d'eau, un peu comme des aquariums à taille humaine, se trouvent cinq de mes amis. Mon souffle se coupe, je porte machinalement ma main contre ma bouche, choquée de découvrir une telle horreur.

Leurs corps nus sont plongés dans un liquide beige, perforés à de nombreux endroits par des tubes, des tuyaux qui sortent de leur peau. La gorge, la poitrine, le ventre, les cuisses...

Mon estomac remonte dans ma bouche, je vais

vomir, putain.

— Nom de Dieu, qu'est-ce que c'est tout ça ?

Exit le sourire de miss rayon de soleil, elle a enfin compris dans quelle merde nous sommes tous, elle a compris ce qu'il se trame réellement ici. Merde, j'étais loin de me douter qu'ils allaient jouer les scientifiques fous avec les nôtres... pas à ce point du moins.

Lentement, je m'approche du premier tube, une larme roulant sur ma joue. Je ne la retiens pas, je n'essaye même pas.

— Merde... Pablo...

Son visage ne ressemble en rien à celui de mon ami, il est figé sur une expression de douleur, les paupières fermées. Sa peau est d'une pâleur à faire peur, j'ai même l'impression qu'elle est grise, mais la teinte de l'eau doit sûrement me jouer des tours. Si seulement c'est de l'eau, d'ailleurs. L'odeur qui se dégage de la pièce me pousse à croire qu'il s'agit d'autre chose.

Je pose ma main sur la vitre et laisse la peine me submerger, mon regard passant de Pablo à Antonio, Ana, Sylvio et Juanita... Comment ont-ils pu leur faire subir une telle chose ? C'est inhumain ! Et après, ce sont nous les monstres ? Je crois rêver !

De nouveaux bruits nous parviennent et me font sursauter. J'essuie mes larmes et nous sortons en vitesse de cette pièce de l'horreur. Pour en rejoindre une autre.

Debout au milieu de soldats morts, à côté de tables d'opération ou je ne sais quoi, Amador est nu et il tient entre ses mains puissantes un homme vêtu d'une blouse blanche. Ce dernier bégaie une indication et mon enchanteur ne le laisse pas terminer qu'il lui arrache la tête d'un geste d'une violence inouïe. Il relâche le corps du type sur le sol et je m'avance, en tremblant.

— *Querido* ?

Amador se tourne vers moi et pendant quelques secondes, peut-être une éternité, je n'en sais rien, nous nous fixons, les larmes aux yeux. Et puis, le raclement de gorge d'Elena me fait reprendre conscience et je me rue sur mon homme, soulagée et horrifiée. Soulagée de le retrouver, horrifiée de savoir ce qu'ils lui ont fait subir.

— *Mi amor* ! Qu'est-ce que tu fais ici ? Tu aurais dû partir et fuir !

— Et vous laisser aux mains de ces tortionnaires ?! Jamais !

Nos lèvres se retrouvent enfin et j'étends mon pouvoir pour le réchauffer tandis qu'Elena s'agite derrière nous.

— Merde, ils ont quoi ?!

Nous nous tournons sans nous lâcher, la jeune femme a créé des tenues pour Rafael, Lydia, Carla et Adele et les a libérés des liens qui les entravaient. Néanmoins, ils demeurent immobiles.

— Nous avons été drogués, il faut leur injecter l'antidote. Il est là, sur le plan de travail ! nous indique-t-il en désignant le plateau de métal.

Nous nous y ruons tous les trois et récupérons les seringues quand Amador s'aperçoit de sa nudité. Il n'avait sincèrement pas fait gaffe avant ?

— Merde, je suis à poil ! Elena, s'il te plaît, tu

peux…

— Oui, oui !

La jeune enchanteresse crée une tenue à Amador qui embrasse directement son corps, comme elle l'a fait pour les autres. D'un mouvement de la tête, il la remercie et nous nous approchons de nos amis. Au-dessus de Lydia, je pose ma main sur son front et lui parle avec douceur.

— On va vous sortir de là, d'accord ? Tout va bien se passer. C'est promis.

Les yeux de la jeune femme se remplissent de larmes et sa peur, sa peine, son angoisse monte en moi. Je dois tout bloquer, pour tout le monde. On gérera nos émotions plus tard, là, ce n'est pas le moment. Évidemment, je vais faire attention de mieux doser cette affaire, mais nous ne sortirons jamais de là s'ils sont encore dans cet état.

— Je vais vous aider, je vais vous enlever toute cette peur…

En enfonçant l'aiguille dans le bras de Lydia, je déploie également ma magie et les enveloppe, supprimant de leur esprit toutes les émotions négatives liées à cette expérience horrible.

Amador et Elena ont aussi injecté cet antidote aux autres et, peu à peu, tout le monde reprend possession de son corps. Nous les aidons à s'asseoir, prenons le temps de les aider à reprendre pied.

— Ça va, Raf' ? s'inquiète Amador.

— Ouais, ça ira mieux quand j'aurai tout fait partir en fumée ici !

Le pyromane saute sur ses pieds et fait craquer sa nuque, déterminé à venir à bout de ses geôliers.

Il tangue un peu, mais se reprend très vite.

— Allez, on va chercher les autres !

Il est réellement déterminé, les autres le sont aussi, mais n'en font pas autant. Les femmes se redressent et se dirigent vers la sortie, quand Rafael laisse échapper un cri de stupeur et balance d'énormes jets de flammes. Évidemment, ils n'allaient pas nous laisser nous barrer aussi facilement !

Il hurle de rage, incendie le couloir entier et fait cramer tous les soldats qui s'approchent. Depuis le pas de la porte, je hurle :

— Rafael ! Fais-nous un passage, on doit sauver les autres !

Rafael, les deux bras tendus dans les deux directions de ce long corridor, crée un chemin entre les flammes et nous nous y frayons les uns derrière les autres. Première porte, j'envoie Lydia et Adele en les prévenant :

— Il se peut que vous ayez un choc, qu'ils n'aient pas eu la même chance que vous, alors... soyez préparées.

— Un choc ?

— Oui, on a découvert quelque chose d'atroce dans la première pièce où nous sommes allées...

Adele ravale difficilement sa salive et pose un regard maternel sur Lydia :

— Tu es sûre de vouloir entrer là-dedans, Lydia ? Je peux y aller seule, si tu veux.

— Non, ça va aller, je suis suffisamment forte.

Avant qu'elles se rendent dans le possible musée des horreurs, je dis à Adele :

— Dès que vous les avez sauvés, téléportezvous en lieu sûr. Dans la forêt, mais plus loin que celle où on est arrivés. Ensuite, reviens ici et recommence, on doit sortir tout le monde le plus vite possible.

Elle me répond par un hochement de tête, puis elle attrape la main de Lydia et les deux femmes s'engouffrent dans la pièce.

Nous continuons notre avancée, Carla et Elena pénètrent dans une nouvelle pièce et Rafael cesse de faire cramer le couloir.

— J'ai fait fondre les portes de l'ascenseur et des escaliers, ils ne devraient plus pouvoir descendre ici.

— Bien joué, Rafael.

— Où sont les autres ? Où est Ana ?

Ma gorge se serre, mon cœur tambourine, Rafael et Ana sont ensemble depuis quelque temps, très amoureux l'un de l'autre. Et la jeune femme est morte, reliée à des câbles dans une salle de ce couloir. Comment lui annoncer la nouvelle ? Il est déjà fou de rage, il va tout dégommer ici... Nous ensevelissant probablement sous des décombres enflammés.

— Je ne l'ai pas encore vue, allons-y, le temps presse !

Un mensonge, un mensonge horrible, mais je ne trouve aucune autre idée pour le pousser à nous suivre et nous aider à libérer les autres. Il en reste encore... nous devons tout faire pour les sauver.

Nous dégommons les portes, les unes après les autres et retrouvons Adele à chaque fois, qui se charge d'emmener les survivants à l'extérieur.

— Tout le monde va bien là-haut ?

— Oui, Elena est avec eux, elle leur donne à manger, à boire et des tenues chaudes.

— Bien, on a bientôt fini, je crois. Il ne reste que deux salles.

— Tu as vu Ana ?! s'impatiente Rafael.

Je ravale ma salive avec difficulté, je ne suis pas sûre de pouvoir continuer à lui mentir.

— Non, vous ne l'avez pas trouvée ici ?

Le regard d'Adele se plante dans le mien, comment lui faire comprendre ce qu'il en est sans pour autant alerter Rafael ? Amador presse ma main dans la sienne, je suis sûre qu'il a compris.

— On va la trouver, Raf', viens il reste deux portes à exploser.

Le pyromane hoche la tête en serrant les mâchoires et Adele s'éclipse avec cinq nouveaux survivants. D'après mes calculs, il doit en rester cinq à récupérer. Sans compter les corps sans vie de nos amis...

La tristesse s'empare de mes yeux, je l'éradique grâce à ma magie, je ne peux pas m'en encombrer maintenant.

Au-dessus de nous résonnent des détonations, le sol tremble, ils tentent de se créer une entrée jusqu'ici. Il ne faut pas traîner...

— Vite, il faut se dépêcher !

Nous poursuivons notre mission sauvetage et évidemment, dans les dernières salles, nous ne découvrons pas Ana. Nous ne la trouverons pas. Je le sais, Amador aussi l'a compris, j'en suis sûre.

— Merde ! Elle est nulle part ! Putain ! Il faut

continuer à chercher !

Je m'approche doucement de Rafael et pose ma main sur son épaule avec compassion.

— Rafael… je pense qu'on ne la trouvera pas ici.

— Quoi ? Qu'est-ce que tu dis ?! N'importe quoi ! Elle était avec nous, elle est forcément là, quelque part !

Il se défait de ma main et s'engouffre dans le corridor. Sa détresse me transperce, il est accablé, il culpabilise et je n'ai rien de pertinent à lui dire pour le rassurer.

— Je suis vraiment désolée, Rafael… sincèrement…

Il comprend, il cesse d'arpenter ce couloir à la recherche de celle qu'il aime et se retourne vers moi, les yeux jetant des éclairs.

— Pardon ? De quoi tu parles ? Pourquoi es-tu désolée ? Tu l'as trouvée, hein, c'est ça ?!

Amador s'avance vers son ami, qui commence déjà à irradier de lueur magique. Il fulmine, la fumée s'échappe de sa tête.

— Raf', je crois qu'on devrait y aller. On ne la trouvera pas ici…

— Non ! Je ne pars pas sans elle !

Il se précipite dans le couloir, omet de jeter un œil dans les pièces que nous avons déjà visitées, poursuit sa route jusqu'au début du couloir. Je lève la main et le bloque, l'empêche d'aller vers la pièce qui risque de le briser à tout jamais.

— Qu'est-ce que tu fous, Daina, putain ?! Laisse-moi ! Laisse-moi la voir ! Laisse-moi la ramener !

Il a compris, il sait qu'elle n'est plus là, il a saisi le message. Il le sait... Son cœur est brisé, sa peine est immense, il aura du mal à la surmonter si je ne lui donne pas un petit coup de main. Je dois effacer sa peine, l'amoindrir en tout cas.

Je m'apprête à le faire lorsque Amador pose sa paume sur mon avant-bras.

— Il doit faire son deuil de lui-même, n'influe pas sur ses sentiments et... laisse-le la voir...

— Non, Amador, tu n'as pas idée de ce qui se trouve là-dedans. C'est une horreur sans nom...

— Laissez-moi la voir !

Sa folie se déchaîne, puisque je ne suis pas totalement concentrée sur lui, il réussit à se libérer de mon emprise et se rue dans la seule pièce qu'il n'a pas visitée. Je me précipite vers lui, Amador sur les talons.

— Rafael ! Je t'en prie !

Mais il est trop tard, bien sûr, l'enchanteur est planté face aux tubes d'eau et figé face à cette atrocité sans nom. Ses yeux sont fixés sur sa bien-aimée.

Les tremblements continuent, les détonations font tomber la poussière du plafond et s'échouer quelques objets de verre sur le sol. Un spectacle apocalyptique...

Amador tente de faire décrocher les yeux du pyromane des corps sans vie de nos amis.

— Raf'... je suis désolé, viens... on doit partir d'ici.

— Non ! Pourquoi tu m'as rien dit, Daina ?! Pourquoi m'avoir laissé y croire ?!

— Je suis vraiment... désolée, Rafael, je

pensais… te protéger.

— Me protéger de la vérité ?! Mais le mensonge est pire ! Merde !

Il s'enflamme, réellement, il irradie de colère et de feu, faisant grimper mon taux de culpabilité. Seulement, je suis consciente que nous n'avons pas le temps pour tout ça.

Une porte vient de céder dans le couloir et les ordres des soldats nous parviennent depuis notre emplacement. Adele, dont j'avais presque oublié la présence, nous presse :

— On doit partir, on n'a plus le choix !

— Je ne partirai pas sans elle !

Mon regard intercepte celui dépité d'Amador. Si seulement Carla était là pour nous permettre de communiquer par la pensée, nom de Dieu ! Il veut que je le laisse faire son deuil, que je n'interfère pas dans ses sentiments, mais je n'ai plus le choix désormais. Je ne le laisserai pas tomber, quitte à ce qu'il me déteste ensuite, peu importe.

— Je suis désolée, Rafael.

Je déploie ma magie et efface la peine qui hante son cœur, elle me traverse et les larmes roulent d'elles-mêmes sur mes joues, il ne se remettrait jamais d'une telle perte sans mon aide, c'est certain. Je souffre, il s'apaise. Petit à petit, tout se calme et j'adresse un léger signe de tête à Adele pour lui faire comprendre que nous pouvons y aller.

Nous commençons à disparaître, la magie nous encerclant, au moment où les soldats pénètrent dans la salle. Mon regard harponne celui de l'un d'eux. Tout se passe si vite, au ralenti, comme dans

un film.

Il tire. Une dose de leur poison sûrement, mais je n'en ai aucune certitude.

Tout ce que je sais c'est qu'Adele est très vite clouée au sol et que la magie s'éteint. Merde... On est piégés !

Non ! Je ne crèverai pas ici, pas comme ça, pas maintenant ! Dans un ultime cri de déchaînement, je concentre toute mon énergie autour de nous et enveloppe même les tubes où gisent nos amis. Je hurle. La magie coule dans mes veines, bat dans mes tempes.

La bulle est créée, il ne manque plus qu'à la faire sortir de cet enfer.

Je lève la tête et les mains en l'air, nous propulsant à la vitesse de l'éclair. Nous percutons la pierre, avalant les niveaux à une vitesse ahurissante et, finalement, nous remontons à la surface.

Ma tête tourne, j'ai... je crois que j'ai déployé bien trop de pouvoir... Ma vision se trouble, nous sommes dans les airs... Merde... On va s'écraser !

CHAPITRE 33

AMADOR

Sortir d'ici est vital, nous devons fuir si nous ne voulons pas mourir et Daina l'a bien compris. Nous ne pouvons pas affronter les soldats, pas dans notre état. Notre magie est revenue grâce à l'antidote, mais nous sommes ébranlés, pas au top de notre forme.

Même si la rage a animé Rafael, il se serait épuisé trop vite, moi de même. Adele commence déjà à montrer des signes de faiblesse, les allers-retours qu'elle a effectués l'ont épuisée. Normal. Combien de temps avons-nous passé anesthésiés ? Des heures ? Des jours ? Je n'ai toujours aucune certitude.

Daina nous a trouvés, elle n'a pas fui, elle est venue nous chercher et nous sauver. Je suis à la fois soulagé et horrifié, il aurait pu lui arriver n'importe quoi ! C'est une sensation étrange d'ailleurs, pourquoi m'imprègne-t-elle maintenant ? Alors que les soldats brisent les portes et pénètrent dans cette pièce des horreurs ?

Daina met fin au calvaire de Rafael et Adele nous englobe de sa magie, nous allons disparaître d'ici sous les yeux ébahis de ces tortionnaires ! Enfin, la liberté !

Mais... Non, rien ne se passe et Adele tombe lourdement sur le sol tandis que les agents du MOD nous hurlent des ordres que je n'entends qu'à moitié. Qu'allons-nous faire ?! On ne va pas crever ici, quand même !

Leurs flèches tranquillisantes, anesthésiantes surtout, volent dans la pièce, mais sont interceptées par le bouclier invisible que Daina vient de développer autour de nous. Ce champ de protection nous encercle et nous décollons du sol, brisant les tonnes de béton sur notre passage. Rien ne nous atteint, nous sommes protégés par la magie de Daina et entourés de chaleur et de puissance. Elle nous en transmet tout en utilisant la sienne pour nous sortir de là... elle ne tiendra pas !

Enfin, le petit jour nous cueille, un lever de soleil magnifique et une brise d'air frais qui entre enfin dans mes poumons. Un bonheur...

Daina vacille, ses paupières battent en rythme et ses mains ainsi que ses jambes tremblent. La lumière de sa magie chancelle comme le feu d'une bougie en plein courant d'air. Il faut l'aider, nous allons nous écraser !

— Rafael ! Réveille Adele !

Je lui jette une seringue qu'il attrape au vol et je me jette sur Daina, la serrant dans mes bras. Adele émerge, nous sommes toujours dans les airs, je tente, à l'aide de mes nombreux entraînements, de lui transmettre un peu de force. Elle émerge, cligne des paupières et se redresse immédiatement. Je pense que ça a marché, je me sens plus faible que je ne l'étais.

— Adele ! Sauve-nous, je t'en prie !

L'enchanteresse se rend compte de notre position délicate, de notre chute fulgurante vers le sol fracassé. Tout n'est que champ de ruines sous nos pieds, le bâtiment complet s'est effondré, Daina n'a pas plaisanté...

— Oh merde !

Adele nous enveloppe de magie et nous nous téléportons à une vitesse fulgurante au beau milieu des bois, sur la terre ferme.

Nous atterrissons au milieu des nôtres qui, grâce à Elena, ont repris des couleurs et des forces. Ils mangent, sont réchauffés par de larges couvertures. Je suis si soulagé pour eux ! Désormais, il faut s'occuper de Daina.

— Elena ! J'ai besoin d'une couverture pour Daina, elle est froide !

La sorcière arrive en courant, un énorme plaid apparaissant entre ses mains, agrémentées de volutes argentées.

— Tiens !

J'enveloppe la femme que j'aime dans le doux tissu et dépose un baiser rapide sur son front. Elle nous a tirés de là, elle a réussi...

Je me redresse, cherchant Rafael du regard. Mon ami est à genoux, effondré devant le tube qui accueille sa petite amie. Merde, pourquoi Daina les a-t-elle embarqués avec nous ?! Il n'a pas besoin de voir ça encore une fois ! Et le groupe...

Comme je m'y attendais, tous ont les yeux rivés sur ces éprouvettes géantes où flottent les corps de nos amis.

Pablo, Sylvio, Juanita, Antonio et Ana...

Mes poings se serrent, les cris de peine déchirent mes oreilles et je réprime la peine qui me comprime la gorge.

— *Carla, tu m'entends ?*

— *Oui, Amador... Que leur est-il arrivé ?*

— *On ne sait pas, on les a trouvés comme ça. Il faut faire quelque chose, on ne peut pas les laisser ainsi.*

Je m'approche des contenants vitrés et ravale avec difficulté ma salive, ainsi que ma douleur.

— Elena, on peut avoir des... cercueils, s'il te plaît ?

— Euh... Amador... Je veux bien, mais...

Tremblante, la jeune femme fixe un point derrière moi, elle lève le doigt et je me tourne lentement vers ce qu'elle me désigne. Merde ! Ils nous ont déjà trouvés !

— Adele ! On doit se barrer ! Ramène-nous où tu sais !

J'évite de prononcer le mot campement, bien que je sois clairement conscient qu'ils savent où nous nous trouvons.

Tous les regards se tournent vers les soldats, qui débarquent au volant de blindés, des mitraillettes dans les mains de ceux qui dépassent des vitres. Quelque chose me dit que ces conneries ne tirent pas de balles classiques.

— Vite, Adele !

L'enchanteresse est épuisée, nous devons l'aider, sinon nous ne nous tirerons pas de ce mauvais pas.

— Partagez votre magie avec elle ! On doit l'aider !

Je me précipite vers Daina, la serrant dans mes bras pour l'aider dans ce voyage, ne désirant plus m'éloigner d'elle plus que nécessaire.

Dans une symbiose presque poétique, tous les enchanteurs déploient une aura magique jusqu'à la *téléportatrice* et nous sommes enveloppés de volutes bleutées. La forêt disparaît autour de nous, le paysage se modifie, tout change et nous arrivons enfin dans notre camp.

La lumière naturelle est plus forte ici, dans cette clairière d'où nous sommes partis. J'ai perdu toute notion du temps, j'ai l'impression que nous n'avons pas remis les pieds là depuis des années, mais je suis presque sûr que seule la nuit est passée.

J'inspire bruyamment, surpris par le changement d'ambiance et le froid qui mord mon corps.

— On a réussi, Daina...

Je baisse les yeux sur la femme que j'aime, mais je ne trouve que le vide. Mes bras ne la tiennent pas. Où est-elle ?! Merde ! Où est-elle ?!

Mon cœur s'arrête, bat plus fort, ralenti, je n'en sais rien, mais il fait des loopings dans ma poitrine et je peine à distinguer ce qu'il m'arrive. La peur. La panique. La terreur...

Je tremble de tout mon long, je la cherche du regard, analysant chaque parcelle de terre atour de nous. Aurait-elle pu glisser hors de mes bras ? Atterrir à mon opposé ? Est-elle debout en pleine forme à s'occuper des autres ?

Je cherche, mais ne la trouve pas. Pourtant, tout le monde est là, même les tubes horrifiques contenant les corps de nos amis, pourquoi n'est-elle pas ici ?! Si même eux le sont...

Je me lève, titubant, me dirige avec rage vers Adele et enserre son col sans réfléchir plus longuement.

— Où est-elle ?! Qu'est-ce que t'as foutu ?

La sorcière tremble, ses yeux lâchent des larmes instantanément et des bras viennent me tirer en arrière, m'empêchant de l'étriper. C'est sa faute, il ne peut en être autrement ! C'est elle qui a le pouvoir de nous faire téléporter, c'est elle qui l'a oubliée ! Je me laisse faire, ils savent que si je déployais ma force, ils seraient tous morts à mes pieds. Mais une partie de moi veut des réponses, je ne peux pas les buter maintenant, surtout pas Adele.

Ma colère me brûle, je hurle et lui ordonne de me ramener là-bas, mais elle s'effondre sur le sol et semble vidée de son énergie. Pas grave, j'en ai à revendre !

J'attrape sa main et l'inonde de mon pouvoir quand une paume froide vient se poser sur ma nuque. Mes yeux ne perçoivent plus que le noir. Je tombe sur le sol et sombre de plus en plus vers un sommeil que je ne contrôle pas.

Merde... Qu'est-ce qu'il se passe ? Daina... Je

lutte de toutes mes forces, je me concentre et force sur moi-même, sur mes dons, pour rester éveillé. Je ne peux pas me noyer maintenant, je dois continuer à lutter... Je dois... sauver... Daina !

— Amenez-le dans sa chambre.

Cette voix... Miguel ? Qu'est-ce que...

Le trou noir, je sombre. Je coule. Comme si je ne pouvais faire autrement, je m'effondre et m'endors sur la terre recouverte de neige. Dans le froid, provoqué par l'absence de Daina.

CHAPITRE 34

NEREA

La salle de conseil est inaccessible pour moi, impossible d'entendre quoi que ce soit, ça me gave ! Je tourne en rond encore et encore sans aucun moyen d'en apprendre plus. Je ferais une bien piètre espionne. Et puis, de l'extérieur, impossible d'entendre le moindre mot tellement la glace est épaisse, c'est sûrement fait exprès d'ailleurs.

Bon, d'accord, je sais que je vais trop loin dans mes élucubrations et que je devrais penser à aller me pieuter, la fatigue me joue des tours. Toutefois, je ne réussis pas à me diriger vers mon chalet, mon corps me retient de force ici et ma curiosité aussi. Je sais qu'il y a un truc bizarre qui se trame, j'en suis vraiment convaincue jusqu'au fond de mes entrailles, mais quoi ? Aucune idée.

Et ce n'est pas avec ce genre de technique que je risque d'en savoir plus. Non, tendre l'oreille c'est fait pour les gosses qui épient leurs parents lors d'une conversation d'adultes. Non, mais franchement, qu'est-ce que je fous là ? J'ai l'air ridicule !

Je suis recroquevillée derrière la grotte où se tient le conseil et j'attends de capter un mot ou au mieux une phrase. Non, mais franchement, je suis pathétique ! Ces gens nous accueillent avec altruisme et moi je reste coincée sur un *feeling* étrange. N'importe quoi !

Je me redresse en secouant la tête et resserre mon manteau autour de moi tout en quittant cet endroit caché. C'est au moment où je reviens sur le côté de la grotte qu'une voix me parvient. Instinctivement, je me planque derrière le chalet, la main plaquée sur le cœur.

— Oui, passez-moi Lazaro.

C'est une conversation téléphonique ? Je croyais qu'on avait pas le droit d'utiliser ce moyen de communication ? Tout le monde dit que c'est bien trop risqué en dehors des canaux installés spécialement pour la Ligue des Enchanteurs. Oui, ben, c'est logique, puisque c'est Miguel qui parle avec tout le monde, il doit sûrement échanger avec un autre chef de campement.

— Comment ça, il n'est pas disponible ? C'est urgent, nom de Dieu !

Son intonation est effrayante, bien différente de celle qu'il emploie d'habitude. Il est tendu, énervé et même à deux doigts de craquer je dirais.

— Oui, pardonnez-moi, je n'ai pas réfléchi. Écoutez, c'est une urgence qui concerne le *MOD*, les enjeux sont énormes il faut impérativement qu'il me réponde.

Le *MOD* ? Serait-il au courant d'une attaque future ? Prévient-il les nôtres d'une mission de ces ordures ? Il fait les cent pas, je crois, je ne le vois pas, mais j'entends le craquement de la neige sous ses pieds, il est tendu.

— Arrêtez de me faire perdre mon temps ! Si j'ai le numéro de cette ligne, c'est bien que Santo Lazaro veut que je le contacte, non ?! Bon, alors allez le chercher tout de suite, sinon je fais un rapport sur votre comportement directement auprès du gouvernement.

Mon cœur s'arrête. Le gouvernement ? À qui parle-t-il, putain ?! Mon instinct ne m'avait donc pas trompée, j'aurais pourtant préféré que ce soit le cas, car avoir en face de soi une personne qui bosse avec ou en liaison avec ces... criminels, ça m'emmerde au plus haut point.

Et là, sa discussion ne laisse aucun doute possible, le simple fait qu'il mentionne un rapport au gouvernement me pousse à croire qu'il est de leur côté. Putain, quel connard ! Quel est son rôle dans tout ça ? Livre-t-il les nôtres en échange de sa liberté ? Fait-il exécuter les personnes qu'il est supposé protéger ?

— Lazaro ! Putain, ce n'est pas trop tôt ! J'ai essayé de vous joindre presque toute la nuit ! Vous avez eu l'info à temps concernant l'attaque ? Très bien, vous les avez tous enfermés ?

Mon souffle se coupe. Je pose ma main à plat sur ma bouche pour éviter à mon cri de stupeur de franchir mes lèvres. C'est lui qui a vendu les siens ?!

Comment a-t-il osé faire une telle chose ? Oh, mon dieu... C'est un monstre !

— Comment ça, ils se sont échappés ? Vous plaisantez j'espère ?! Ils vont forcément revenir au campement, vous devez les empêcher de la ramener ici ! C'est la plus puissante d'entre nous, c'est la seule qui a réussi pour le moment à accepter sa magie au point de l'amplifier, vous ne devez pas la laisser partir !

Putain, mais de qui parle-t-il ainsi ? Il est donc près à vendre les siens dans le seul but de... de quoi d'ailleurs ? Pourquoi fait-il une telle chose ? Pourquoi travaille-t-il avec nos ennemis ? Qu'est-ce qu'il a à gagner là-dedans ?

— Oui, injectez-lui votre antidote, ça la calmera ! Eh bien, peu importe qu'il ne soit pas au point, tuez-la si ça vous chante ! Je vous tiens au courant de la suite des évènements. Merci. *Ganaremos la guerra.*

Merde, mais dans quoi je me suis fourrée, moi ?! OK, je voulais des infos sur ce sale type, j'ai été largement et avidement servie, mais j'en fais quoi maintenant ? Qui va me croire ? À qui aller balancer cette bombe ?

Je m'attendais à des magouilles, mais pas de cette ampleur. En tout cas, dans l'immédiat, je dois me tirer d'ici avant qu'il me voie, sinon... je ne donne pas cher de ma peau. S'il est capable de vendre les siens, il n'aura aucun scrupule à me buter de sang-froid pour se protéger.

Lentement, je recule le long du chalet, je vais partir de l'autre côté. Je me retourne, soulagée qu'il soit parti, mais je me retrouve nez à nez avec un homme qui me toise, bras croisés sur son torse. Je ne retiens pas mon cri de stupéfaction cette fois et il finit rapidement étouffé par la main gigantesque de ce type.

— Qu'est-ce que tu fiches ici, toi ?! Hein ?

Je me débats tandis qu'il me retient par la taille et la bouche, je tente de lui donner des coups de pied et de coude, en vain. Le mec est trop fort, trop grand, je n'ai aucune chance.

— Miguel, viens par ici !

Non ! Par pitié, non ! Il va me faire quoi ?! Maintenant que je le connais un peu mieux, enfin que je connais ses agissements secrets serait plus exact, j'ai peur pour ma vie. S'il découvre que j'ai tendu l'oreille, il comprendra que je sais tout et il me tuera. C'est certain.

— Qu'est-ce qu'il se passe, Jorge ?

Les yeux de Miguel semblent lui sortir de la tête lorsqu'il me découvre, prisonnière des bras de son homme de main.

— Qu'est-ce que tu fais ? Relâche-la !

— Elle était en train de vous écouter, chef.

— De m'écouter ?

Son regard de prédateur change et se pose sur moi, il me détaille des pieds à la tête et plisse les yeux.

— Qu'est-ce que tu as écouté, Nerea ?

Je tente de parler, mais la main de Jorge continue d'entraver ma parole, je ne réussis qu'à sortir des râles étouffés.

— Enlève ta main, voyons !

Le mec s'exécute et je me hâte de hurler à pleins poumons, hors de question de mourir seule ici et quelqu'un va bien venir voler à mon secours, hein ?

Miguel rigole. Attends, quoi ?! Pourquoi il rigole ce con ? Il se marre carrément et même ses yeux pétillent ! Non, mais je suis tombée sur la tête ou quoi ? Oui, c'est forcément ça, j'ai pris un coup et je suis victime d'hallucinations. Ça expliquerait beaucoup de choses.

— Tu peux crier tant que tu veux, un sortilège encercle la zone, aucun son ne peut sortir d'ici.

Mais non, merde ! C'est quoi encore cette connerie ? Des sortilèges, sérieux ? Je croyais qu'on avait des pouvoirs et c'est tout, je ne savais pas qu'on pouvait faire ce genre de connerie à la *Sabrina Spellman*[10] ! Il y a plus urgent à penser pour le moment, comme par exemple : comment je vais me tirer de cette emmerde ?

— Bon, tu peux me dire ce que tu as entendu, chère Nerea ?

— Rien du tout, j'ai repéré un écureuil et j'ai voulu l'attraper. Il m'a conduite jusqu'ici, mais j'ai perdu sa trace.

Dans la famille « *excuses bidons* », je voudrais la fille. Bonne pioche ! S'il croit à ça, il est plus débile que ce que je pense.

— Un écureuil ?

— Oui, un écureuil, c'est un rongeur grimpant, il a une queue de fourrure épaisse et...

---

[10] Référence à *Sabrina l'apprentie sorcière*, série télévisée de 1996 et *Les nouvelles aventures de Sabrina*, série télévisée de 2018.

— Non, mais merci ! Je sais ce que c'est un écureuil ! Tu dis que tu en as vu un, ici ?

— Oui, oui.

De nouveau, Miguel est gagné par l'hilarité et cette fois-ci, Jorge l'est aussi. Non, mais ils se foutent de ma gueule ou quoi ?

— Y'a quoi de drôle ?

— Il n'y a pas d'écureuil ici. Ce n'est pas une région dans laquelle ils survivent.

Merde.

— Oh, ben c'était peut-être un furet, je n'ai pas bien vu, il courrait super vite !

— Bon, arrête de te foutre de ma gueule, *Alice*[11] ! Qu'est-ce que tu as entendu ?!

J'ai envie de rire, sa référence à une gamine dans un pays imaginaire me plaît, en d'autres circonstances on aurait pu s'entendre lui et moi. En d'autres circonstances...

Seulement, la peur me cisaille les entrailles et me coupe toute envie de rire.

— Rien, je n'ai rien entendu. Promis.

— Tu penses vraiment que je vais te croire ?

D'un coup d'œil, Miguel indique à Jorge de me soulever et de m'embarquer avec lui. Enfin, je le suppose puisque je suis amenée à l'écart sous la montagne, devant un cabanon plus petit que je n'avais pas repéré. En même temps, j'aurais dû être plus attentive à mon environnement. Ainsi, j'aurais remarqué la grotte de pierre juste derrière le chalet du conseil – qui est d'ailleurs très sûrement celui de

---

[11] Référence à *Alice au pays des merveilles* qui court après un lapin blanc dans le roman de *Lewis Caroll, 1865.*

Miguel –, celle où on me jette comme une chaussette.

À genoux dans la terre froide et humide, je supplie comme jamais je n'aurais imaginé le faire.

— S'il te plaît, Miguel, je te jure que je ne dirai rien, je me fiche de ce que tu trafiques ! Laisse-moi partir ! Je t'en prie !

— Il fallait y réfléchir avant, Nerea. Maintenant, je dois te garder ici, pour ma propre sécurité. Je suis certain que tu le comprends.

Debout face à moi, Miguel prend des allures de chef de gang terrifiant. Il retire l'un de ses gants lentement, son regard carnassier fixé sur moi, la petite chose apeurée.

J'ai toujours des conneries à dire, j'ai toujours une répartie époustouflante et pourtant, là, je suis soufflée. Je ne suis pas capable de rajouter quoi que ce soit, je suis rendue muette par ma peur.

Sa main nue s'approche de ma joue, je panique, je tente de reculer, mais Jorge m'en empêche. Que va-t-il me faire ?

Sa peau est froide, c'est étrange puisqu'il porte ses gants tout le temps. Elle se pose sur ma joue et la fatigue me frappe.

Le sommeil m'étreint et je tombe sans pouvoir lutter, ma tête cogne contre le sol froid.

CHAPITRE 35

ÉPILOGUE

— C'est une perte tragique, Maître Lazaro. Nous étions si proches du but, nous aurions pu en apprendre énormément ! Les clés se trouvaient entre nos mains !

Le grand maître ne se tourne pas, il demeure statique devant la fenêtre et observe la scène qui se joue en contrebas. Les mains croisées dans son dos, il réfléchit.

Le bureau est immense, il représente toute la richesse et le pouvoir de son propriétaire. Peintures de Saints sur les murs, dorures et autres trésors, il n'y a rien ici qui lui appartienne réellement. L'argent qui contribue à la beauté de cet endroit vient directement des dons faits à l'Église et au gouvernement.

Le grand prêtre *Salvador II* lui-même accorde à Santo Lazaro ce faste impressionnant, bien qu'il ne soit pas en total accord avec les méthodes du grand maître. Par chance, Lazaro a su le faire changer d'avis sur tout un tas de sujets et le tient dans le creux de sa main comme un petit animal blessé et effrayé.

Le docteur s'impatiente, il est inquiet pour la suite des évènements et tient à en faire part à son maître.

— Que devons-nous faire ? Nous avons tout perdu, nous n'avons plus rien pour travailler. Devons-nous renoncer ?

Cette simple question a le don d'enfin faire bouger Santo Lazaro, l'homme au crâne chauve pivote vers le docteur, qui tremble d'angoisse. Il craint son grand maître au moins autant qu'il l'admire.

— Renoncer ? Êtes-vous bien sérieux ?

— Je ne souhaitais pas vous froisser, grand maître, je me pose juste la question... Nous avons beaucoup perdu, est-il envisageable de repartir de zéro ?

— Croyez-vous réellement que nous sommes à la case départ, Docteur ?

— Non, pas totalement, il reste beaucoup de fichiers d'études, mais...

— Alors vous avez votre réponse. Vous avez vos rapports, encore une dizaine de cobayes et surtout...

Santo Lazaro élargit ses lèvres en un sourire terrifiant, il glace le sang jusqu'à la moelle. Il s'approche du docteur et plante son regard noir et terrifiant dans le sien.

— Nous l'avons, *elle*.

— Qu'a-t-elle de plus que les autres ? Pourquoi est-elle plus importante ?

— Le *changement* qui s'est opéré en elle est plus grand que celui des autres. Elle a totalement accepté sa condition, contrairement à la plupart de ses semblables, ce qui lui procure une puissance infinie et un contrôle quasi total.

— Vous voulez dire que son code génétique s'est totalement lié à la magie ?

— Effectivement.

— Mais... c'est scientifiquement impossible de réaliser une telle chose. Comment a-t-elle fait ?

Santo Lazaro commence à perdre patience, il n'est pas là pour répondre à toutes les questions scientifiques de cette histoire. Il est là pour diriger le *Milites Opus Dei* dans la bonne direction et mettre un terme à ses abominations de façon définitive. Ce qui est arrivé à Daina Avila ne le concerne que de loin.

— N'est-ce pas vous le scientifique dans cette pièce ?

— Si, mais...

— Alors, cherchez l'explication vous-même ! Reprenez vos recherches où elles se sont arrêtées, je vous enverrai bientôt de nouveaux cobayes.

— Bien, grand maître.

— Vous pouvez disposer, Docteur.

— Merci, grand maître.

Le docteur baisse la tête et joint ses mains, comme pour prier, face à Santo Lazaro. Il se signe rapidement, puis se tourne, pour quitter le bureau fastueux.

— Une dernière chose, Docteur.

— Oui ?

— Quand vous aurez trouvé la raison de son acceptation totale de ce nouvel *ADN*, faites-moi un rapport.

— Bien, grand maître. Ce sera fait.

Une fois seul, Santo Lazaro prend place sur le fauteuil installé derrière son bureau et plaque ses paumes l'une contre l'autre en fermant les yeux. Sa longue soutane blanche lui donne un air de prêtre, mais il n'a rien de ces hommes de foi. Oh, bien sûr, il croit en Dieu et ne s'en remet qu'à lui, mais il est plus sournois encore que le plus saint des officiants. L'énorme chapelet qu'il porte autour de la taille et qui fait office de ceinture ne trompe personne, tous ceux qui l'approchent de près savent qui il est vraiment.

Malgré les récents évènements, il sourit, apaisé. Son plan a peut-être eu un raté, mais il se déroule toujours à merveille et se dirige droit vers son but.

Bientôt, les enchanteurs ne seront que de l'histoire ancienne et l'*Opus Dei* retrouvera sa totale souveraineté.

À SUIVRE...

DÉFIANCE

NÉGOCIATION

REMERCIEMENTS

Ce livre découle d'une conversation extrêmement enrichissante avec ma belle-sœur, Maëva. D'idées en suggestions, Powers a pris forme grâce à elle et la trilogie est finalement née.

Merci d'être celle que tu es, merci pour tes conseils et tous ces délires, merci de me challenger et de croire en moi.

Une belle-sœur comme ça, on en fait pas deux, croyez-moi !

Vous avez aimé votre lecture ?

Laissez sur Amazon 5 étoiles et un joli commentaire pour motiver d'autres lecteurs.
(Et soutenir une auteure qui vous offrira sa reconnaissance éternelle !)

Vous souhaitez être informé de mes prochaines sorties ?

N'hésitez pas à me suivre sur Instagram ou Amazon, pour avoir l'information en exclusivité !

Lily

Instagram : lily.padioleau.auteure
Email : ali.luna34@gmail.com

BIOGRAPHIE DE L'AUTEURE :

Moi, c'est Lily Padioleau, auteure démoniaque et sadique de nombreux romans en tous genres dont quelques-uns écrits avec la merveilleuse Sienna Pratt. Enfin, je ne mentionne que ceux qui sont sortis ou en précommande, évidemment le nombre de manuscrits terminés est un peu plus élevé que ça et je ne parle pas de ceux qui sont en cours...

En bref, je suis du genre à bouffer mes touches de clavier au point de devoir en changer, j'écris comme je respire et j'adore ça ! Pour moi, écrire n'a pas été une envie, mais un besoin. Il m'a collé au train pendant longtemps, ma peur de l'échec et mon manque de confiance en moi m'empêchant de sauter le pas. Jusqu'au jour où je les ai envoyés chier à grands coups de pied aux fesses.

Depuis, j'écris tous les jours, même un peu. Si je passe plus de deux jours sans écrire, ça ne va pas, je ne suis plus moi.

Dans ma vie, je suis du genre TOUT ou RIEN, dans l'écriture c'est pareil, je fais avec le cœur ou je ne fais pas du tout. Pas d'entre-deux possible avec moi... C'est ainsi que je suis et ainsi que je resterai.

Hors de question de renier qui je suis ou ce en quoi je crois peu importe les cases dans lesquelles on cherche à m'enfermer. Je ne serai jamais prisonnière d'un moule, je les préfère avec des frites !

Si tu te sens d'humeur curieux, viens découvrir mon antre diabolique, je t'assure qu'on s'y sent parfaitement bien et qu'il y a de la place pour tout le monde !

Instagram : @lily.padioleau.auteure

With Love & Madness

Lily Padioleau